Mary Balogh

Après avoir passé toute son enfance au pays de Galles, elle a émigré au Canada, où elle vit actuellement. Professeure, elle publie son premier livre en 1985, aussitôt couronné par le prix *Romantic Times*. Spécialiste des romances historiques Régence, elle figure toujours sur les listes des best-sellers du *New York Times* et a reçu de nombreuses récompenses.

Quand Arabella s'entête

DE LA MÊME AUTRICE AUX ÉDITIONS J'AI LU

La fulgurante ascension de miss Downes
L'épouse de lord Carew
Miss Catastrophe
L'ange blond et l'ange noir
Le double pari
La dernière valse
La lady au parapluie noir
Une partie de campagne
Le petit défaut de lady Rotherham

La magie de Noël
Le Noël de toutes les promesses
Un bijou si précieux
La perle cachée
Stratagème amoureux
La maîtresse cachée
Le bel été de Lauren
Une nuit pour s'aimer

La saga des Westcott

1 – *Celui qui m'aimera*
2 – *Celui qui m'embrassa*
3 – *Celui qui m'épousera*
4 – *Celui qui me désirera*
5 – *La valse de Noël*
6 – *Celui qui me respectera*
7 – *Celui qui me charmera*
8 – *Celui qui me chérira*

La saga des Bedwyn

1 – *Un mariage en blanc*
2 – *Rêve éveillé*
3 – *Fausses fiançailles*
4 – *L'amour ou la guerre*
5 – *L'inconnu de la forêt*
6 – *Le mystérieux duc de Bewcastle*

Le club des survivants

1 – *Une demande en mariage*
2 – *Un mariage surprise*
3 – *L'échappée belle*
4 – *Rien qu'un enchantement*
5 – *Rien qu'une promesse*
6 – *Rien qu'un baiser*
7 – *Rien que l'amour*

Ces demoiselles de Bath

1 – *Inoubliable Francesca*
2 – *Inoubliable amour*
3 – *Un instant de pure magie*
4 – *Au mépris des convenances*

La famille Huxtable

1 – *Le temps du mariage* (numérique)
2 – *Le temps de la séduction* (numérique)
3 – *Le temps de l'amour* (numérique)
4 – *Le temps du désir* (numérique)
5 – *Le temps du secret* (numérique)

MARY
BALOGH

Quand Arabella s'entête

Traduit de l'anglais (États-Unis)
par Viviane Ascain

J'AI LU

Si vous souhaitez être informée en avant-première de nos parutions et tout savoir sur vos autrices préférées, retrouvez-nous ici :

www.jailu.com

Abonnez-vous à notre newsletter
et rejoignez-nous sur Facebook !

Titre original
THE OBEDIENT BRIDE

Éditeur original
By arrangement with Maria Carvainis Agency, Inc.
First published in the United States by Signet,
an imprint of Dutton Signet,
a division of Penguin Books USA, Inc.

Qu'est-ce que la « Régence anglaise » ?

La Régence est une période de l'histoire anglaise très prisée des autrices de romances historiques. Sauf que, pour la plupart d'entre nous, la Régence anglaise est une notion très vague. La Régence, au sens strict, ne dure que de 1811 à 1820. Elle correspond à la fin du règne de George III, atteint de folie. Pendant ces quelques années, la régence est assurée par son fils, le prince régent, le futur George IV. Parfois, le terme de « Régence anglaise » désigne une période plus étendue, de 1795 à 1837, jusqu'au règne de la reine Victoria.

Personnalité excentrique, George IV est réputé pour ses débauches, ses dépenses extravagantes, son mode de vie dépravé. Intelligent, cultivé, il est doté d'un goût très sûr. Architecture, arts décoratifs, mode, il favorise l'émergence de ce qu'on appellera le « style Regency ». Tandis que l'aristocratie, à son image, se distingue par son faste et ses outrances en tout genre, les arts et les lettres rayonnent, de Jane Austen à Mary Shelley en passant par les poètes John Keats et

Byron. Toutefois, les idées nouvelles issues de la Révolution française commencent à se diffuser. On s'interroge sur la place des femmes, l'esclavage, les fondations de la monarchie et la condition ouvrière.

À sa façon, la Régence arrime solidement la société britannique à la modernité industrielle du XIXe siècle.

Chères lectrices,

Entre 1985 et 1998, j'ai écrit plus de trente romances pour Signet Regency, dont la plupart sont depuis longtemps épuisées. Beaucoup d'entre vous me les ont réclamées, les ont recherchées et, dans certains cas, ont payé très cher des exemplaires d'occasion pour compléter leur collection. Votre intérêt m'a touchée. Je suis enchantée que ces ouvrages soient de nouveau disponibles, avec de jolies couvertures et à des prix abordables.

Si vous avez lu certains de mes autres ouvrages, les séries *La saga des Bedwyn*, *Ces demoiselles de Bath*, *La famille Huxtable* ou *Le club des survivants*, par exemple, vous aurez peut-être envie de voir ce qui a changé dans mon écriture au cours des trente dernières années ou de découvrir si mes vues sur la vie, l'amour et la romance restent essentiellement les mêmes. Quoi que vous décidiez, j'espère que vous serez heureuses de pouvoir enfin lire ces livres.

1

Le vicomte Astor bâilla à s'en décrocher la mâchoire tandis que son pied chaussé d'une bottine allait rejoindre l'autre sur le velours de la banquette en face de lui. Il cala ses épaules contre les coussins dans l'espoir vain de trouver une position confortable et de soulager ses muscles endoloris. Dépenser une fortune pour une luxueuse voiture superbement capitonnée et très bien suspendue n'avait pas grand sens quand le seul endroit où en tester les qualités était les routes anglaises. Vu leur état, une suspension perfectionnée était à peu près aussi utile qu'une paire d'ailes dans le dos.

Pour la douzième fois peut-être au cours des trois derniers jours, il regretta sa décision de voyager dans la berline avec son valet de chambre et ses bagages. Il aurait mieux fait de prendre son cabriolet. Il aurait au moins pu profiter de l'air frais, et de l'exercice physique et mental de la conduite. Il aurait peut-être également été capable de distinguer et d'éviter davantage d'ornières que son cocher.

Cela étant, songea-t-il en bâillant de nouveau, il n'aurait pas eu le temps de remarquer qu'en cette fin février il faisait un véritable temps de printemps. Le soleil brillait dans un ciel sans nuages, les premiers bourgeons se devinaient sur les branches des arbres, les perce-neige et les primevères commençaient à poindre, et il devinait sans peine la douceur de l'air et le pépiement des oiseaux derrière le nuage de poussière et le fracas de la voiture.

Entre aller à cheval et rester assis dans une voiture, accroché à la poignée, qui hésiterait ? La tête de son valet qui dodelinait et son léger ronflement commençaient à porter sur les nerfs de lord Astor. Il avait bien essayé de se racler bruyamment la gorge, mais il n'était parvenu qu'à faire sursauter Henry, qui avait émis un étrange gargouillis et fait claquer sa langue avant de recommencer à dodeliner de la tête et à ronfler.

Morose, lord Astor tourna ses pieds d'un côté, puis de l'autre pour examiner ses bottines. Sa seule consolation, c'était qu'ils ne tarderaient pas à arriver à destination. S'il avait eu le choix cependant, compte tenu des circonstances, il aurait peut-être préféré passer deux journées supplémentaires sur la route, quand bien même cela impliquait deux nuits de plus dans des auberges innommables, comme celle de la veille.

Quatre inconnues. Il allait devoir affronter quatre parfaites inconnues. Elles avaient beau être de lointaines parentes, il ne les connaissait ni d'Ève ni d'Adam. C'était d'ailleurs ce lien de parenté qui lui valait désormais un titre et une fortune. Il était le plus proche parent mâle du défunt vicomte Astor. Et il était regrettable, se dit fort peu charitablement le tout nouveau vicomte, qu'il n'ait pas été le seul parent du défunt, ce dernier ayant laissé une épouse et trois filles. S'il courait les routes, c'était justement pour faire leur connaissance et leur présenter ses hommages autant que pour visiter sa nouvelle demeure et son domaine.

Il se trouvait dans une situation extrêmement embarrassante, en fait. S'il avait certes toujours su qu'il était le seul héritier du vicomte – comment aurait-il pu en être autrement alors que, depuis qu'il avait quitté l'université six ans plus tôt, il avait souvent eu du mal à joindre les deux bouts pour maintenir son rang et le train de vie relativement dispendieux qu'exigeait la vie mondaine dans la capitale ? –, il n'avait jamais eu la moindre relation avec son cousin. Il utilisait le terme de cousin, faute de mieux, puisque leur lien de parenté était assez vague. Son père s'était querellé avec le défunt vicomte une quinzaine d'années auparavant et les deux hommes ne s'étaient plus jamais adressé la parole ni revus. Et depuis la mort de son père presque quatre ans plus tôt, il n'avait pas eu l'occasion de renouer avec son lointain parent.

Il se trouvait donc dans une situation des plus délicates, se répéta-t-il en regardant par la vitre avec impatience, car il ignorait à quelle distance ils étaient de leur destination finale. Il allait donc faire la connaissance de quatre dames dont la maison était maintenant la sienne, et qui se voyaient privées de tout moyen d'existence et de toute sécurité par le décès prématuré de son prédécesseur. Le notaire qui lui avait annoncé la nouvelle de sa bonne fortune lui avait précisé que le défunt vicomte n'avait pris aucune disposition pour assurer l'avenir de sa famille, une négligence proprement incroyable dans la mesure où les membres de ladite famille appartenaient toutes au sexe faible.

Et quelle lumineuse idée avait eu le nouveau vicomte Astor, tout gonflé de son importance et débordant de bonne volonté et de bons sentiments envers la terre entière ? Il n'avait rien trouvé de mieux que de proposer d'épouser l'une des trois filles, voilà ce qu'il avait fait ! Sans les avoir jamais vues ! Il avait appris qu'elles avaient vingt, dix-huit et quinze ans, et c'était tout ce qu'il savait d'elles. Il ne connaissait ni leur prénom, ni leur caractère, ni leur apparence physique. Il n'avait même pas précisé laquelle il souhaitait épouser et avait laissé le choix à leur mère.

Il était donc en chemin pour faire la connaissance de sa future épouse. Il avait présenté sa demande très officiellement, en respectant les formes, et ne pouvait donc plus se dédire, même s'il se retrouvait en face de trois laiderons aussi repoussants que dans les cauchemars qui commençaient à l'assaillir.

Il s'agissait d'une offre inconsidérée même si, depuis qu'il était entré en possession de son titre, il éprouvait le besoin d'acquérir ne serait-ce qu'un vernis de respectabilité. Et quoi de plus respectable que la présence chez soi d'une épouse et peut-être d'un ou deux enfants ? Il n'était pas non plus trop difficile sur le genre de femme prête à remplir ce rôle. Il passait relativement peu de temps chez lui, et une épouse ne bouleverserait que marginalement ses habitudes. Du moment que la dame avait reçu une bonne éducation et se conduisait décemment, elle lui conviendrait.

Quoi qu'il en soit, même s'il était relativement facile à contenter, il s'était peut-être montré un peu trop impulsif en proposant d'épouser une jeune fille qu'il n'avait jamais vue et dont il n'avait même jamais entendu parler. Il risquait de devenir la risée de la capitale si la sœur choisie était particulièrement laide ou si ses manières étaient trop provinciales, ou pire.

Lord Astor se racla de nouveau bruyamment la gorge. Les ronflements de Henry enflaient considérablement, exaspérant Sa Seigneurie. Se mettre dans tous ses états à la pensée de toutes les horreurs que risquait de lui réserver son offre inconsidérée était de toute façon parfaitement inutile. Il n'y avait plus rien à faire, sinon peut-être laisser son épouse avec sa mère et ses sœurs dans la demeure de son enfance et rentrer seul à Londres pour la saison.

Le mieux était d'attendre et de voir à quoi elle ressemblait. Si elle était passable, la présenter à la bonne société pouvait être amusant. Et avoir en permanence une femme sous la main pour son plaisir serait peut-être agréable, même s'il n'y avait pas grand-chose à attendre d'une petite oie blanche fraîchement débarquée de sa campagne.

Ses goûts le portaient plutôt vers les courtisanes plus mûres et plus expérimentées, comme Ginny, par exemple. Ginny qui préférait se faire appeler Virginia et se mettait dans de telles colères quand il riait de cette exigence et lui faisait remarquer à quel point ce prénom était mal choisi qu'elle lui jetait à la figure tout ce qui lui tombait sous la main. Ginny était sa maîtresse en titre et elle avait porté son commerce au rang d'un art véritable.

Non, il ne devrait pas attendre grand-chose de sa nouvelle épouse en matière de plaisir sexuel, même si elle se révélait jolie. Quant à d'autres échanges, une complicité, une certaine affection, il n'en demandait pas tant à une femme. Il avait suffisamment d'amis dans ses différents clubs et d'activités diverses pour faire de sa maison une simple halte où dormir la nuit – ou ce qui restait de ses nuits lorsqu'il quittait Ginny, une partie de cartes ou une soirée de beuverie entre amis.

Il ne devait pas s'inquiéter outre mesure de l'épreuve qui l'attendait. Une épouse ne constituerait pas un ajout bien important à sa vie, après tout.

Lord Astor bâilla de nouveau, regarda d'un œil torve son valet qui ronflait de plus belle, se rencogna sur les coussins, ferma les yeux et laissa son esprit sombrer dans un oubli bienvenu.

L'honorable demoiselle Frances Wilson était en larmes. Une fois de plus, nota en son for intérieur sa sœur cadette, Arabella, de son siège près de la fenêtre en s'étonnant, comme d'habitude, que Frances réussisse à être encore plus jolie quand elle pleurait. Peut-être était-ce justement pour cette raison qu'elle ne faisait aucun effort pour dominer son excessive sensibilité... Quand il lui arrivait de pleurer, ce qui était heureusement très rare, les larmes laissaient à Arabella un visage tout gonflé et marbré de taches rouges. Leur jeune sœur Jemima ne faisait pas mieux. Elle sanglotait toujours bruyamment, ce qui avait fait dire un jour à leur père qu'on croyait entendre une vache en train de vêler.

Frances, l'aînée et la beauté de la famille, avait le don de pleurer sans altérer le moins du monde sa beauté. Elle n'avait pas besoin de pleurer pour être belle, bien sûr. Elle était mince et bien faite, avec un teint de lait, une masse de cheveux dorés et de grands yeux d'azur langoureux ourlés de longs cils sombres qui ombrageaient ses joues quand elle les baissait, ce qui était généralement le cas chaque fois que des messieurs se trouvaient dans les parages.

Frances était la beauté de la famille, la préférée de ses parents et de ses sœurs. Il était impossible de ne pas aimer Frances, qui était toute douceur et sensibilité. Ce n'était pas pour elle qu'elle pleurait en ce moment, c'était pour Arabella. Et ce n'était pas la première fois. Depuis qu'Arabella avait fait connaître sa décision, deux semaines plus tôt, elle avait quasiment pleuré tous les jours à cause du grand sacrifice que consentait sa sœur pour leur bien à toutes.

Arabella était profondément touchée d'être autant appréciée, et peut-être un peu contente d'elle, mais en toute honnêteté, elle ne se prenait pas pour une héroïne. Elle ne voyait aucun inconvénient à épouser lord Astor – donner ce titre à un autre que son père lui paraissait étrange. Le nouveau vicomte devait avoir à peu près le même âge que leur père, pour autant que leur mère s'en souvienne depuis leur dernière rencontre bien des années auparavant, mais cela n'avait pas d'importance. Arabella avait toujours adoré son père, et elle n'avait jamais fait grand cas de ces horribles garçons qui, enfant, lui tiraient les cheveux et refusaient de la laisser grimper aux arbres avec eux, et qui s'attendaient maintenant à ce qu'elle les accepte pour cavaliers aux fêtes du village et minaude devant leurs compliments ampoulés. Si elle devait se marier, autant épouser un homme plus âgé…

— Frances, ma chérie, ce n'est pas si tragique, assura lady Astor, un flacon de sels à la main, en tapotant l'épaule de son aînée. Il y a des compensations au sacrifice de Bella, ne l'oublie pas. Lord Astor – oh, quand je pense à ton pauvre père, ma chérie ! – est peut-être un peu âgé, mais il n'en sera que plus fiable, crois-moi. Et Bella deviendra la nouvelle lady Astor et la maîtresse de Parkland. Elle sera établie dans la vie… Et vicomtesse à dix-huit ans ! On peut à peine parler de sacrifice, finalement, conclut-elle en se tournant vers sa cadette.

Arabella s'apprêtait à acquiescer avec son bon sens habituel, mais Frances redoubla de sanglots avec tant de conviction qu'elle se ravisa.

— Mais elle va épouser un vieil homme alors qu'elle ne connaît rien de la vie ! Elle va sacrifier sa jeunesse et toutes ses espérances pour nous, maman ! Pauvre, pauvre Bella, comme je t'aime ! Et comme je me sens coupable de te laisser m'enlever le poids de ce sacrifice !

— Te sacrifier aurait été vraiment ridicule et injuste, Frances, répliqua Arabella en balançant ses jambes qui n'atteignaient pas tout à fait le parquet. Tu as d'autres perspcctives, et Théodore aurait le cœur brisé si notre cousin t'emmenait au loin. De toute façon, comme je vous l'ai dit un millier de fois, à maman et à toi, cela ne me coûte pas du tout ! Sa Seigneurie doit être un homme plutôt bienveillant puisqu'il a proposé d'épouser l'une d'entre nous pour nous éviter la ruine alors qu'il ne nous connaît pas. Qu'il ne nous a même jamais vues !

— Il nous permettra certainement de continuer à vivre ici après votre mariage, Bella, ajouta leur mère. Et tu le convaincras d'emmener Frances à Londres pour qu'elle fasse ses débuts dans le monde. Une beauté aussi rare doit se montrer dans la capitale, ce ne serait que justice !

À vrai dire, ce projet maternel était justement celui que désapprouvait Arabella. Si elle avait épargné à Frances la nécessité d'un mariage avec le vicomte, c'était avant tout pour que sa sœur puisse épouser Théodore. Sir Théodore Perrot, comme elle avait pris l'habitude de l'appeler désormais. Elles l'avaient toujours appelé Théodore – et même parfois Théo –, mais ce n'était apparemment plus tout à fait convenable maintenant qu'ils étaient adultes.

Frances et Théodore – sir Théodore – avaient depuis toujours projeté de se marier, et Arabella n'était que trop heureuse de rendre cette union possible. Théodore, un blond trapu au teint de brique, était un homme si solide et si fiable que Frances serait en sécurité avec lui. Et elle en aurait besoin. Frances serait incapable d'affronter les réalités de la vie si elle n'avait personne pour l'y aider. L'idée d'emmener sa sœur aînée à Londres pour la présenter à d'autres messieurs moins dignes de confiance déplaisait profondément à Arabella. L'un d'eux serait capable de l'enlever et, dans ce cas, où sa malheureuse sœur passerait-elle le restant de ses jours ?

Arabella portait sa plus belle tenue d'après-midi, même si elle trouvait cette robe de mousseline imprimée munie d'une large ceinture bleue fort peu appropriée pour un mois de février. Le temps avait beau être d'une douceur printanière, il était trop tôt pour porter de la mousseline. Par chance, le soleil brillait avec tant d'ardeur que, pour un peu, elle aurait eu trop chaud. Cela lui faisait tout de même plaisir de ne plus porter de noir. Leur mère avait décrété qu'elles allaient abandonner le deuil en l'honneur du nouveau lord Astor, même si leur pauvre papa n'était décédé que depuis huit mois.

Comme souvent durant ces deux dernières années, Arabella regretta amèrement d'avoir cessé de grandir si jeune alors qu'elle était encore si petite. Elle était peut-être aussi un peu replète, quand bien même comparer sa silhouette à celle de Frances n'était sans doute pas une bonne idée.

Sa mère lui assurait sans cesse qu'elle n'était absolument pas grosse, juste petite et un peu potelée. Elle ne pouvait pas non plus se comparer à Jemima, qui était aussi maigre qu'un manche de râteau, s'en plaignait et désespérait de changer un jour. Jemima était cependant plus grande qu'elle, malgré ses deux années de moins. Arabella avait également les cheveux trop épais. Ils étaient d'un châtain foncé fort seyant, la consolait sa mère, quoique impossibles à coiffer…

Arabella n'avait pas particulièrement envie d'être une beauté. Une seule dans la famille suffisait, avait-elle conclu avec beaucoup de bon sens un an plus tôt. Et puisqu'elle n'avait pas encore cherché de soupirants, et encore moins à se marier, avant l'étonnante lettre du vicomte une quinzaine de jours plus tôt, elle n'avait jamais éprouvé le besoin d'attirer les messieurs. Elle n'en avait toujours pas envie, du reste. Après tout, le vicomte était un homme d'un certain âge et il n'attacherait pas grande importance à son physique. S'il l'épousait, c'était par pure bonté d'âme, et elle n'avait aucune envie de susciter son admiration. Elle allait l'épouser parce que c'était nécessaire et parce qu'elle serait ainsi débarrassée de la corvée de se trouver un époux au cours des années à venir. Cela étant, elle aurait quand même aimé avoir l'air moins enfantin. Elle avait dix-huit ans et elle était pleinement femme. Elle ressemblait cependant toujours à une enfant, plus même que Jemima, ce qui la désolait. En plus d'être petite et ronde – les protestations de sa mère ne l'avaient pas convaincue –, elle avait une chevelure qui ne faisait qu'accentuer la rondeur de son visage, ne laissant aucun moyen à un étranger de deviner qu'elle était une femme au plein sens du terme. Aux yeux d'un homme de l'âge de son père, elle aurait sûrement l'air d'un véritable bébé.

Peut-être aurait-elle dû se montrer plus ferme lorsque sa mère avait conseillé cette large ceinture bleue qui l'engonçait.

Elle semblait sortir tout droit de la nursery...

— Très bien, ma chérie, tu fais preuve d'un grand courage, la félicita lady Astor en tapotant l'épaule de Frances. Je n'en attendais pas moins de toi. Range ton mouchoir, à présent. Le vicomte devrait arriver d'un instant à l'autre, et il ne faut pas qu'il voie que tu as pleuré, alors que c'est Bella qu'il va épouser. Il s'imaginerait que vous vous êtes disputées pour lui, et il aurait une mauvaise opinion de notre famille.

— Oh, Bella, s'écria Frances d'une voix chevrotante, le vicomte verra tout de suite à quel point nous t'aimons ! Il comprendra que nous ne t'avons pas sacrifiée, mais que c'est toi qui t'es dévouée spontanément pour nous. J'espère qu'il n'est pas complètement chauve, ou qu'il n'a pas les cheveux blancs, et, surtout, qu'il a toutes ses dents !

— Mais enfin, ma chérie, ton père est resté un très bel homme jusqu'à son dernier jour ! protesta sa mère en s'essuyant les yeux à son tour. Bella, mon trésor, souviens-toi de ne pas balancer les jambes de cette façon devant Sa Seigneurie. Cela ne convient pas à une dame.

— Oui, maman. Je ferais peut-être mieux de prendre le repose-pied. Sinon, je risque d'oublier.

La porte du salon s'ouvrit brusquement et une grande fille mince en mousseline rose, ressemblant beaucoup à Arabella, entra en trombe, ses boucles auburn dansant autour de son visage.

— Maman, maman, il est arrivé ! Dans une drôle de voiture ! Ils sont deux – l'un des deux doit être un valet. Ils sont dans le hall. Je les ai vus quand je descendais de la salle de classe. Mlle Roberts voulait que j'attende qu'on m'appelle, mais si je l'avais écoutée, tu aurais risqué d'oublier et je n'aurais pas vu la rencontre entre Sa Seigneurie et Bella. Il n'a pas l'air très vieux. Il n'est pas voûté, en tout cas.

— Enfin, mon petit, cet homme n'est pas vieux ! Il a l'âge de ton père, à peu de chose près. Assieds-toi et tiens-toi tranquille, s'il te plaît. Les jeunes filles qui n'ont pas terminé leur éducation peuvent se montrer à condition de ne pas se faire entendre, ne l'oublie pas. Et dans ta hâte de voir à quoi ressemble le vicomte, n'oublie pas de faire la révérence. Frances, ma chérie, tu ne vas pas te remettre à pleurer tout de même ? Et toi, Bella, cesse de balancer les jambes ! Jemima, avant d'aller t'asseoir, apporte le repose-pied à ta sœur.

Lorsqu'il fit son entrée dans le salon de Parkland Manor après avoir été dûment annoncé, le vicomte Astor se sentit d'emblée soulagé. Pour commencer, lady Astor se conduisait avec une parfaite courtoisie. Elle vint à sa rencontre, main tendue, et le gratifia d'une révérence en lui souhaitant la bienvenue dans sa nouvelle demeure. Mais ce qui motiva surtout son soulagement, il faut le dire, ce fut le discret coup d'œil qu'il jeta aux jeunes filles avant de reporter son attention sur son hôtesse. Dire qu'il était soulagé d'avoir aperçu sa future épouse était une litote. C'était une véritable beauté, au visage délicat, à la chevelure d'un blond éclatant, dotée d'une silhouette faite pour satisfaire les rêves les plus fous de tout mâle normalement constitué.

Ses deux sœurs étaient beaucoup plus jeunes et n'avaient rien de remarquable. Les âges qu'on lui avait indiqués devaient être erronés.

— Il doit y avoir une erreur, milord, dit lady Astor, visiblement perdue. Vous ne pouvez pas être le cousin de mon défunt époux que j'ai rencontré il y a des années ! Vous deviez savoir à peine marcher à cette époque.

— Vous parlez certainement de mon père, madame. Ma mère a tenu à m'appeler Geoffrey, comme lui, mais porter le même prénom que son père est parfois source de malentendus. Vous n'avez apparemment pas été informée de son décès il y a quatre ans.

— Quelle perte cela a dû être pour vous ! Je me souviens bien entendu que votre père avait un fils. Et c'est donc vous qui êtes désormais le vicomte Astor, monsieur. Je suis ravie de faire votre connaissance et je regrette qu'une querelle ancienne ait éloigné si longtemps nos deux familles. Mes filles ont autant hâte que moi de renouer nos liens familiaux. Permettez-moi de vous les présenter, milord.

Lord Astor assura qu'il en serait très honoré, puis s'inclina tour à tour devant Mlle Frances Wilson, devant Mlle Arabella Wilson et devant Mlle Jemima Wilson, avant de prendre un siège près de la beauté de la famille. L'examen plus circonstancié auquel il se livra discrètement ne le déçut pas. Elle avait de beaux yeux bleus, constata-t-il, et même si elle les gardait la plupart du temps modestement baissés, il lui restait beaucoup à admirer. Ses longs cils jetaient une ombre légère sur ses joues empourprées et c'était fort seyant. Elle parlait peu, mais qui exigerait une conversation élaborée de la part d'une jeune fille aussi agréable à regarder ? En buvant son thé, lord Astor devinait déjà qu'elle ferait sensation dans la bonne société lorsqu'il la présenterait comme sa femme. Il imaginait le plaisir qu'il prendrait à l'emmener chez une couturière en vogue pour l'habiller à la dernière mode…

Il conversa presque uniquement avec son hôtesse, qui s'efforça d'attirer dans la conversation l'une de ses plus jeunes filles, la petite à l'épaisse chevelure brune qui balançait les jambes dès qu'elle ouvrait la bouche, mais il ne lui prêta pas grande attention, pas plus qu'à la maigrichonne aux cheveux auburn qui l'observa en silence pendant tout le temps que dura leur entrevue. Il se demanda brièvement, comme souvent au cours des semaines passées, si on attendait de lui qu'il emmène à Londres la mère et les sœurs de sa future épouse. Il subodorait maintenant que ce ne serait pas nécessaire. Les deux sœurs devaient être trop jeunes pour faire leur entrée dans le monde.

Il comprit, en discutant avec lady Astor, que peu lui importait finalement ce que les convenances dictaient à ce sujet. Il était tellement soulagé d'avoir une femme ravissante et raffinée qu'il serait tout disposé à traîner dans la capitale une douzaine de petites sœurs s'il le fallait.

Lady Astor finit par se lever et lui proposer de lui montrer sa chambre – celle du maître de maison, précisa-t-elle en hâte – afin qu'il puisse se rafraîchir et se changer avant le dîner.

Il s'inclina devant la beauté et ses sœurs, et suivit son hôtesse, très satisfait de sa première heure à Parkland Manor. Jusqu'à la fin de la journée, décida-t-il, il s'en tiendrait à une conversation polie et à des sujets généraux. Il aurait tout le temps le lendemain d'avoir un entretien privé avec lady Astor concernant son mariage et leur avenir, à ses deux autres filles et à elle.

2

Assise sur la pelouse au nord des écuries, Arabella jouait avec George, son chien. Le colley avait beau n'avoir pas droit de cité dans la maison sous prétexte que ses poils faisaient éternuer Frances, il ne manquait certes pas d'affection. Arabella passait tout son temps libre dehors et George caracolait généralement derrière elle, quand il ne gambadait pas devant. Ce jour-là cependant, elle resta assise dans l'herbe et se contenta de lui gratter distraitement les oreilles, ignorant ses invitations à se lever. Elle ne voulait pas être vue de la maison.

Elle avait laissé Frances en larmes dans le boudoir de leur mère. Celle-ci s'était montrée incapable d'articuler un mot, ou n'avait pas voulu le faire, mais s'était laissée tomber gracieusement sur le canapé, le visage enfoui dans un mouchoir de dentelle. Sa mère, qui avait fait appeler Arabella pour l'informer que lord Astor lui avait demandé un entretien privé en fin de matinée, lui avait suggéré ensuite de s'éclipser. Frances avait peut-être envie de parler à sa mère seule à seule.

Arabella savait ce qui avait bouleversé son aînée. Le sacrifice qu'elle avait accepté de bon cœur apparaissait maintenant beaucoup plus pénible, Frances l'avait compris d'emblée. Voilà pourquoi elle pleurait plus amèrement que jamais. Elle avait deviné que la perspective d'épouser le vicomte était devenue bien plus inquiétante aux yeux de sa cadette et elle avait fondu en larmes.

Depuis la veille, Arabella était sur le point de fondre en larmes, elle aussi. Tout ce qui l'en empêchait, c'était que cela ne lui avait jamais apporté le moindre réconfort. Si elle s'en tenait à son expérience limitée, cela ne faisait au contraire qu'empirer les choses. Les sanglots vous étouffaient et les larmes vous bouchaient le nez. Et les uns comme les autres vous laissaient le nez rouge et le visage boursouflé. Non, elle n'allait pas pleurer. Et elle n'allait pas se plaindre non plus, et montrer à sa mère et à ses sœurs à quel point son destin lui était devenu insupportable. Elle n'allait pas les obliger à se sentir coupables en leur expliquant qu'elle regrettait que Frances n'ait pas été choisie pour devenir l'épouse du vicomte.

Comment pourrait-elle épouser lord Astor ? Ce n'était pas du tout l'homme mûr et rassurant auquel elle s'attendait. Il était jeune – il ne devait pas avoir plus d'une dizaine d'années de plus qu'elle – et, pire, il était bel homme. Pas très grand – à peine au-dessus de la moyenne, en fait –, mince et plein de charme, il avait un visage viril et des cheveux d'ébène. C'était exactement le genre d'homme sur lequel les dames se retournaient, même au milieu d'une foule de messieurs.

Et pire – bien pire que sa jeunesse et son charme –, c'était un homme du monde accompli et sûr de lui. Telle était du moins l'impression qu'il lui avait faite au cours de l'après-midi et de la soirée de la veille. Il avait abordé avec leur mère toutes sortes de sujets et leur avait beaucoup parlé de la capitale et du continent. Il avait l'air... Arabella ne savait trop comment le définir... Quelque chose chez lui suggérait une connaissance approfondie du vaste monde et une longue expérience de la manière dont il allait.

Pour commencer, il suffisait de voir la façon dont il regardait Frances, comme s'il la connaissait de longue date et l'appréciait, et comme s'il était convaincu qu'elle éprouvait le même intérêt pour lui. Il y avait aussi la façon qu'il avait de ne pas la regarder, elle, Arabella. À ses yeux, elle n'existait pas. Il l'avait visiblement classée dans la catégorie des enfants sans le moindre intérêt. Elle avait beau avoir participé à la conversation dix fois plus que Frances, elle aurait juré qu'il n'avait pas prêté attention à une seule de ses paroles, et il ne lui avait jamais accordé plus qu'un bref regard.

L'idée d'épouser lord Astor lui était devenue insupportable. Avec lui, jamais elle ne pourrait oublier ses épouvantables défauts. Elle serait toujours aussi embarrassée par son air juvénile, sa petite taille, ses rondeurs et son visage enfantin. Elle aurait toujours conscience de la pauvreté de sa conversation et de son manque d'expérience de la vie...

Oh, non, elle ne risquait pas d'être à l'aise avec lord Astor ! se répéta-t-elle en grattant le ventre de George avec tant d'énergie que celui-ci, au comble de l'extase, agita les pattes dans l'air. Tout ce qu'elle demandait à ce mariage, c'était de s'y sentir à l'aise, de faire plaisir à son époux et de lui donner satisfaction. Avec un homme plus âgé, cela aurait été tellement facile. Avec un homme plus âgé, elle n'aurait pas eu honte d'elle-même.

Tandis qu'avec ce vicomte...

Elle se sentirait toujours inférieure, et serait toujours gênée à l'idée qu'il la regarde au pire avec dégoût, au mieux avec indifférence. Elle serait toujours tentée d'impressionner cet homme, alors que même dans ses rêves les plus fous, elle savait pertinemment qu'il n'y avait rien dans ce monde qu'elle puisse faire pour mériter son admiration.

Oh, Seigneur, elle aurait tellement voulu que ce soit Frances qui l'épouse ! Frances était aussi belle qu'il était séduisant. Elle n'avait pas plus d'expérience de la vie qu'elle-même, mais cela n'avait pas d'importance. Son innocence ajoutait à son charme, en fait. S'ils se mariaient, Frances et lord Astor seraient sur un pied d'égalité. Ils seraient assortis... Ils seraient heureux... Il serait fier de son épouse... Arabella avait bien vu combien il admirait son aînée.

Elle avait en outre l'impression qu'il avait cru que c'était Frances sa future épouse. Leur mère, présumait-elle, lui avait déjà fait part de son choix, ou peut-être pas, finalement. Peut-être le vicomte était-il arrivé à Parkland en ignorant laquelle des trois sœurs était sa fiancée. Et si tel était le cas, il avait tout naturellement pris Frances pour l'élue. Quelle ne serait pas sa déception lorsqu'il découvrirait la vérité dans la matinée ! Peut-être irait-il jusqu'à renier sa promesse et repartir sur-le-champ pour Londres.

Quelle épouvantable humiliation ! Pire même que d'être obligée d'épouser cet homme.

Arabella s'aperçut soudain avec effroi que le vicomte, vêtu d'une superbe redingote de lainage vert foncé, d'un pantalon chamois et de bottes immaculées, était sorti de la maison et se dirigeait vers les écuries. Peut-être s'en allait-il déjà ? À moins qu'il ne soit à sa recherche après avoir appris l'affreuse vérité...

Elle se pencha et fit de son mieux pour se rendre invisible, tandis que George bondissait sur ses pattes et se précipitait à la rencontre du nouveau venu en aboyant joyeusement. Elle aurait tout aussi bien pu agiter un drapeau rouge au-dessus de sa tête, se dit-elle en se levant. Elle brossa sa jupe avec autant de détachement que le lui permettait son cœur qui battait la chamade, puis se dirigea vers lui.

Sa seconde hypothèse était la bonne, réalisa-t-elle, le cœur chaviré. Il était bel et bien venu lui parler. Dès qu'il la vit, il obliqua dans sa direction sans hésiter. Arabella s'immobilisa, un sourire un peu crispé aux lèvres.

Lady Astor avait enfin réussi à persuader sa fille aînée d'expliquer les raisons de son chagrin, mais ce n'était pas tout à fait ce qu'imaginait Arabella.

— Oh, maman, marmonna Frances en s'essuyant les yeux, pourquoi personne ne nous a-t-il informées du décès du vicomte ? Non, il n'était pas vicomte, n'est-ce pas ? Papa vivait encore quand il est mort… C'était lui l'héritier de papa, et personne ne nous a averties de sa mort !

— C'est à cause de cette dispute, sans aucun doute. Une querelle vraiment stupide. Je ne me rappelle même pas ce qui l'a provoquée. Tout ce dont je me souviens, c'est que ton père avait entièrement raison. Mais nos parents ont fait preuve de négligence et de mesquinerie. Ils auraient dû nous informer du décès de l'héritier de ton père. Je comprends que l'apprendre de façon aussi brutale ait heurté ta sensibilité, ma pauvre chérie.

— Si j'avais su ! gémit théâtralement Frances. Il est tellement jeune, tellement beau et tellement à la mode. Et tellement aimable.

— C'est vrai, Sa Seigneurie s'est révélée une agréable surprise. C'est un jeune homme tout à fait charmant. Pas un instant il ne m'a fait sentir que j'étais désormais une simple invitée dans sa maison.

— Mais enfin, maman, vous ne comprenez pas ? s'écria Frances, l'air tragique. Ce n'était pas la peine que Bella se sacrifie. Si j'avais su cela, c'est moi qui me serais sacrifiée, comme le devoir l'exigeait.

— Tu ferais certes une vicomtesse bien plus présentable que Bella, ma chérie. Et je suis certaine que Sa Seigneurie préférerait t'épouser. Il n'a eu d'yeux que pour toi depuis qu'il est arrivé.

De nouveau, Frances se tamponna les yeux.

— Cela dit, je n'ai pas encore parlé à Sa Seigneurie, rappela lady Astor, dont le visage s'illumina. Il ne sait pas laquelle d'entre vous lui fera l'honneur de lui accorder sa main… Je suis sûre que Bella ne verrait aucun inconvénient à ce que nous changions notre fusil d'épaule. Veux-tu que j'aille lui parler et lui proposer que tu épouses lord Astor à sa place ?

— Oh, maman, ne me tentez pas ! protesta Frances, les yeux brillants de larmes. Non, c'est impossible. Notre chère petite Bella s'est sacrifiée si volontiers pour notre bien à toutes, et je l'ai accepté de trop bon cœur quand nous nous attendions à un homme âgé. La voilà à présent récompensée de son désintéressement. Elle va avoir un mari jeune et beau, et elle mérite cette chance. C'est vraiment un ange, et je suis tellement heureuse pour elle. C'est vrai, je vous assure !

Et pour le prouver, elle fondit en larmes.

— J'ai deux anges pour filles, la consola sa mère en lui tapotant l'épaule. Tu as un grand cœur, ma chérie ! Beaucoup de sœurs seraient jalouses de Bella en pareilles circonstances. Mais tu as raison, elle mérite cette récompense. Sa Seigneurie aura de la chance d'avoir une épouse aussi gentille.

Elle tapota de nouveau l'épaule de sa fille avant de déclarer qu'il était temps de retrouver le vicomte pour prendre des dispositions en vue des noces.

Lord Astor n'avait pas particulièrement envie d'aller retrouver Mlle Arabella Wilson. Ce devait être la petite brune… Il n'en avait aucune envie, en fait, mais repousser le moment fatal était inutile. Tôt ou tard, il faudrait qu'il accomplisse cette pénible formalité, à savoir lui demander sa main. Autant le faire sans attendre puisqu'il n'avait aucun moyen de se sortir de ce guêpier.

La veille encore, il s'était préparé au désastre. Il s'était préparé à une fiancée laide, gauche, revêche ou vulgaire. Il s'était même préparé à la possibilité qu'elle soit tout cela à la fois. Le sort s'était montré cruel en lui faisant miroiter une perspective plus attrayante depuis son arrivée jusqu'à une demi-heure plus tôt...

La veille, il ne lui était pas venu à l'idée que la fiancée qu'on lui avait choisie n'était peut-être pas la belle Frances. Il n'avait en fait jamais envisagé que l'une des deux autres sœurs soit en âge de convoler. Il les avait à peine regardées, à vrai dire, mais il avait eu l'impression que ce n'étaient encore que des enfants. Le notaire n'avait apparemment pas commis d'erreur à propos des trois filles de son prédécesseur. Mlle Arabella Wilson avait bien dix-huit ans.

Elle était donc en âge de devenir sa femme.

Le choc avait été rude lorsque, après avoir renouvelé sa proposition à lady Astor, il l'avait entendue dire qu'elle était sensible au grand honneur qu'il faisait à sa famille et que sa deuxième fille serait heureuse d'accepter sa demande. Il craignait d'en être resté bouche bée, si grande avait été sa surprise. Sa deuxième fille ? Il ne se rappelait même pas exactement laquelle des sœurs qui n'étaient pas Frances était la plus âgée.

Qu'aurait-il pu dire ou faire ? Il s'était incliné et avait donc répondu ce qu'on doit dire en pareilles circonstances. Lady Astor l'avait alors libéré, assurant qu'elle comprenait parfaitement qu'il souhaite faire plus ample connaissance avec Arabella et lui demander sa main en bonne et due forme avant d'aborder les détails du mariage.

Il s'était incliné et s'était enquis de l'endroit où il pourrait trouver Mlle Arabella. Elle lui avait expliqué que sa fille devait être dans le parc et qu'il risquait de la trouver avec son chien près des écuries.

Elle s'y trouvait effectivement, constata-t-il non sans soulagement. Il aurait perdu son sang-froid s'il avait dû se lancer dans une longue recherche. Il la vit dès qu'il tourna la tête vers le colley noir et blanc qui se précipitait sur lui en aboyant avec enthousiasme. Elle était assise dans l'herbe, mais se leva en hâte pour le rejoindre. Elle l'attendait visiblement.

Il bifurqua dans sa direction, un sourire chaleureux aux lèvres.

— Bonjour, mademoiselle. Quelle belle journée, n'est-ce pas ? dit-il en s'inclinant devant elle. Ce chien est à vous ?

— Oui, milord. Non, George, nous n'allons pas nous promener ! lança-t-elle au chien, qui avait posé les pattes sur sa robe. Il va falloir attendre. Et descends ! Je ne suis pas du tout sûre que tu aies les pattes propres.

Elle était vraiment toute petite. Elle devait à peine lui arriver à l'épaule, et il n'était pas particulièrement grand. C'était sans doute sa taille qui la lui avait fait prendre pour une enfant. Sa silhouette était celle d'une femme, mais son visage avait gardé la rondeur et la vivacité de l'enfance.

— Voulez-vous faire quelques pas avec moi et donner ainsi à George son content d'exercice ? Il est censé avoir une ressemblance avec un membre de la famille royale, au fait ?

— Papa avait déjà appelé tous les autres chiens King, Rex, Prince ou Duke, et quand ce pauvre George est arrivé, il n'y avait plus de qualificatif royal disponible. Je l'ai donc appelé George pour faire plus simple, expliqua-t-elle en riant.

— Par ici ? suggéra-t-il en indiquant ce qui semblait être un pâturage.

Elle régla son pas sur le sien. Sa robe de lainage bleu et son châle la faisaient paraître plus âgée que sa tenue de la veille. Ses cheveux étaient relevés en un chignon très simple, mais une mèche épaisse s'en était échappée et pendait dans son dos. Cette coiffure ne lui allait de toute façon pas du tout, constata lord Astor avec une pensée pleine de regrets pour les boucles folles de Ginny.

Mlle Arabella Wilson n'était pas jolie…

— J'ai eu l'honneur de parler à votre mère ce matin, et elle m'a donné la permission de vous demander votre main, mademoiselle.

— Oh ! s'écria-t-elle en croisant brièvement son regard. Je suis vraiment désolée ! Je veux dire… Je suis certaine que vous avez proposé ce mariage pour nous éviter la ruine et pour que nous ne nous sentions pas redevables de votre charité. Et je suis certaine que vous auriez préféré

Frances comme fiancée. C'est elle la beauté de la famille, alors que moi, je ne suis absolument pas jolie. Mais Frances doit épouser Théodore, voyez-vous – sir Théodore Perrot –, et nous avons donc décidé que ce serait moi qui accepterais votre généreuse proposition.

Lord Astor en resta sans voix. Cette fille jacassait comme une gamine de douze ans. Elle ignorait donc les convenances ? On ne reconnaissait pas ouvertement qu'on faisait un mariage de pure convenance.

— Si j'ai fait cette proposition, c'est que les filles du défunt vicomte me semblaient des partis hautement enviables, commença-t-il prudemment. Et vous me feriez un grand honneur si vous acceptiez ma demande. Je n'ai pas précisé à laquelle d'entre vous je demanderais sa main parce que, jusqu'à hier après-midi, je ne vous avais jamais rencontrées. J'ai donc pensé que votre mère serait mieux à même que moi de faire le meilleur choix. Je suis pleinement satisfait de la décision qu'elle a prise et je serais très heureux que vous m'accordiez votre main, mademoiselle.

— Je vous l'accorde, bien entendu, milord. Non, George, je ne vais pas te lancer de bâton aujourd'hui ! Va courir, et ne te rue pas dans mes jambes à chaque pas, s'il te plaît. Je suis sûre que maman vous avait assuré de ma réponse... Et c'est très courtois de votre part de me certifier que je vous conviens alors que je doute que vous éprouviez le moindre enthousiasme pour ce mariage. Je ferai toutefois de mon mieux pour vous donner satisfaction, milord.

— Je suis certain que vous y parviendrez. Et de mon côté, je ferai mon possible pour que vous n'ayez pas à regretter votre choix. Je vais suggérer à votre mère que nous nous mariions ici dès que les bans auront été publiés. Cela vous convient-il ?

— Si vite ?

Ils étaient arrivés à la clôture d'un pré, dotée d'un échalier pour y pénétrer. Lord Astor s'apprêtait à rebrousser chemin, mais Arabella escalada l'échalier sans hésiter, et sans lui laisser la possibilité de l'aider. Elle lui dévoila au passage une bonne portion de cheville et de jupon. Réprimant un sourire, le vicomte la suivit.

— C'est trop tôt ? dit-il, saisi d'un espoir fugitif. Vous souhaiteriez un peu de temps pour vous habituer à nos fiançailles ?

— Oh, non ! répondit-elle avec un sourire. Autant en finir rapidement. Maman sera contente que vous vouliez vous marier ici. Elle craignait que vous ne préfériez Londres.

— Londres vous fait peur ? Vous aimeriez mieux vivre ici après notre mariage ? Vous êtes certes bien jeune pour quitter votre mère et tout ce qui vous est familier…

— C'est à vous d'en décider, milord. Si vous choisissez de vivre ici, je ne m'en plaindrai pas, bien sûr, mais si vous désirez retourner à Londres, je n'essaierai pas de vous en dissuader. J'irai là où vous irez. Je connais mes devoirs.

— Ce sera Londres, dans ce cas. Vous aurez l'occasion d'assister à la saison. Cela devrait vous plaire. Mais il faudra apprendre les bonnes manières à votre chien. Je m'étonne qu'il ne vous fasse pas tomber quand il vous saute dessus ainsi.

— Cela arrive quand il me prend par surprise, figurez-vous. Cela m'est égal. Je l'aime.

Elle se pencha pour que le chien pose les pattes sur ses épaules, et elle l'enlaça. Il lui lécha le visage avec enthousiasme tandis qu'elle riait en repoussant sa tête.

Elle avait parfois tendance à relever la lèvre supérieure. Il ne voyait pas pourquoi, puisque ses dents n'avançaient pas, mais il trouvait cette particularité plutôt charmante.

En la regardant câliner son chien et rire, il avait du mal à croire qu'elle avait dix-huit ans. Elle avait plutôt l'air d'une enfant turbulente et un peu débraillée. Et sa conversation avait une candeur tout enfantine.

Elle allait devenir sa femme, la compagne de toute une vie. Ils allaient partager le même lit. De nouveau, il la compara à Ginny et aux autres femmes qui fréquentaient sa couche. Envisager de faire avec cette enfant ce qu'il faisait avec les compagnes de ses nuits était tout simplement ridicule, pour ne pas dire embarrassant. Enfin, le but d'entretenir une maîtresse quand on était également doté d'une épouse devait justement être de satisfaire ses sens. Il n'imaginait certes pas ses amis faire avec leurs épouses ce qu'ils faisaient avec leurs maîtresses…

Mlle Arabella Wilson n'était pas laide. Elle n'avait rien d'une campagnarde, même si ses manières n'étaient pas exactement celles qu'on attendait d'une jeune fille du monde. Il aurait pu trouver bien pire... Pour peu qu'il chasse de son esprit l'image de Mlle Frances Wilson telle qu'elle lui était apparue la veille, il était soulagé que sa fiancée n'ait rien de repoussant comme il l'avait craint. Il pouvait envisager un mariage avec elle sans effroi ni répugnance.

Elle allait s'efforcer de lui donner satisfaction, lui avait-elle déclaré quelques minutes plus tôt. Peut-être y parviendrait-elle, après tout. Tandis qu'il reprendrait le cours de son existence là où il l'avait interrompu quelques jours plus tôt, savoir qu'une épouse connaissant ses devoirs et n'ayant d'autre but que de lui rendre la vie agréable assurait la respectabilité de son nom et de sa maison serait tout de même réconfortant.

Lord Astor n'était pas mécontent de sa matinée, finalement.

Arabella n'était pas aussi contente d'elle. Si elle avait enfoui la tête dans le cou de George, lui avait parlé et avait joué avec lui, c'était pour mieux cacher son malaise.

Voilà qu'elle se trouvait dans un pré de Parkland en compagnie d'un très séduisant jeune homme qui semblait tout droit sorti de chez un tailleur londonien, et qu'elle venait d'accepter sa demande en mariage. Elle l'avait fait sans avoir la moindre idée des usages en la matière, et elle ne savait pas non plus comment poursuivre la conversation maintenant que la chose était entendue.

Jusqu'ici, elle n'avait jamais réalisé quelle vie retirée elles avaient menée, sa famille et elle. Elles n'étaient jamais allées à plus de cinq lieues de chez elles et ne s'étaient jamais liées avec qui que ce soit en dehors des habitants de la région et de quelques rares visiteurs. Elle n'avait pas la moindre idée de la façon de converser avec un gentleman comme lord Astor, ni des sujets qu'il convenait d'aborder en société. Et elle n'avait aucune idée non plus de ce qu'on attendrait d'elle une fois dans la capitale. Qu'y ferait-elle, et comment devrait-elle se comporter ? Cette perspective lui apparaissait soudain absolument terrifiante.

Elle avait assuré à lord Astor qu'elle connaissait ses devoirs, mais en était-elle si sûre ? À part lui obéir, en quoi consistaient exactement lesdits devoirs ? Elle lui avait également déclaré qu'elle ferait de son mieux pour lui donner satisfaction, mais comment faire pour procurer à un gentleman aussi intimidant une vie agréable ?

Si au moins il avait eu plus de cinquante ans et les cheveux blancs.

Si au moins il n'était pas aussi séduisant.

Et si au moins il ne semblait pas aussi digne et élégant dans ce pré, et s'il ne désapprouvait pas si visiblement l'affection débridée de George.

Elle n'aurait pas dû consentir à ce sacrifice, regretta-t-elle en ramassant finalement un bâton qu'elle jeta à son chien pour qu'il le lui rapporte. Elle était punie de son péché d'orgueil. Car elle avait éprouvé une grande fierté à sacrifier son avenir pour assurer celui de Frances. Quand on décidait de faire un sacrifice, il fallait faire preuve d'humilité et de désintéressement, sinon il n'avait aucune valeur.

Elle se trouvait bien punie de son orgueil.

— Il est peut-être temps de rentrer, milord. Le déjeuner va bientôt être servi, proposa-t-elle tout à coup.

Lord Astor s'inclina sans mot dire et lui offrit son bras. Arabella s'empourpra, considéra son futur époux, puis accepta ledit bras en rougissant davantage.

Seigneur, si seulement son fiancé n'était pas aussi séduisant !

3

Lord Astor prit ses dispositions pour que les bans soient publiés à l'église du village le dimanche suivant, où ils resteraient affichés durant deux semaines. La cérémonie devait avoir lieu un mois après son arrivée à Parkland Manor. Il n'avait jamais eu beaucoup de goût pour la vie campagnarde, pourtant il parvint à s'occuper. Il passa beaucoup de temps avec le régisseur, soit dans son bureau, soit sur le domaine. S'il n'avait pas l'intention de vivre à l'année à Parkland ni de chasser de chez elles sa future belle-mère et ses filles, il lui fallait quand même se familiariser avec ses nouvelles propriétés.

Il fut en outre très demandé par la bonne société locale. Pratiquement tous ceux qui comptaient peu ou prou à des lieues à la ronde lui rendirent visite au cours de la quinzaine qui suivit son arrivée ou l'invitèrent à prendre le thé, à dîner ou à venir jouer aux cartes. Quand il n'avait pas de visiteurs, qu'il n'était pas invité et qu'il n'avait pas à s'occuper de la gestion du domaine, il allait se promener avec au moins deux des dames de la maison. La campagne était particulièrement attrayante dans toute sa splendeur printanière.

Il n'était cependant presque jamais seul avec sa future épouse, sans qu'il sache trop si c'était un hasard ou si elle s'arrangeait pour qu'il en soit ainsi. Il s'aperçut qu'Arabella était une jeune personne tout à fait innocente et inexpérimentée qui avait vécu dans une campagne reculée où chacun se mêlait des affaires de tous. Être souvent seul avec elle ou ne serait-ce qu'un long moment aurait fait jaser. De toute façon, il n'avait pas particulièrement envie de se retrouver en tête à tête avec sa fiancée. Il doutait qu'ils aient grand-chose en commun, et ce qui intéressait la jeune fille l'ennuierait probablement. Il aurait tout le temps de découvrir sa conversation quand ils seraient mariés.

Pour autant, il se serait attendu à ce qu'on favorise les rapprochements : lui donner le bras quand ils se promenaient, être assis près d'elle lorsqu'ils étaient dans le salon à Parkland ou en visite. Or, il avait le plus souvent Frances, ou sa mère, à son bras lors de ces promenades, Arabella partant généralement devant avec son chien sous prétexte de cueillir des primevères. Et au salon, elle s'asseyait le plus loin possible de lui et se lançait dans une conversation animée avec ses plus proches voisins.

Jamais avec lui.

Il ne pouvait s'empêcher de soupçonner sa fiancée d'éviter délibérément sa compagnie. Pour quelle raison, il n'aurait su le dire. Il n'avait pas l'habitude que la gent féminine le fuie, même avant qu'il hérite du titre et de la fortune qui allait avec. Au contraire. Soit Arabella éprouvait une profonde aversion pour lui, soit il l'intimidait. Elle ne lui semblait pourtant pas particulièrement timide, et n'hésitait pas à bavarder avec tout un chacun, homme ou femme. Il fallait dire qu'elle connaissait tout le monde, sauf lui, bien sûr.

Avait-elle peur de lui ? C'était là une nouveauté pour lui, mais il lui fallait envisager cette possibilité. Sa fiancée avait une expérience très limitée de la vie, et le cercle de ses connaissances était extrêmement restreint. La présence chez elle d'un homme du monde – son fiancé, qui plus est – devait être très perturbante.

Il se demandait comment elle supporterait son emménagement à Londres, d'autant qu'il aurait lieu au début de la saison. Comment réagirait-elle lorsqu'elle rencontrerait les membres de la bonne société, qui seraient là en nombre ? Que trouverait-elle à leur dire et se conduirait-elle comme on était en droit de l'attendre d'une femme du monde ? Devoir cornaquer une compagne exagérément timide serait fort agaçant. Il serait obligé soit de l'accompagner partout et de rester sans cesse à ses côtés, soit de la négliger et de la laisser à la maison s'occuper comme elle l'entendrait.

Ce fut en s'efforçant de résoudre cette question épineuse que lord Astor approcha la mère d'Arabella afin de suggérer que sa fille aînée accompagne sa cadette à Londres après leur mariage. Il avait dû combattre ses réticences pour en arriver là. Il n'avait aucune envie d'avoir en permanence sous les yeux Frances – si ravissante en comparaison de sa très ordinaire épouse – pour lui rappeler sa déception de n'avoir pu l'épouser, elle.

Il avait toutefois fini par changer d'avis. Les deux sœurs se tiendraient mutuellement compagnie, si bien qu'il ne serait pas contraint de rester très souvent avec son épouse. Du reste, après presque deux semaines à Parkland Manor, il trouvait Frances un peu moins attirante. Elle était certes très belle, mais ayant été souvent amené à bavarder avec elle à table, au salon ou durant leurs promenades, il avait trouvé sa conversation insignifiante et exagérément sentimentale. De surcroît, sa tendance à fondre en larmes à tout propos commençait à l'agacer.

Lord Astor n'avait jamais eu besoin de se donner beaucoup de mal pour échanger avec les dames. Il avait certes souvent bavardé avec elles à des réceptions ou à des bals, mais jamais suffisamment longtemps pour que leur frivolité dissimulée sous leur beauté l'ennuie. La conversation de ses maîtresses l'intéressait peu. Qu'elles soient bêtes, superficielles ou excessivement sensibles, lui importait peu du moment qu'elles étaient à même de satisfaire d'autres besoins plus essentiels.

À vrai dire, il se serait félicité de ne pas devoir épouser Frances s'il n'avait soupçonné Arabella d'être une épouse encore moins intéressante. L'aînée aurait été agréable à regarder, au moins.

À mesure que la fin du mois approchait, lord Astor commença à se résigner à son sort. S'il s'était beaucoup moins ennuyé que prévu, il serait néanmoins heureux de retrouver ses clubs et repaires favoris et ses compagnons habituels. Il ferait bien entendu un effort pour présenter son épouse dans la bonne société, mais au fond, la tâche ne s'annonçait pas trop contraignante. Il fréquentait régulièrement les réceptions, de toute façon. Sa sœur tiendrait compagnie à sa femme dans la journée et après la première demi-heure lors des soirées. Le cours de sa vie ne devrait pas être très perturbé par son mariage, finalement. Car lord Astor était tout à fait satisfait de sa vie telle qu'il l'avait menée jusqu'ici.

À mesure que le jour de ses noces approchait, Arabella était loin d'éprouver la même résignation que son fiancé. Si elle n'avait pas fait preuve de beaucoup de courage à l'arrivée de lord Astor ou quand il lui avait demandé sa main, ce qui en restait s'évanouit au fil des jours. La nouvelle de ses fiançailles s'était rapidement répandue dans les environs, comme toutes les nouvelles, même les plus anodines, et leurs amis et connaissances ne tardèrent pas à se presser pour la féliciter, lui offrir leurs vœux de bonheur et surtout faire la connaissance du nouveau vicomte Astor.

Plus le temps passait, plus Arabella était convaincue de l'éclatante supériorité de son fiancé, tant physiquement que dans ses manières, même si elle le comparait au plus flamboyant de leurs voisins. Le temps n'était pas si lointain où elle rougissait jusqu'à la racine des cheveux chaque fois qu'elle était en présence de M. Thomas Carr, or, M. Carr lui semblait maintenant tout à fait ordinaire tandis qu'il bavardait avec le vicomte devant l'église en ce premier dimanche. Quant à Théodore, qu'elle avait toujours trouvé bel homme, il lui semblait désormais un peu trop trapu et un peu trop rubicond.

Le vicomte discutait aisément avec tout le monde. Les références littéraires du pasteur ne le plongeaient pas dans l'embarras comme M. Carr, évoquer leurs récoltes avec les propriétaires terriens locaux ne lui faisait pas peur comme au révérend, et converser avec les dames ne lui paraissait pas une atteinte à sa supériorité masculine, comme c'était le cas de nombreux messieurs.

Ses préférences allaient visiblement à Frances, comme Arabella s'y attendait, et elle s'arrangeait autant que possible pour lui ménager des occasions de parler avec elle ou avec leur mère au cours de leurs promenades ou lorsqu'ils avaient des visiteurs. Elle ne voulait pas attirer l'attention sur sa petite et enfantine personne ni l'obliger à écouter son babillage sans intérêt. Elle n'était pas digne de lui. Il la trouvait ennuyeuse, devinait-elle, et regrettait d'être fiancé avec elle alors qu'il aurait pu épouser sa sœur.

L'excellente impression que son fiancé avait faite dans le voisinage ne la réconfortait en rien. Elle ne tirait aucune vanité de sa position de future vicomtesse, au contraire. Le contraste entre leurs physiques et leurs manières sautait aux yeux, et tout le monde devait les trouver mal assortis.

Dieu qu'il devait regretter de ne pas épouser Frances ! Ils faisaient un si beau couple. Arabella n'était plus du tout certaine d'avoir eu raison de libérer Frances de ses obligations d'aînée. Mais si elle avait fait cela, c'était parce qu'elle était convaincue que sa sœur aimait Théodore, qu'elle souhaitait l'épouser et qu'elle n'avait pas voulu voir contrarié un amour si profond.

Comme leur mère l'espérait, lord Astor lui avait demandé d'autoriser Frances à les accompagner dans la capitale après leur mariage. Elle avait accepté et Frances avait pleuré pendant une bonne heure lorsqu'on lui avait transmis l'invitation. Il ne s'agissait pas de larmes de chagrin à l'idée de quitter son bien-aimé, avait découvert Arabella, mais de larmes de joie. Frances désirait plus que tout faire ses débuts à Londres. C'était compréhensible, concédait Arabella, mais que devenait Théodore ? Frances aurait-elle envie de revenir à Parkland et de l'épouser l'été venu ?

Malgré ses doutes, Arabella était ravie, et plus que soulagée d'avoir sa sœur à ses côtés lorsqu'elle se mettrait en route pour la capitale au lendemain de son mariage. L'idée de se retrouver seule avec son mari et d'être obligée de lui faire la conversation pendant de longues heures la terrifiait. S'il n'avait qu'elle à regarder et à qui parler, il verrait à quel point elle était indigne de lui. Cela ne risquait pas d'arriver si Frances était présente.

Arabella aurait préféré qu'ils partent pour la capitale le jour même du mariage, mais il en fut décidé autrement. Après le repas de noces à Parkland, sa mère et ses sœurs iraient passer la nuit chez Mme Harvey, la meilleure amie de sa mère, afin de laisser un peu d'intimité aux jeunes mariés.

Cette seule idée soulevait le cœur d'Arabella. Elle s'efforçait donc d'éviter d'y penser. Sans succès.

Arabella se rendit à l'église en voiture avec sa mère, Frances et Jemima. Elle n'arrivait pas à réaliser qu'elle allait se marier, bien que toutes les quatre aient revêtu des robes et des chapeaux neufs, et que Frances tente en vain de retenir ses larmes. La robe qu'elle portait était la plus belle qu'elle ait jamais eue. Blanche avec une large ceinture de velours rose et des boutons de rose assortis, brodés au bord de chacun des trois volants et des courtes manches ballon.

Elle se demandait pourquoi cette robe ne la mettait pas en valeur, même si elle avait deviné la réponse lorsqu'un peu plus tôt elle s'était regardée dans la grande psyché de sa mère. Elle était trop petite pour faire honneur à n'importe quelle robe. Et celle-ci ne faisait rien pour l'amincir. C'était quand même un peu injuste. Une mariée avait le droit d'être en beauté le jour de son mariage !

La vieille église était pratiquement comble, et on n'était même pas dimanche. Tous ces gens qui tournèrent la tête quand elle fit son entrée avec sa mère et ses sœurs étaient venus pour la voir, et pour voir le nouveau maître de Parkland, bien sûr.

Ce fut à ce moment-là qu'elle se sentit mal. Tout à coup, elle était transie et ses genoux se dérobaient sous elle. Jamais elle n'avait autant apprécié la fermeté du bras de sa mère et la chaleur de son sourire. Elle repéra vaguement une silhouette masculine près de l'autel – celle, aussi séduisante qu'intimidante, de l'homme auquel elle allait s'unir –, et elle blêmit. Et elle sourit. Sans trop savoir comment, elle parvint à mettre un pied devant l'autre sans s'effondrer ni prendre ses jambes à son cou, jusqu'à ce qu'il s'empare de sa main.

Lord Astor lui sourit. Plus tard, ce serait le seul souvenir précis qu'elle garderait de son mariage – ce sourire, et son désir ardent qu'il ait soixante ans et qu'il soit chauve et édenté. Cela et, bien sûr, les reniflements discrets de Frances derrière elle.

Après, elle eut étrangement peu conscience de la présence de son époux. Frances pleura et leur mère parla tout le long du trajet. Jemima était dans une autre voiture. Une fois à la maison, les invités commencèrent à arriver. Les dames l'embrassaient, les messieurs lui baisaient la main, tous lui souhaitaient beaucoup de bonheur, évoquaient leurs expériences à Londres et lui donnaient des conseils quant à la façon de se comporter dans la capitale.

Elle bavarda avec tout le monde, lui sembla-t-il, sauf avec son mari. Chaque fois que son regard se posait sur lui et qu'elle pensait au lien nouveau qui les unissait, ses jambes se mettaient à trembler et le cœur lui manquait ; elle souriait alors plus chaleureusement à ses interlocuteurs et bavardait avec plus d'enthousiasme.

Frances, qui avait fini par cesser de pleurer et venait régulièrement la serrer sur son cœur, était allée se promener dans le jardin au bras de Théodore.

— Ce mois a passé vite, commenta-t-il. Demain vous serez en route pour Londres, Frances. Vous devez être ravie et avoir hâte d'être à demain.

— Je donnerais tout au monde pour ne pas y aller, murmura-t-elle.

— Je vous demande pardon ? Vous avez changé d'avis ? Il y a encore quelques jours, vous étiez aux anges.

— Mais je n'étais pas à la veille de quitter ma mère et ma sœur adorées, rétorqua-t-elle. Et vous, Théo !

— Mais ce départ n'a rien de définitif. Il s'agit de deux mois tout au plus. Et ce sera la grande expérience de votre vie. Vous allez fréquenter la haute société et faire vos débuts.

— Au fond, vous serez peut-être content d'être débarrassé de moi.

— Frances, c'est absurde, vous le savez très bien. Nous serions mariés depuis deux ans déjà si je n'étais pas parti à l'armée. Et nous nous serions mariés l'été dernier si vous n'aviez pas perdu votre père. Vous savez que vous épouser est mon vœu le plus cher. Je pense cependant que nous avons bien fait de ne pas nous fiancer officiellement. Vous êtes ravissante et vous ne connaissez rien du monde. Ces deux mois de liberté à Londres vous feront du bien.

— Mais je ne veux pas être libre, Théo, gémit-elle. Tout ce que je veux, c'est être avec vous. Cher Théo, je ne saurais pas quoi faire sans vous ! Et sans maman.

— Ne pleurez pas, dit-il fermement. Les gens vont penser que nous nous disputons.

Frances obéit et remisa le mouchoir qu'elle levait déjà vers ses yeux.

— Je pourrais vous surprendre en faisant une apparition à Londres, enchaîna-t-il. Et à ce moment-là, vous serez tellement occupée à vous amuser que vous n'aurez qu'un seul souhait : que je rentre chez moi.

— Théo, comment pourrais-je jamais regretter de vous voir ? Oh, je n'ai aucune envie de partir ! Si je vais à Londres, c'est pour Bella. Elle est tellement jeune, tellement innocente ! Sa Seigneurie est la gentillesse même, mais je suis convaincue que Bella sera heureuse de m'avoir près d'elle.

— C'est en tout cas très gentil de votre part de veiller sur elle, assura Théodore en lui prenant la main pour la porter à ses lèvres. Non, ne pleurez pas. Nous nous retrouverons en moins de temps qu'il n'en faut pour le dire.

— Cher Théo, comment vais-je réussir à vous quitter ? gémit-elle tandis que ses grands yeux d'azur s'emplissaient de larmes.

Dans la chambre du maître de Parkland Manor, lord Astor, les mains sous la tête, regrettait de ne pouvoir regagner Londres en un claquement de doigts. Si les trois jours de voyage à venir ne l'enthousiasmaient guère, il était content de se mettre en route le lendemain.

Il lui faudrait sans doute s'habituer à ne plus penser au singulier. Le lendemain, ils se mettraient en route, sa femme, sa belle-sœur et lui. Cela lui paraissait encore irréel. La journée entière lui paraissait irréelle, la cérémonie à l'église le matin, le repas de noces et l'après-midi passé à recevoir les félicitations des invités, le dîner, et cette heure en tête à tête avec sa femme à essayer de l'entraîner dans une vraie conversation. Et enfin ce coucher inhabituellement tôt.

Il avait beau s'être décidé voilà un certain temps à épouser l'une des filles du défunt vicomte et avoir passé tout un mois à Parkland pour apprendre à connaître sa fiancée et s'habituer à l'idée d'être bientôt un homme marié, il avait du mal à réaliser pleinement que c'était chose faite.

Il était marié à Arabella. Elle était sa femme, la vicomtesse Astor.

Il ne le regrettait pas, cependant. Il devait se marier et fonder une famille. Alors, autant faire d'une pierre deux coups, se dénicher une épouse et régler le sort de la famille de son prédécesseur par la même occasion.

Même la consommation de son mariage n'avait pas été le désastre qu'il avait craint. Sa fiancée avait mis tant de soin à l'éviter depuis leurs fiançailles qu'il s'était plus ou moins attendu au mieux à des larmes, au pire à une crise de nerfs ou à une syncope quand il la rejoindrait dans son lit. Il avait quitté sa chambre pour se rendre dans la sienne un peu comme un soldat se dirige vers le champ de bataille. Il ne savait trop comment il devait se comporter. Devait-il s'imposer ou la laisser tranquille jusqu'à leur arrivée à Londres ?

Il n'avait finalement eu aucune décision à prendre. Il l'avait trouvée au lit, les mains sagement posées sur le drap. Elle l'avait regardé traverser la chambre sans mot dire. Seuls ses yeux écarquillés et ses joues un peu plus colorées que d'ordinaire laissaient supposer une certaine appréhension.

— Avez-vous peur de moi, Arabella ? lui avait-il demandé d'un ton badin en lui tapotant la joue.

Comme souvent avec elle, sa réponse n'avait pas été celle qu'il attendait.

— Un peu, milord.

— Sachez que vous n'avez rien à craindre. Je n'ai pas l'intention de battre ma femme ! avait-il déclaré en souriant.

— Vous n'aurez aucune raison de le faire, milord, avait-elle répliqué le plus sérieusement du monde. Je connais mes devoirs et je serai une épouse docile.

Elle n'avait même pas tressailli quand il avait repoussé le drap qui la couvrait, et il avait failli oublier de souffler les chandelles sur la table de nuit. Il préférait d'ordinaire faire l'amour en pleine lumière, mais il ne voulait pas transformer leur nuit de noces en une épreuve inutilement embarrassante pour Arabella.

Son calme l'avait touché. Si elle entendait faire preuve tout au long de leur union d'autant de docilité que dans son premier devoir d'épouse, il se considérerait comme chanceux.

Elle n'avait pas dit un mot, n'avait montré aucun signe d'inconfort, de surprise ou de souffrance. Elle ne lui avait opposé aucune résistance. Elle n'avait pas fait un mouvement et avait semblé détendue lorsqu'il avait retroussé sa chemise de nuit, qu'il s'était allongé sur elle et qu'il lui avait écarté les jambes. Il l'avait entendue prendre une profonde inspiration avant qu'il la pénètre, mais elle n'avait pas eu d'autre réaction, même lorsqu'il avait rompu son hymen. Elle était restée calme et immobile jusqu'à ce qu'il ait terminé. Cela lui avait pris plus de temps qu'il n'aurait voulu, mais il n'avait pas l'habitude de passer directement à l'étape finale en faisant l'impasse sur les préliminaires qui pimentaient les relations avec une maîtresse.

Ce n'avait été que lorsqu'il s'était retiré qu'elle avait laissé échapper un petit gémissement, vite étouffé. Il n'avait fait aucun commentaire. En dépit de son calme apparent, ç'avait sans doute été douloureux, subodorait-il, et il ne voulait surtout pas lui donner l'impression qu'elle n'avait pas été à la hauteur. Il s'était assis au bord du lit, lui avait caressé la joue avant de se lever. Sa vision avait beau s'être accoutumée à la pénombre, il ne distinguait pas son expression.

— Je crains de vous avoir fait mal, mais désormais, le devoir conjugal sera beaucoup moins pénible, je pense.

— Ce n'est pas votre faute, milord. C'est ce qui attend une femme lors de sa nuit de noces, m'avait prévenue maman.

— Ma foi, vous avez fait votre devoir pour ce soir. Bonne nuit, Arabella.

— Bonne nuit, milord.

Lord Astor sourit. Elle s'exprimait comme une enfant, sans chercher à peser ses mots.

Avoir l'assurance qu'Arabella ne lui causerait aucun souci était quand même un sacré soulagement. Elle accomplirait docilement tous ses devoirs, lui avait-elle assuré. Et elle venait de lui prouver qu'elle était sincère.

C'était étrange. Ce petit corps immobile, son abandon silencieux, son manque complet de participation à ce qu'il lui faisait avaient quelque chose de presque érotique. Il tenta d'imaginer Ginny se conduisant ainsi, mais y renonça rapidement. Toute comparaison aurait été injuste, surtout ce soir, alors qu'il venait à peine de quitter le lit de sa femme, et qu'elle n'avait sans doute pas encore surmonté le choc et la souffrance dus à la perte de sa virginité.

4

La vicomtesse douairière et ses filles encore célibataires rentrèrent à Parkland tôt le lendemain matin afin que les voyageurs puissent se mettre en route au plus vite. Arabella les attendait sur le perron. Son mari l'avait suivie quand ils avaient entendu la voiture, quoique d'un pas beaucoup plus mesuré.

— Maman ! s'écria Arabella en se précipitant dans les bras de sa mère comme si elles ne s'étaient pas vues depuis un mois.

— Allons, allons, ma chérie, laisse-moi te regarder. Lady Astor ! Qui aurait pu penser qu'un jour tu porterais mon titre ? Comme tu es jolie ce matin.

Arabella doutait de la véracité de cette dernière assertion. Avec ses joues rosies, elle devait avoir l'air encore plus enfantin que d'ordinaire.

— Bienvenue chez vous, salua lord Astor en tendant la main à sa belle-mère. Nous allons nous mettre en route dès que possible.

— Bella, ma petite Bella, comme je suis contente pour toi, sanglota Frances. Quel beau mari ! Encore plus beau que Théodore. Tu vas être merveilleusement heureuse, je le sais.

— Tu n'es pas trop triste de quitter Théodore ?

— Je ne sais pas quoi dire, Bella, avoua Frances en reniflant. Sir Théodore n'est qu'un voisin et un ami.

— Bella, tu m'enverras un cadeau de Londres ? s'écria Jemima. Tu n'oublieras pas ?

— Je ne la laisserai pas oublier, intervint lord Astor. Souhaitez-vous quelque chose en particulier, Jemima ?

Il fallut une bonne demi-heure avant que la berline de lord Astor s'ébranle, suivie d'une autre voiture des écuries de Parkland avec les bagages et le valet de chambre de Sa Seigneurie. La vicomtesse douairière s'était entretenue quelques minutes avec chacune de ses deux aînées, avant de les serrer sur son cœur.

— Je vois à la bonne entente qui règne entre le vicomte et toi que tu as consciencieusement fait ton devoir hier soir, avait-elle déclaré à une Arabella rougissante. Continue dans cette voie, Bella. À partir de maintenant, ce ne sera plus aussi pénible. Oh, ma chérie, dire que tu es si jeune et que tu es déjà une femme mariée ! Il me semble qu'hier encore tu n'étais qu'un bébé dans mes bras.

Si Frances et sa mère pleurèrent abondamment quand elles se séparèrent, Arabella ravala ses larmes. Pour rien au monde elle n'aurait voulu se retrouver en face de lord Astor avec le nez et les joues rougis !

Arabella se réjouissait de ce voyage, même si elle éprouvait une certaine anxiété à la perspective de ces trois jours de route qui l'emmèneraient loin de chez elle, loin des gens et des lieux qu'elle connaissait depuis toujours. Et savoir que ce qui l'attendait au bout, c'étaient la capitale, la saison et la bonne société n'était pas sans l'inquiéter.

Malgré tout, et compte tenu des circonstances, elle était heureuse. Les adieux à sa mère et à Jemima avaient été déchirants. Elle ne les avait encore jamais quittées, pas même pour une nuit. Avoir Frances avec elle était certes une consolation, et passer la première demi-heure du voyage à consoler son aînée en larmes l'avait sans doute aidée à surmonter son appréhension. Le pire était derrière elle, songea-t-elle. Elle n'aurait pas pu supporter beaucoup d'autres adieux de ce genre, elle en était certaine.

Si elle était si contente d'être en route, cependant, c'était peut-être parce que la cérémonie de mariage était passée, que sa nouvelle vie était maintenant inéluctable et qu'il valait mieux la commencer sans attendre. En fait, elle s'apprêtait à affronter la capitale et la saison avec autant d'enthousiasme que de crainte. Elle avait toujours rêvé de connaître les membres de la bonne société, à laquelle elle appartenait par la naissance. Et assister à un vrai bal, aller voir une pièce dans un vrai théâtre, et peut-être même voir la reine serait absolument merveilleux. Si seulement leur pauvre roi n'était pas malade !

Elle était heureuse que le voyage dure trois jours, car durant ces trois jours, les tête-à-tête embarrassants avec son mari lui seraient épargnés. Une fois que Frances fut calmée, lord Astor bavarda avec celle-ci et répondit de bonne grâce à ses questions sur les dernières modes en matière de chapeaux. Sa sœur savait toujours quels sujets de conversation convenaient à une dame alors qu'elle n'avait pas plus d'expérience de la vie mondaine qu'Arabella. Pourquoi ne trouvait-elle jamais rien à dire à son époux ?

La soirée de la veille avait été une véritable torture. La journée ne s'était pas trop mal passée dans la mesure où ils avaient été entourés de monde. Et au pied de l'autel, elle avait su quoi dire, les réponses étant fixées d'avance. Pendant le dîner et la soirée, en revanche, ils étaient seuls et la certitude de faire une piètre épouse pour un gentleman aussi séduisant l'avait de nouveau paralysée.

Elle avait eu beau se creuser la tête en mâchant chaque bouchée bien plus longtemps que nécessaire, elle avait été incapable d'articuler un mot, incapable de trouver un seul sujet de conversation intéressant. Pourtant, durant les quelques instants où elle avait oublié de chercher, elle s'était surprise à parler des exploits de George ou d'Emily, sa jument. Elle l'avait même interrogé sur la santé de leur pauvre roi, alors qu'elle aurait dû observer un silence poli sur le sujet, elle le savait. Qui avait envie de reconnaître que le roi d'Angleterre était devenu fou ? Elle aurait mieux fait de demander des nouvelles du Régent ou de la reine Charlotte, mais elle n'y avait pas pensé.

La présence de Frances serait vraiment un soulagement. Peut-être son époux oublierait-il son physique ordinaire et son manque de conversation, puisqu'il aurait Frances à contempler et avec qui bavarder.

Arabella priait pour ne pas avoir à se soumettre au devoir conjugal avant leur arrivée à Londres. Elle n'imaginait pas Frances occuper seule une chambre d'auberge pendant trois nuits. Elle ferait sans doute une syncope ou une crise de nerfs à l'idée qu'un malandrin fasse irruption au milieu de la nuit. De toute façon, ce ne serait pas convenable. Mieux valait que les deux sœurs partagent la même chambre et que lord Astor dorme seul.

C'était ce qu'Arabella espérait en tout cas. Elle alla même jusqu'à croiser discrètement les doigts pour que le sort lui soit favorable. Pour autant, elle n'avait pas l'intention de manquer à ses devoirs. Elle était maintenant l'épouse de lord Astor et elle entendait passer sa vie à lui obéir et à faire tout ce qui était en son pouvoir pour lui donner satisfaction. Mais elle avait besoin de ces trois jours pour se remettre de la nuit passée.

Elle était tout endolorie. Sa mère n'y avait pas fait allusion, et Arabella, qui s'était attendue à avoir mal uniquement au moment du passage à l'acte, n'avait pas eu le courage de lui demander avant de partir si c'était normal que la douleur perdure après la nuit de noces.

En soi, l'accomplissement du devoir conjugal ne l'avait pas choquée. Elle avait grandi entourée d'animaux et avait supposé dès son plus jeune âge que ce qui s'appliquait aux bêtes s'appliquait probablement aussi aux humains. Pour autant, elle ne s'était pas attendue à cette pénétration profonde. Ni à ce que ce soit aussi douloureux. Elle avait craint, tandis qu'elle endurait calmement les assauts de son mari, que ses va-et-vient ne cessent jamais. Elle avait eu l'impression que chaque poussée lui déchirait les entrailles.

En bonne épouse obéissante, elle s'était attachée à faire son devoir. Résister à l'envie de le repousser et de lui crier d'arrêter, de le supplier d'en finir lui avait demandé un effort surhumain. Une seule fois un gémissement lui avait échappé. Il s'était enfin immobilisé, à son grand soulagement. Quand il s'était retiré, elle avait craint un instant qu'il ne recommence, et elle n'avait pas pu retenir cette plainte. Horrifiée, elle s'était attendue à ce qu'il lui exprime son mécontentement, mais il n'avait pas pipé mot.

Elle coula un regard au superbe profil de son mari, occupé à discuter ombrelles avec Frances. Elle accomplirait encore son devoir cette nuit s'il le fallait. Il faudrait bien qu'elle s'y habitue, après tout, mais elle priait le ciel pour qu'il attende leur arrivée à Londres. Toute la partie de son corps qu'il avait utilisée était encore à vif.

Arabella croisa donc les mains sur ses genoux et contempla son mari et sa sœur telle une enfant sage qui ne veut pas interrompre la conversation des adultes. Si seulement elle était plus grande, et plus mince. Si seulement elle était, elle aussi, capable de discuter chapeaux et ombrelles. Si seulement elle pouvait pleurer et être jolie en même temps. Si seulement elle pouvait être jolie même sans pleurer !

La présence de femmes dans sa maison d'Upper Grosvenor Street le déstabilisait. Lord Astor, qui avait l'habitude de se plonger dans la lecture du journal au petit déjeuner, fut grandement surpris de trouver sa femme déjà à table lorsqu'il descendit le lendemain de leur arrivée à Londres. Il avait toujours pensé que les dames ne se levaient pas avant midi. Pourquoi il s'était imaginé qu'Arabella entrait dans cette catégorie, il se le demandait, puisque quand il descendait prendre le petit déjeuner à Parkland, elle était généralement déjà sortie à cheval ou promener son chien.

Il la salua donc, se servit sur la desserte et prit place en bout de table. Il jeta un coup d'œil plein de regret à son journal, soigneusement plié à côté de son assiette, et le laissa où il était. Converser avec Arabella n'était pas chose facile.

— J'avais pensé vous emmener faire des courses ce matin, commença-t-il. Votre sœur et vous avez besoin de renouveler votre garde-robe pour la saison. Mais, réflexion faite, je me suis dit qu'il serait peut-être préférable d'avoir une femme de goût pour vous conseiller. Je compte passer voir ma tante, lady Berry, ce matin. Peut-être sera-t-elle libre cet après-midi ou demain matin pour vous accompagner chez la modiste. Qu'en pensez-vous ?

— Comme vous voudrez, milord. Je ne suis certes pas une beauté et je suis ridiculement petite, mais je tiens à vous faire honneur en public.

— Il y a peu de véritables beautés, vous savez, Arabella. La plupart d'entre nous doivent se contenter de tirer le meilleur parti des qualités que la nature a bien voulu leur accorder. Vous n'avez rien d'un laideron et je ne veux plus vous entendre vous déprécier.

— Je vous demande pardon, milord, rougit-elle. Je ne le ferai plus.

— Je m'appelle Geoffrey. Utilisez mon prénom, s'il vous plaît.

— Si vous voulez, milord.

— Puisque vous n'allez pas faire de courses, finalement, puis-je vous envoyer le coiffeur ? Les coiffures à la mode sont beaucoup plus légères et beaucoup plus souples que la vôtre. À mon avis, il devrait trouver quelque chose qui vous ira bien.

— Je déteste mes cheveux ! Ils sont beaucoup trop épais et impossibles à discipliner. Je regrette l'époque où tout le monde portait une perruque. J'aurais pu me raser le crâne en dessous.

— Dans ce cas, je suis heureux que ce ne soit plus à la mode depuis longtemps, s'amusa-t-il. Je vais voir si M. Pierre peut venir ce matin. Peut-être réussira-t-il à vous persuader d'aimer vos cheveux.

— Bien, milord. Je verrai ce qu'il peut faire si c'est ce que vous souhaitez. Allez-vous vraiment envoyer chercher George et Emily comme vous me l'avez promis hier soir ? Ce serait tellement gentil de votre part ! George doit être malheureux sans moi, car tout le monde le traite comme un chien et non comme une personne. Les animaux sont des personnes, vous savez. Enfin, ce que je veux dire, c'est qu'ils éprouvent des sentiments et qu'ils ont autant besoin d'affection que nous.

Elle rougit soudain jusqu'à la racine des cheveux et baissa le nez sur son assiette.

— Je compte bel et bien les faire venir, Arabella, comme je vous l'ai dit. Cette maison est la vôtre, désormais, et je veux que vous y soyez heureuse. Le parc est tout près, ce sera donc très facile pour vous de monter votre cheval et de promener votre chien.

— Le parc ?

Ses grands yeux gris sombre, parfois presque noirs, s'étaient illuminés.

— Hyde Park. Vous l'ignoriez ? Non seulement nous sommes tout près, mais Grosvenor Gate, l'entrée principale, est à côté.

— Oh, des arbres, et de l'herbe où marcher et courir !

— Oui, mais avant de courir, assurez-vous que personne ne vous voit.

— Oui, bien sûr, souffla-t-elle en rougissant de plus belle. Je ne voudrais surtout pas vous mettre dans l'embarras, milord.

Décidément, avoir des dames chez lui était étrange, se répéta lord Astor en se rendant à pied chez sa tante, qui habitait à deux pas. Arabella l'amusait, mais elle l'amusait comme le ferait une enfant. Il avait du mal à la considérer comme une femme. Elle n'avait pratiquement pas dit un mot durant les trois jours qu'avait duré leur voyage, sauf à de rares occasions où elle s'oubliait et se mettait à bavarder comme une pie.

En fait, ce matin, c'était la première fois depuis leur mariage qu'ils se retrouvaient en tête à tête. Disons que c'était la première fois qu'il était seul avec elle pour discuter. Il lui avait bien entendu rendu visite lors de leur nuit de noces et la veille, mais on ne partageait pas le lit de son épouse pour faire la conversation.

Il la trouvait amusante, mais pour combien de temps ? Il devrait sans doute lui faire comprendre qu'il avait l'habitude de lire le journal en prenant son petit déjeuner. Et avant longtemps, il se fatiguerait de ses silences et de ses soudains accès de bavardage. Il préférait toutefois son babillage à la conversation de sa sœur. Il avait encore plus regretté son cheval ou son cabriolet lors du voyage de retour qu'à celui de l'aller. La conversation de Mlle Frances Wilson était autrement plus éprouvante que les ronflements de Henry. Elle le fatiguait. Heureusement que ce n'était pas elle qu'il avait épousée !

Lord Astor considéra le ciel gris. Il faisait vraiment froid pour un début avril, mais ce temps s'accordait à la journée qui l'attendait. Aller discuter avec sa tante et voir si M. Pierre – qui était né et avait grandi à Londres en dépit de son prénom, il en mettrait sa main au feu – pouvait venir s'occuper d'Arabella et de ses cheveux allait lui prendre la matinée.

Cela n'aurait rien eu de dramatique s'il avait au moins pu profiter d'un après-midi rien qu'à lui. Après cinq semaines loin d'elle, il avait hâte de retrouver Ginny. Malheureusement, il devait présenter sa femme et sa belle-sœur à sa tante

Hermione, qui devait être impatiente de faire la connaissance d'Arabella. Il était en outre plus que probable qu'ils iraient tous à Bond Street pour renouveler la garde-robe d'Arabella et de Frances. Il se serait bien passé de cette excursion, mais il avait des goûts très précis en matière de mode féminine, et il tenait à avoir son mot à dire sur les couleurs et les styles convenant à Arabella. Ceux-ci devaient être déterminés avec le plus grand soin, compte tenu de sa petite taille.

Il ne devait pas non plus oublier d'envoyer un palefrenier à Parkland pour ramener son cheval et son chien à Londres. Il avait compris combien ces animaux étaient importants pour elle et s'il voulait reprendre ses vieilles habitudes, mieux valait que sa femme soit aussi heureuse que possible.

Peut-être réussirait-il à garder sa soirée pour lui, espéra-t-il fugitivement, mais les bonnes manières exigeaient qu'il dîne avec sa femme et leur invitée pour leur première soirée chez eux. Et s'il entendait visiter régulièrement la chambre de son épouse, il ne pouvait prendre l'habitude de rentrer tard le soir. Il ne se voyait pas lui demander d'être à sa disposition à n'importe quelle heure de la nuit.

Il souleva le heurtoir avec sa canne et le laissa retomber, priant pour retrouver très bientôt son ancienne vie. Il espérait que cette histoire de mariage ne dérangerait pas outre mesure le cours tranquille de son existence.

Arabella avait beau avoir des crampes et être à deux doigts de hurler d'ennui, elle gardait une immobilité de statue. Sa mère et Mlle Carter, la couturière du village, n'avaient jamais mis plus de quelques minutes pour prendre ses mesures et décider d'un modèle et d'une couleur de vêtement. Elle ne comprenait pas pourquoi Mme Pichot éprouvait le besoin de mesurer encore et encore chaque partie de son corps. C'était assommant !

Elle aurait pu se rassurer en se disant qu'une fois ses mesures prises la couturière les utiliserait pendant des années, mais c'était faux, puisqu'elle comptait perdre du poids. Quand viendrait le moment de passer à une garde-robe d'hiver, toutes ces mesures seraient obsolètes, sauf celles concernant sa taille, hélas.

Frances, quant à elle, était aux anges. Tout le temps qu'elles avaient passé dans le salon de Mme Pichot, elle n'avait cessé de virevolter et de s'extasier sur les gravures de mode et les rouleaux de tissu apportés par d'infatigables assistantes. Avec l'aide de lady Berry, elle avait finalement jeté son dévolu sur un somptueux assortiment de vêtements avant de passer joyeusement dans le salon d'essayage pour qu'on prenne ses mesures.

Cela étant, Frances avait toutes les raisons d'être aux anges. Même vêtue d'un sac de pommes de terre, elle resterait ravissante. Si elle l'était dans les robes très banales de Mlle Carter, il allait sans dire qu'elle serait éblouissante dans les vêtements qui, lady Berry le lui avait assuré, étaient indispensables à une jeune personne qui faisait ses débuts dans le monde.

Arabella n'avait pas été confiée aux bons soins de lady Berry. Lord Astor avait décidé de les accompagner chez la couturière, ce qui l'avait beaucoup perturbée quand il l'en avait informée. Alors qu'elle pensait qu'il les attendrait dans la voiture ou qu'il resterait à l'entrée, il avait pénétré d'un pas décidé dans le premier salon, avait pris place à côté d'elle et avait entrepris de lui suggérer certains vêtements, lui expliquant quelle coupe, quelle teinte et quels tissus lui conviendraient. Non, il ne le lui avait pas suggéré. Il avait donné ses instructions à Mme Pichot pendant qu'elle attendait en silence, telle une enfant bien élevée.

Elle ne devait apparemment pas porter de tissus trop lourds. Pas de velours ni de brocards. Pas non plus de volants et de fanfreluches ni de ceintures larges. Les rayures verticales étaient visiblement autorisées, mais pas les horizontales. En plus du blanc et des teintes pastel, elle avait le droit de porter des verts et des jaunes vifs, mais en aucun cas des rouges ou des bleus foncés. Quant aux manches, elles ne devaient bouffer que modérément.

La modiste avait approuvé toutes les prescriptions de lord Astor et en avait même ajouté quelques-unes de son cru. Tous deux avaient eu une très agréable conversation à son sujet, tandis qu'elle était restée muette. Lorsque Mme Pichot avait tourné son attention vers lady Berry et Frances, Arabella avait été tentée de faire remarquer à son époux que la vêtir aussi luxueusement équivaudrait à jeter son argent par les fenêtres. Elle serait au mieux tout juste présentable. Mais puisqu'il lui avait interdit le matin même de se déprécier, elle avait gardé les lèvres sagement closes.

Chacun devait tirer le meilleur parti des qualités que la nature avait bien voulu lui accorder, lui avait-il dit au petit déjeuner. Cela ne lui coûtait pas grand-chose, vu qu'il n'avait que des qualités. Il entendait la mettre en valeur et si c'était ce qu'il souhaitait, avait décidé Arabella, elle était prête à passer cinq heures s'il le fallait à se faire mesurer dans tous les sens. Elle ne serait jamais belle, mais elle pouvait au moins le laisser faire de son mieux pour qu'elle soit acceptable.

Il avait approuvé d'un signe de tête, indifférent aux suggestions de sa tante pour Frances alors que c'était lui qui payait. Frances n'était pas difficile à habiller et il avait sans doute compris qu'elle serait toujours aussi belle quels que soient le tissu, la couleur ou la coupe choisis. Il avait sûrement regretté de ne pas être à la place de lady Berry et aurait préféré laisser sa femme aux bons soins de sa tante.

Arabella se rasséréna en se regardant dans le miroir. Elle aimait beaucoup sa nouvelle coupe de cheveux. En fait, elle l'adorait ! Sa chevelure ne semblait plus trop lourde ni trop volumineuse pour sa tête. Elle avait éprouvé beaucoup d'appréhension, pour ne pas dire d'affolement, quand elle avait entendu les ciseaux de M. Pierre s'activer.

Peut-être Sa Seigneurie l'avait-elle prise au mot et avait-elle ordonné au coiffeur de la tondre.

Ce dernier n'en avait rien fait. Il avait raccourci et désépaissi ses cheveux sur le dessus de la tête, et laissé des mèches plus longues sur la nuque et les tempes. Et, miracle, il avait réussi à les faire boucler ! Frances avait poussé les hauts cris, lui avait rappelé combien leur père aimait leurs longues chevelures, avait pleuré cinq minutes avant de déclarer que cette coupe était très seyante et que sa chère Bella était absolument ravissante.

Arabella était du même avis, pourtant, à mesure qu'approchait l'heure du déjeuner, elle avait senti l'angoisse la gagner. Et si lord Astor n'aimait pas sa coiffure ? ou se mettait à rire ? Avec cette coupe courte et bouclée, elle devait avoir l'air d'une gamine, alors que Frances était tellement féminine avec sa longue chevelure dorée.

Il l'avait contemplée sans mot dire tandis qu'elle restait pétrifiée dans le hall où elle avait eu la malchance de tomber nez à nez avec lui, puis il avait dit :

— Je savais que ce coiffeur ferait des merveilles. Cela vous plaît, Arabella ?

— Si cela vous plaît, milord, avait-elle répondu en rougissant, ne sachant ce qu'il attendait d'elle.

Elle n'imaginait pas une seconde qu'il se contenterait d'un « oui » ou d'un « non ».

— Cela vous plaît, alors, avait-il supposé. Cette coiffure vous va très bien. Vous êtes très jolie !

— Oh non, je ne suis pas jolie ! avait-elle protesté avant de plaquer une main sur sa bouche. Je vous demande pardon, milord. Merci du compliment.

Il lui avait demandé de l'appeler Geoffrey, s'était-elle rappelée, mais elle en était incapable. L'appeler par son prénom lui paraissait bien trop familier et impertinent. Sa langue se paralyserait si elle essayait, même si elle n'avait eu aucun mal à le prononcer quand elle s'était entraînée dans sa chambre. Elle préférait ne pas l'appeler du tout plutôt que d'endurer une telle gêne.

— Bella, c'est absolument merveilleux, tu ne trouves pas ? s'écria Frances, dont le regard s'était embué de façon suspecte une fois la séance de torture terminée. Et lady Berry a insisté pour que nous ayons toutes deux une robe du soir prête dans deux jours afin d'assister à la soirée qu'elle donne. Si seulement maman et Jemima pouvaient partager notre joie !

— Nous allons leur écrire chacune une longue lettre dès que nous serons à la maison, ainsi, elles auront un peu l'impression d'être avec nous. Et ce sera beaucoup mieux que de pleurnicher parce qu'elles nous manquent.

Arabella regretta immédiatement cette dernière phrase. Deux larmes perlèrent aux cils de Frances avant de rouler gracieusement sur ses joues. Elle lui sourit et prit le bras de sa sœur pour retourner au salon où les attendaient lady Berry et lord Astor.

— Nous avons bien travaillé, déclara lady Berry. Vous serez splendides à ma réception. Arabella, ma chère, Geoffrey a décidé de nous gâter et de nous emmener manger des glaces avant de rentrer. Mademoiselle Wilson, vous n'êtes pas fatiguée, j'espère ? Ces séances d'essayage sont abominablement ennuyeuses, je le sais.

Lord Astor attendit que sa femme ait coiffé son chapeau pour lui offrir son bras.

— Est-ce qu'on me mettra à la porte si je me contente de vous regarder manger vos glaces sans en prendre une moi-même ? s'inquiéta-t-elle en montant en voiture.

— Mettre à la porte lady Astor ? Jamais de la vie, à moins qu'ils n'aient envie de mettre la clef sous la porte dès demain. Vous n'aimez pas les glaces ?

— Pas trop, mentit-elle, regrettant déjà de se priver ainsi. Cela ne vous ennuiera pas, milord ?

— Mais, Bella..., commença Frances avant de croiser le regard impérieux de sa sœur.

Arabella avait annoncé son intention de perdre du poids à son aînée, qui avait déclaré qu'elle allait affreusement souffrir si elle devait la regarder mourir de faim. Et du reste, où Arabella avait-elle pris cette idée ridicule qu'elle était trop ronde ?

5

Le lendemain après-midi, lord Astor se reposait dans sa position préférée, jambes croisées et mains sous la tête. Il se sentait comblé et commençait à s'assoupir. Ginny caressait doucement sa poitrine nue, ses boucles emmêlées lui agaçant le flanc. Cela faisait des siècles qu'il n'avait pas rendu visite à sa maîtresse, lui semblait-il. Près de six longues semaines.

— J'avais presque oublié à quel point tu me fais du bien, Ginny, soupira-t-il en tournant la tête. Tu m'as épuisé.

— La mariée ne te donne pas entière satisfaction, je suppose, puisque tu me reviens si vite, et si plein d'énergie, dit-elle avec ce sourire sensuel qui suffisait à lui enflammer les sens. Heureusement que les bleus que tu m'as faits ne se trouvent pas dans des endroits visibles par tous.

— Je te présenterais mes excuses si nous ne savions pas tous les deux que tu aimes les sensations fortes, n'est-ce pas ?

— Par moments, je me dis que tu n'as vraiment aucun respect pour moi, Geoffrey. J'ai chanté chez trois personnes de l'aristocratie pendant ton absence, tu sais, sans parler d'autres lieux parfaitement respectables, et partout on m'a traitée avec le plus grand respect, en plus de me complimenter sur ma voix. Et on m'a toujours appelée Virginia, ou Mlle Cox. Sir Harvey Hamilton m'a appelée Mlle Cox. Pourquoi ne peux-tu en faire autant ?

— Voulez-vous vous déshabiller, mademoiselle Cox ? Voulez-vous vous venir au lit, mademoiselle Cox ? Enfin, Ginny, ces gens ne t'ont pas vue comme je t'ai vue – du moins, je l'espère pour toi. Qu'est-ce que tu préfères, le respect ou le plaisir ?

— Les deux.

— Dors ! Ces trois fois m'ont éreinté, et je ne suis pas d'humeur à bavarder.

— Évidemment, tu as quelqu'un d'autre à satisfaire ce soir. Il faut que tu t'économises, mon pauvre Geoffrey, le taquina-t-elle en se lovant contre lui.

— Ça suffit. Laisse ma femme en dehors de cela, veux-tu ? À présent, sois gentille, dors.

Elle parut lui obéir. En tout cas, elle se tint tranquille. Lord Astor n'avait pas envie de s'endormir malgré sa fatigue. Avoir quelques minutes de détente était tellement agréable. Sous peu, il rentrerait chez lui pour prendre un bain et se débarrasser du parfum de Ginny avant de se changer pour le dîner.

Il avait eu une journée agréable. Arabella était déjà là quand il était descendu pour le petit déjeuner. Elle avait cependant remarqué le journal à côté de son assiette et lui avait proposé de le lire s'il en avait envie. Elle lui avait paru plus détendue quand il l'avait déplié. Elle avait terminé son muffin, contrairement à la veille, et lui avait expliqué qu'elle ne raffolait pas du beurre quand il avait brièvement interrompu sa lecture pour lui demander pourquoi elle le mangeait nature.

Tante Hermione était venue chercher Arabella et Frances pour courir les boutiques. Il leur manquait encore toutes sortes d'accessoires : chapeaux, souliers, éventails et rubans. Il n'avait pas jugé nécessaire de les accompagner, cette fois, car sa tante était tout à fait capable de conseiller sa femme. Il avait donc passé une matinée délicieuse au White's[1], d'abord à lire, puis en compagnie d'amis qui revenaient de la salle de boxe de Jackson[2]. Il leur avait d'ailleurs promis de les y retrouver le lendemain matin. Il était resté déjeuner au White's où il avait eu une conversation pleine de bon sens, comme seuls les hommes peuvent en avoir, sur des sujets aussi intéressants que les chevaux, la chasse et la politique. Personne n'avait prononcé les mots « chapeau » ou « ombrelle ».

Sa femme et sa belle-sœur avaient été invitées à déjeuner à Grosvenor Square et y passeraient probablement une partie de l'après-midi. Il avait donc pu s'offrir le luxe d'un après-midi entier avec Ginny. Un après-midi des plus gratifiants. Il s'était rendu compte qu'il avait plus d'énergie à dépenser

---

1. Club privé particulièrement à la mode à cette époque. *(N.d.T.)*
2. Célèbre club de boxe fréquenté par l'aristocratie londonienne au XIXe siècle. *(N.d.T.)*

qu'il ne l'imaginait lorsque, après une partie de jambes en l'air particulièrement fougueuse, suivie d'une autre, il n'était toujours pas rassasié. La troisième les avait laissés en nage, épuisés, et il leur avait fallu de longues minutes pour trouver ne serait-ce que la force de se séparer.

Oui, un après-midi des plus gratifiants.

Il ne voulait pas penser à Arabella. Elle appartenait à un autre monde. Ce n'était pas qu'il ne la respectait pas. Elle était sa femme, et il entendait veiller à ce qu'elle jouisse de tout le confort matériel possible. Il entendait veiller à ce qu'elle soit bien établie en société, et il l'accompagnerait partout où elle devait se montrer. Et il entendait veiller à ce qu'elle soit heureuse chaque fois qu'il le pourrait – en faisant venir son cheval et son chien, par exemple.

Il ne pouvait pas lui rester fidèle, cependant. Du reste, aucune personne sensée ne le lui demanderait. À peine une semaine plus tôt, il lui avait certes juré fidélité, mais tout le monde savait que les serments prononcés lors de la cérémonie de mariage n'étaient qu'une formalité au charme désuet. Personne ne les prenait au pied de la lettre. Il ne faisait aucun mal à Arabella en gardant une maîtresse et en passant avec elle des après-midi comme celui-là. Il rentrerait chez lui d'excellente humeur et armé de trésors de patience pour passer la soirée avec sa femme et sa belle-sœur.

Il ne tenait pas à penser à Arabella, pourtant la chevelure blonde de Ginny lui fit penser aux courtes boucles brunes de sa femme. Elles lui donnaient l'air d'un lutin. Avec quelle appréhension elle avait attendu son verdict quand il l'avait croisée dans le hall la veille – s'était-elle imaginé qu'il allait se mettre en colère et exiger qu'on lui remette ses cheveux longs ? Et comme chaque fois qu'elle était en proie à une émotion, elle retroussait légèrement la lèvre supérieure, découvrant ses petites dents blanches.

Il refusait de penser à elle. Mieux valait s'assoupir quelques minutes. Elle était si petite. Et il se sentait si grand et si puissant lorsqu'il était sur elle. La veille, il s'était hissé sur les coudes de peur de l'écraser ou de l'étouffer. Il s'était demandé s'il lui faisait mal. Elle était si calme et si soumise qu'il ne savait quoi penser. Elle avait les yeux ouverts et regardait sur le côté. Son visage était paisible, pour autant qu'il puisse voir dans la pénombre.

Lui rendre visite cette nuit et profaner son petit corps innocent après avoir pris tout l'après-midi un plaisir coupable avec Ginny serait immoral.

Lord Astor rouvrit les yeux. Il ne tenait pas à s'étendre sur ce genre de considérations. Il préférait se détendre et jouir en paix de la satiété physique qu'il éprouvait. Il préférait dormir.

Il n'allait tout de même pas commencer à avoir des scrupules. Ce serait mortellement ennuyeux. Demain, il irait acheter un collier de perles pour Arabella. C'était de toute façon prévu pour son premier bal, alors pourquoi pas pour sa première apparition en public à la soirée de sa tante ?

Lord Astor bâilla et s'assoupit.

Arabella avait du mal à se concentrer sur les joyaux de la Couronne. Ils étaient splendides et sans doute d'une valeur inestimable. En temps normal, elle serait restée pétrifiée d'étonnement et d'admiration, mais Sa Seigneurie lui avait dit qu'elles devaient voir la ménagerie royale, qui était également abritée à la Tour de Londres, et elle avait hâte d'y être.

C'était surtout pour cela qu'elle était venue. Lord Astor lui avait annoncé au petit déjeuner que George et Emily arriveraient probablement dans le courant de la semaine suivante, mais qu'en attendant elle pouvait aller voir d'autres animaux. La ménagerie comptait même un éléphant, et elle avait du mal à imaginer un animal aussi imposant.

Frances avait poussé des cris de joie lorsque Arabella lui avait annoncé qu'elles iraient visiter la Tour de Londres dans l'après-midi, au retour de Sa Seigneurie. Il devait passer la matinée dans un club de boxe et elle aurait aimé le voir boxer. Elle était certaine qu'il allait envoyer tous ses adversaires au sol.

Frances ne s'intéressant pas à la ménagerie, elle avait voulu voir les joyaux de la Couronne. Voilà pourquoi Arabella attendait tranquillement au bras de son mari pendant que sa sœur s'extasiait sur les diamants et les perles de la couronne de Marie de Modène, son cercle d'or et sa doublure de velours et d'hermine.

— Je n'ose imaginer ce que c'est que d'être reine et de porter cette couronne, s'écria-t-elle.

— La couronne de saint Édouard est beaucoup plus impressionnante, vous allez voir, assura lord Astor. Elle pèse sept livres.

— Mon Dieu, c'est un miracle que le roi parvienne à garder la tête haute quand il l'a sur la tête ! se récria Arabella.

— Il ne faut pas s'étonner que les souverains restent toute la journée assis sur leur trône. Il doit falloir au moins deux valets vigoureux pour les aider à se lever, plaisanta lord Astor.

Alors que tous les deux riaient, Frances alla admirer les accessoires du sacre.

— Vous pensez que le roi finira par retrouver la santé ? demanda Arabella. Avez-vous entendu dire qu'il allait mieux ?

— J'ai bien peur qu'il y ait peu d'espoir. Notre roi est vraiment très malade, répondit-il doucement en lui effleurant la main.

— Le pauvre homme. J'aimerais tellement qu'il sache que ses sujets l'aiment toujours, l'admirent et lui souhaitent de guérir. Vous croyez qu'il le sait, milord ?

— J'en suis certain, assura-t-il en lui pressant la main.

— Allons voir la couronne, celle que le roi portait pour son sacre, suggéra-t-elle en rougissant.

Elle fut émerveillée. Elle avait du mal à croire qu'elle se trouvait à deux pas des joyaux que le roi en personne avait portés le jour de son couronnement. Ils sortaient des salles abritant les joyaux de la Couronne lorsqu'un grand jeune homme mince, aux cheveux roux et au sourire malicieux, aborda lord Astor. Il n'était pas particulièrement beau et n'avait rien d'impressionnant, mais il plut immédiatement à Arabella.

— Astor, quelle surprise ! Je te croyais à la campagne ! s'exclama-t-il en coulant un regard empreint de curiosité aux deux jeunes femmes.

— Je suis rentré il y a trois jours. Comment vas-tu, Farraday ? Je te présente ma femme, lady Astor, et sa sœur, Mlle Wilson. Lord Farraday est l'un de mes meilleurs amis depuis l'université.

Tandis que Frances plongeait dans une révérence, Arabella lui sourit chaleureusement. Avec cet homme-là, elle était certaine qu'elle serait à l'aise et elle espérait qu'ils allaient le revoir.

— Enchantée, milord ! Vous êtes venu admirer les joyaux de la Couronne, vous aussi ? Ils sont vraiment splendides ! Saviez-vous que la couronne du roi pèse sept livres ? Sa Seigneurie nous a amenées ici parce que nous n'étions jamais venues à Londres, et que nous voulons voir absolument tout. Enfin, ma sœur voulait voir les joyaux, et c'est pour cela que nous sommes venus d'abord ici. Moi, je suis plus intéressée par la ménageric, et c'est là que nous allons. Il y a un éléphant, paraît-il. Vous l'avez vu ? Peut-être aimeriez-vous nous accompagner ?

— Rien ne me ferait plus plaisir, madame, sourit lord Farraday, mais j'ai égaré ma mère et ma grand-mère, et ma mère m'arrachera les yeux si je vais passer une demi-heure à la ménagerie. Vous serez à la soirée de lady Berry, j'imagine, Astor ?

— Et comment ! Ma tante brûle de présenter ma femme à ses invités, tu t'en doutes.

— Nous nous verrons là-bas, alors. Et j'aurai l'honneur de vous saluer de nouveau, mesdames, déclara le baron en s'inclinant.

Arabella lui sourit, mais son regard s'était assombri. Lady Berry brûlait de la présenter à ses invités ? Elle allait donc se retrouver au centre de l'attention ? On la présenterait comme l'épouse de lord Astor, et tout le monde verrait à quel choix malheureux il avait été contraint. En voyant Frances, ils se demanderaient pourquoi ce n'était pas elle la nouvelle lady Astor. Quant à Arabella, elle n'aurait même pas eu le temps de perdre quelques grammes.

Tandis qu'ils se dirigeaient vers la ménagerie, la perspective de voir enfin les animaux lui fit retrouver sa gaieté. Même sa sœur était impatiente.

Quelques minutes plus tard, Arabella restait sans voix devant l'éléphant. En plus d'être gigantesque, les visiteurs avaient bien d'autres raisons d'être stupéfaits. Ses pattes ressemblaient à des troncs d'arbre, sa peau était toute plissée et aussi épaisse que du cuir. Il avait l'air d'avoir mille ans et ses petits yeux paraissaient presque humains dans son corps gigantesque.

— Eh bien, qu'en pensez-vous ? s'enquit lord Astor.

— Je ne pourrais jamais vivre dans un pays où ce genre de créatures se promène en liberté ou sert de montures dans les rues, milord, décréta Frances.

— Il n'y a qu'un seul éléphant ? voulut savoir Arabella.

— Vous vous attendiez à un troupeau entier ?

— Mais il est tout seul, sans un compagnon ou une compagne. Et dans une simple cage, sans rien pour lui rappeler son pays.

— Avoir deux animaux de ce type et leur offrir un abri plus grand serait probablement ruineux.

— Il a l'air tellement solitaire. Voyez son regard, milord !

— Personnellement, je suis ravie qu'il soit enfermé dans sa cage ! intervint Frances.

— Il y avait toutes sortes d'animaux ici, mais malheureusement, il ne reste plus que l'éléphant et le grizzly, en plus des oiseaux, expliqua lord Astor. Vous voulez aller voir l'ours ?

Si Arabella ne fut pas mécontente de quitter le si calme et si solitaire pachyderme, elle fut désolée de découvrir que le pauvre ours avait encore plus triste mine. Sa fourrure paraissait mangée aux mites et il tournait misérablement dans sa cage d'un pas lourd et chaloupé.

— L'ours est un animal bien plus dangereux qu'il n'y paraît, indiqua lord Astor. Il pourrait tuer n'importe lequel d'entre nous d'un seul coup de patte.

— J'espère que les barreaux sont solides ! s'écria Frances en reculant d'un pas.

— Tu es en sécurité, Frances, la rassura Arabella.

Elle était au bord des larmes tout à coup. Elle détestait cet endroit. Elle éprouvait une profonde compassion pour les deux pauvres bêtes si éloignées de leur milieu naturel, coupées de leurs congénères et si cruellement privées de toute activité, de tout exercice et de toute affection.

— Qu'en pensez-vous, Arabella ? s'enquit lord Astor.

— C'est très intéressant, milord, répondit-elle poliment tandis que son mari l'observait sans être dupe.

— Comme je regrette que maman et Jemima n'aient pu venir avec nous ! s'écria Frances dans la voiture qui les ramenait à Upper Grosvenor Street. Les joyaux de la Couronne les auraient enthousiasmées, de même que la sauvage beauté des animaux.

— Merci beaucoup de nous avoir emmenées à la Tour, milord, murmura Arabella. C'était très gentil de votre part, et je vous en suis reconnaissante.

Lord Astor considéra pensivement le haut du chapeau de sa femme, puis il lui prit la main et la cala au creux de son coude avant de poser sa propre main dessus.

Elle ne leva pas les yeux, mais ne retira pas sa main.

Lady Berry, une belle femme très élégante, avait une petite quarantaine d'années. Elle adorait recevoir et être au centre de l'attention. Il existait également un lord Berry, un comte, dont tout le monde avait tendance à oublier l'existence. Il vivait dans l'ombre de sa femme, se contentant de financer ses caprices tout en restant tranquillement dans son coin. Pendant la réception, il passa la soirée dans la bibliothèque avec une bouteille de porto et deux amis intimes qui partageaient son aversion pour les mondanités.

Lady Berry était aux anges car elle avait une nièce toute neuve à présenter à la bonne société. Ladite nièce n'était sans doute pas remarquablement jolie, mais elle avait eu la bonne idée d'amener sa sœur, une beauté qui n'allait pas manquer de mettre à ses pieds, en moins de temps qu'il n'en fallait pour le dire, tous les célibataires de la capitale. Toutes deux auraient leur petit succès. La femme de Geoffrey possédait une fraîcheur charmante qui la distinguerait des jeunes personnes qui commençaient à affluer vers Londres.

C'est ainsi qu'Arabella se vit promenée autour du grand salon de Grosvenor Square au bras de la tante de son mari, Frances dans leur sillage, pour être présentée à un nombre ahurissant de gens tous plus élégants les uns que les autres. Finalement, elle était moins intimidée que prévu. Elle avait laissé lord Astor près de la porte et, sans lui à ses côtés, elle se sentait beaucoup moins laide et déplacée.

Il était vraiment incroyablement séduisant ce soir. Il avait pris soin d'assortir sa tenue à la robe de soie bleu glacier de sa femme et portait donc une redingote de velours bleu nuit, un gilet de soie bleu pâle et des culottes argentées. Arabella tremblait lorsqu'elle l'avait retrouvé dans le salon, alors que quelques minutes plus tôt, elle virevoltait devant son miroir et se trouvait délicieusement jolie avec sa robe neuve et ses boucles courtes. Et elle était fière de ses perles, que Sa Seigneurie lui avait offertes une heure plus tôt et qu'il avait lui-même attachées à son cou. Un présent de son mari ! S'il lui avait fait un cadeau aussi somptueux, c'était qu'elle ne l'avait pas complètement déçu. En outre, elle devait avoir perdu au moins une livre.

Frances était bien entendu éblouissante dans sa robe pêche recouverte d'une tunique de dentelle, ses cheveux d'or coiffés en anglaises. Arabella observait les gens qu'on leur présentait, en particulier les jeunes gens, pour vérifier que sa sœur était appréciée à sa juste valeur. Les joues roses et les yeux modestement baissés de Frances faisaient sensation. Elle allait connaître le succès pour ses débuts dans le monde avant de retrouver Théodore l'été prochain.

Curieusement, Arabella ne trouvait pas gênant d'avoir une sœur tellement plus jolie qu'elle. Elle était bien trop occupée à être fière de Frances. Il ne lui fallut pas longtemps pour se sentir à l'aise et détendue. Elle souriait avec bonne humeur et parlait à chacun sans se demander d'abord si elle avait vraiment quelque chose d'intéressant à dire. Et lady Berry avait vu juste. La nouvelle vicomtesse et sa sœur allaient s'intégrer sans peine à la bonne société.

Arabella fut enchantée de revoir lord Farraday. Sa première impression avait été la bonne, il était fort avenant. Après quelques minutes de conversation, elle était aussi détendue avec lui qu'avec Théodore.

— Avez-vous retrouvé votre mère et votre grand-mère cet après-midi ? s'enquit-elle.

— Oui. Du reste, si je les ai perdues, c'était entièrement ma faute, bien sûr. J'étais absorbé par l'examen d'une armure, elles se sont éloignées en bavardant sans remarquer que je ne les suivais pas, et elles se sont perdues.

Arabella s'esclaffa.

— Ma famille ne compte que des femmes, précisa-t-il. J'ai trois sœurs, toutes plus âgées que moi, et toutes de véritables tyrans. Elles s'attendent à ce que je sois toujours à leurs ordres, et quand j'accours, elles se plaignent que je suis dans leurs jambes.

— J'ai une mère et deux sœurs, et étant femme, je suis mieux à même de comprendre leur point de vue. Mais si j'avais eu un frère, je crois que j'aurais eu beaucoup de respect pour lui.

— Il faut que je vous présente aux femmes de ma famille ! Toutes veulent me marier, bien sûr. Mais quand je convolerai, j'aurai probablement cinq filles, que j'aimerai beaucoup, c'est certain.

— Farraday, comment vas-tu, mon vieux ? lança une voix nonchalante derrière eux. Cela fait des siècles qu'on ne s'est pas vus. Ce qui est compréhensible, bien sûr, puisque j'étais à la campagne. Je ne pense pas avoir le plaisir…

Un homme de haute taille, dont le beau visage était enlaidi par une expression cynique, dévisageait Arabella. Il jouait avec une lorgnette.

— Comment vas-tu, Hubbard ? Je me demandais quand on te reverrait. Madame, puis-je vous présenter M. Hubbard, un autre de nos condisciples de l'université, à Astor et à moi ? Lady Astor, Hubbard.

— J'ignorais qu'Astor s'était passé la corde au cou. Enchanté de faire votre connaissance, madame, déclara M. Hubbard en s'inclinant.

Il n'avait pourtant pas l'air particulièrement enchanté, nota Arabella, qui esquissa une révérence en réponse.

— Vous êtes aussi un ami de mon mari ? Je suis heureuse de vous rencontrer, monsieur. Et vous revenez de la campagne ? C'est tellement agréable à cette époque de l'année ! Vous avez vu lord Astor depuis votre retour ? Il est là-bas, près de la porte. Je suis certaine qu'il sera ravi de bavarder avec vous.

— Je vais donc le rejoindre de ce pas, déclara-t-il en tournant les talons sans autre forme de procès.

— C'est une triste histoire que la sienne, expliqua lord Farraday devant l'air surpris d'Arabella. Sa femme l'a quitté il y a un an en emmenant leur fils. Il a beau dire, il ne s'en est jamais remis.

— Le pauvre homme ! Comment peut-on se montrer aussi cruelle ?

— Je ne sais pas si votre compassion le toucherait…

En temps normal, lord Astor n'aurait pas hésité à se joindre aux joueurs de cartes dans le salon réservé au jeu. Si les cartes étaient l'un de ses passe-temps préférés, il n'avait jamais misé de sommes importantes car jusque très récemment, il n'avait pas vraiment les moyens de perdre. Depuis qu'il avait hérité, le jeu avait perdu un peu de son attrait, avait-il découvert. Alors que les autres joueurs s'attendaient à ce qu'il augmente ses mises, il avait pris conscience qu'être à la tête d'une fortune impliquait des responsabilités, d'autant que quantité de gens dépendaient de lui désormais.

Un salon de jeu dans la bonne société n'était certes pas le genre d'endroit où des fortunes risquaient de changer de main. Ce n'était pas la crainte de perdre ni celle d'oublier tout sens commun qui le faisaient hésiter. Non, il se sentait obligé de passer au moins une demi-heure dans le grand salon pour s'assurer qu'Arabella s'en sortait et n'avait pas besoin du secours de son bras. Elle pouvait se montrer tellement timide parfois. Il s'en était inquiété pour sa première apparition dans le monde.

— Plus tard, avait-il répondu à l'ami qui lui proposait de se joindre à eux.

Il observait Arabella, qui affichait un mélange d'excitation et d'appréhension, ou du moins une émotion qui l'avait aidée à endurer l'épreuve des présentations aux invités par tante Hermione. Quoi qu'il en soit, elle bavardait à présent avec tout un chacun, ses lèvres remuant constamment, pour ne pas dire avec frénésie.

Il était content. Si seulement elle pouvait avoir un cercle d'amis et trouver le courage d'affronter de nouveaux visages partout où elle irait, il serait libéré de ce sentiment de responsabilité qu'il éprouvait depuis trois jours. Il pourrait reprendre le cours de sa vie sans craindre de négliger son épouse si timide et si esseulée.

Il avait passé une journée très satisfaisante la veille, pourtant, il s'était senti obligé de rester toute la soirée à la maison après avoir pris un plaisir coupable durant l'après-midi. Il l'avait regretté, car Arabella n'avait pas prononcé dix mots, si bien qu'il avait dû se rabattre sur Frances. Ils étaient montés se coucher tôt, mais il n'avait pas rejoint Arabella. Il en avait eu envie, curieusement, et avait failli le faire. Par deux fois, il avait posé la main sur la poignée de la porte séparant leurs appartements, et par deux fois, il s'était ravisé. L'après-midi avec Ginny l'avait épuisé, avait-il décidé.

La journée avait été ennuyeuse. Il avait passé une matinée plutôt agréable chez Jackson avec un groupe d'amis, avant d'aller déjeuner au White's avec les mêmes. Ils avaient bien tenté de l'entraîner ensuite aux courses, mais il avait promis sur un coup de tête à Arabella de l'emmener voir la ménagerie de la Tour de Londres. Bien entendu, ses amis n'avaient pas été économes en quolibets. La corde au cou et la prison à vie avaient alimenté les rires et les conversations avant son départ du White's. S'agissant de la réception de ce soir, il s'y serait rendu même s'il n'avait pas épousé Arabella, bien sûr, mais à l'heure qu'il était, il serait en train de jouer paisiblement aux cartes avec des amis, la conscience tranquille.

— Astor, cela fait des siècles ! Je ne savais pas que tu t'étais passé la corde au cou, mon vieux. Toutes mes condoléances.

— Bonsoir, Hubbard. Tu parlais à ma femme il y a quelques minutes, il me semble ?

— Farraday m'a présenté. Je l'avoue, c'est un joli petit lot.

— Je te remercie. J'ai beaucoup de chance, en effet.

— Elle est très jeune, fit remarquer Hubbard en levant sa lorgnette pour observer Arabella, qui bavardait avec lord Farraday et deux dames. Tu l'as prise au berceau, ma parole. Cela dit, tu as bien fait. Tu as intérêt à lui apprendre l'obéissance avant qu'elle prenne l'habitude de n'en faire qu'à sa tête.

— Que dirais-tu d'une partie de cartes ? proposa lord Astor, ravalant la réplique acerbe qu'il avait sur le bout de la langue.

6

Ce soir-là, lord Astor vint s'asseoir sur le bord du lit de sa femme.

— Quelle journée chargée, Arabella ! La soirée vous a-t-elle plu ?

— Oui, milord, beaucoup. Votre tante a eu l'obligeance de nous présenter, Frances et moi, à une foule de gens intéressants. Beaucoup ont promis de nous inviter.

— Vous êtes lady Astor, je vous rappelle. Vous serez invitée à toutes sortes de réceptions et d'événements, figurez-vous. La ménagerie ne vous a pas plu ?

— C'était très gentil de votre part de nous y emmener, milord, esquiva-t-elle. Vous savez combien George et Emily me manquent et vous avez cherché un moyen de me faire plaisir. Je vous suis vraiment reconnaissante.

— Mais ce n'était pas le bon moyen, n'est-ce pas ? Vous trouvez cruel d'enfermer les animaux ainsi ?

— C'est ridicule, je le sais. Vous avez été très gentil.

— Vous avez parfaitement le droit d'exprimer votre opinion et vos sentiments, et je ne me vexerai pas s'ils sont différents des miens, vous savez. En l'occurrence, je ne suis pas certain que ce soit le cas, d'ailleurs. Cet après-midi, j'ai vu ces pauvres créatures avec votre regard, et je pense que vous avez raison.

— J'ai eu l'horrible vision d'un pays où les chiens seraient des animaux exotiques, et j'ai imaginé George dans ce pays, enfermé dans une petite cage pour que les gens viennent le regarder et s'étonner. Cela m'était insupportable, milord. Je crois que je vais en faire des cauchemars.

— George sera bientôt là. Vous m'avez dit qu'il n'était pas admis dans la maison à Parkland à cause de votre sœur, n'est-ce pas ? Nous pourrions peut-être l'autoriser à habiter dans les cuisines, comme le petit chat errant tout pelé qui nous a adoptés l'année dernière ? Qu'en pensez-vous ?

— Oh mais volontiers ! s'écria-t-elle. Dieu que vous êtes gentil, milord.

— Geoffrey.

— Oui, mil... Oui.

— Vous êtes fatiguée ? Vous préférez que je vous souhaite une bonne nuit et que je retourne dans mes appartements ?

— Comme vous voudrez, milord, murmura-t-elle en rougissant. Je veux vous donner satisfaction. Mon devoir est de vous rendre la vie agréable.

— Très bien. Dans ce cas, je vais vous laisser me donner satisfaction, Arabella, dit-il avec un sourire.

Il lui effleura la joue avant d'ôter sa robe de chambre et de souffler les chandelles.

Une semaine plus tard, Arabella offrait son visage aux premiers rayons du soleil dans les allées de Hyde Park. Elle était d'excellente humeur tandis que George batifolait dans l'herbe, reniflant le pied des arbres pour tenter de repérer une senteur familière dans ce territoire entièrement nouveau. Arabella l'avait détaché une fois franchie Grosvenor Gate. Quant à elle, elle préférait rester dans l'allée, car l'herbe était encore humide après une semaine de pluie.

George était arrivé la veille, en même temps qu'Emily, alors qu'elle faisait des visites avec lady Berry et Frances. À son retour, Sa Seigneurie l'avait accueillie dans le hall avec son chien. Ce dernier avait fêté leurs retrouvailles en bondissant et en aboyant frénétiquement. Arabella n'avait pas fait preuve de beaucoup plus de dignité, avait-elle admis après coup. Elle était tombée à genoux devant les deux valets de pied en livrée pour le serrer sur son cœur et le câliner. George s'était comporté en parfait gentleman jusqu'à son arrivée, s'était plaint le vicomte quand il avait réussi à se faire entendre par-dessus le tumulte, pour autant, il n'était pas en colère.

Même Frances avait été contente de voir le chien, et en avait oublié d'éternuer. Arabella avait décidé d'aller souhaiter la bienvenue à Emily sur-le-champ. Le vicomte l'avait accompagnée à l'écurie après lui avoir donné une laisse pour

George, ce qui n'avait pas été du goût de celui-ci. Arabella aurait préféré aller voir sa jument seule, mais elle était si heureuse et tellement reconnaissante envers son mari qu'elle en avait oublié toute timidité.

Et voilà qu'elle était à présent au parc avec George par une belle matinée d'avril. Pour un peu, elle se serait crue à la campagne. Tout était si paisible, et les senteurs printanières étaient presque champêtres. Elle se serait volontiers mise à courir, mais elle se rappela à temps qu'elle était une femme mariée désormais, qu'elle était à Londres et que son mari l'avait mise en garde contre toute inconvenance ou impropriété.

Elle suivrait ses avis. Comment faire autrement alors qu'il s'était montré si gentil ? Il l'impressionnait toujours autant et elle se sentait toujours écrasée par sa personnalité. Mais elle avait appris, au cours de ces deux semaines de mariage, à l'estimer et même à l'aimer. Il les accompagnait dans leurs sorties, Frances et elle, bien plus qu'elle ne s'y était attendue. Et il lui avait offert ces perles ravissantes, précisément le lendemain de la soirée où elle avait craint de lui avoir déplu parce qu'il n'était pas venu la retrouver dans sa chambre. Et des fleurs un autre jour, alors qu'elle se posait la même question pour la même raison. Et il l'avait emmenée voir la ménagerie en pensant lui faire plaisir.

Les craintes qu'avait éprouvées Arabella quand elle avait découvert leur méprise quant à l'identité du nouveau lord Astor avaient maintenant disparu, même si elle regrettait toujours de ne pas être un peu plus jolie et qu'il ne soit pas un peu moins beau. Mais elle avait perdu du poids, et c'était encourageant.

Elle n'avait plus eu mal depuis leur nuit de noces, comme elle l'avait découvert, à son grand soulagement, le soir de leur arrivée à Londres. Elle tenait avant tout à être une bonne épouse, et elle pouvait maintenant remplir son devoir conjugal sans craindre de laisser échapper un gémissement de douleur. Ledit devoir conjugal n'était du reste pas si déplaisant, finalement. Elle restait toujours immobile et détendue en remerciant le ciel d'avoir un mari prévenant et dont le contact était agréable. Oui, elle avait été étonnée de découvrir que cette expérience n'était pas pénible pour l'épouse. Pour elle, en tout cas.

Sa Seigneurie ne devait certes pas trouver en elle une partenaire très stimulante, mais elle espérait tout de même qu'elle lui donnait satisfaction. Il l'avait taquinée à ce sujet. Après lui avoir dit qu'il allait la laisser lui donner satisfaction, il était entré dans son lit.

— Merci, Arabella, avait-il murmuré en souriant une fois l'acte accompli. Vous m'avez vraiment donné beaucoup de satisfaction.

Elle avait eu les joues en feu longtemps après qu'il eut regagné sa chambre. Encore maintenant, elle se demandait ce que signifiaient ce sourire et cette remarque. S'était-il moqué d'elle ? Parce qu'il la pensait capable de tout pour lui donner satisfaction ? Non, elle ne le croyait pas. Il était trop gentil.

— Mais c'est lady Astor ! Bonjour, milady, comment allez-vous ?

Arabella avait vaguement remarqué deux cavaliers qui approchaient au trot, mais elle ne leur avait pas prêté attention. Levant les yeux, elle reconnut lord Farraday, accompagné d'un autre gentleman qu'elle ne connaissait pas.

— Bonjour, milord, le salua-t-elle en lui souriant chaleureusement. Quelle belle journée, n'est-ce pas ? Mon chien est arrivé de la campagne hier. Sa Seigneurie a eu la gentillesse de le faire venir.

— Oui, vous m'en aviez parlé l'autre soir chez les Pendleton. C'est le colley noir et blanc là-bas ? Il m'a l'air plein d'énergie !

— Tu me présentes, Clive ? demanda le compagnon de lord Farraday.

Arabella salua donc sir John Charlton, un jeune homme blond et mince, plutôt beau garçon, qui la mit mal à l'aise. Elle fut soulagée qu'ils ne s'attardent pas. Après qu'ils se furent éloignés, elle appela George et reprit le chemin de la maison. Pourquoi diable n'était-elle jamais à l'aise en face d'un homme séduisant ?

Le marquis de Ravenscourt donnait le bal de ce soir pour les débuts dans le monde de sa fille, lady Harriet Meeker. Pour ce premier bal auquel assistaient Arabella et Frances, lady Berry avait tenu à ce qu'elles arrivent suffisamment tôt afin qu'elles aient le temps d'être vues et d'être présentées aux gens intéressants.

Lady Berry prenait son rôle de chaperon très au sérieux, constata Arabella. Elle n'avait pas vraiment besoin de chaperon puisqu'elle était une femme mariée, mais, ainsi que l'avait fait remarquer lady Berry, comme elle était une très jeune épouse, nouvelle en société et accompagnée de sa sœur célibataire et tout aussi nouvelle, mieux valait qu'elles soient escortées par une femme d'expérience.

Elles avaient donc fait le tour de la salle pour saluer les connaissances récentes et être présentées à des personnes nouvelles. Leurs carnets de bal à toutes deux ne tardèrent pas à se remplir.

Arabella était ravie. Son époux les avait quittées une fois leurs hôtes salués, non sans lui avoir assuré qu'il reviendrait pour danser avec elle la première danse et après avoir inscrit son nom pour un quadrille sur le carnet de Frances. Arabella avait prévu que sa sœur serait très demandée, et un seul regard lui avait suffi, tandis que la salle commençait à se remplir, pour s'assurer qu'aucune des femmes présentes ne rivalisait en beauté avec Frances. Elle ne s'était pas toutefois attendue à beaucoup danser elle-même. Qui aurait envie d'inviter une petite femme grassouillette au visage d'enfant, déjà mariée de surcroît ?

Mais lord Farraday et sir John Charlton étaient venus inscrire leurs noms sur son carnet, puis des messieurs qu'on lui avait présentés ce soir, et M. Hubbard, qui lui avait rappelé qu'ils avaient bavardé à la soirée de lady Berry. Elle n'avait certes pas besoin qu'il le lui rappelle. Sa triste histoire l'avait tellement émue. En fait, lorsque l'orchestre avait accordé ses instruments, son carnet était plein, à l'exception des deux valses. Ce qui n'était pas très grave, car elle n'avait pas la moindre idée de la façon dont cette nouveauté se dansait.

— Bella, ton carnet est plein, à toi aussi ? s'écria Frances. Je n'arrive pas à croire que tout cela est vrai ! Tu ne trouves pas que sir John Charlton est très séduisant ? Quelle chance que vous ayez été présentés ce matin, sinon il ne nous aurait peut-être pas recherchées ce soir.

— Oui. Il ressemble un peu à Théodore, tu ne trouves pas ? Ils ont le même teint.

— Oh, ils n'ont que le teint en commun ! Théodore est loin d'être aussi élégant et à la mode ! En fait, ils se ressemblent très peu, conclut Frances, avant de se tourner vers une jeune fille avec qui elle s'était liée la semaine passée.

Arabella regretta que sa sœur lui ait rappelé sa rencontre avec sir John Charlton. Elle préférait oublier la matinée, et l'après-midi aussi, du reste.

Le matin, elle avait emmené George au parc et l'après-midi, elle avait fait une promenade à cheval avec Emily. Sa Seigneurie avait proposé de l'accompagner. Et le soir, il y avait eu la perspective de ce bal. Aucun nuage n'était venu obscurcir cette belle journée. Jusqu'à ce que son époux lui demande de la rejoindre dans la bibliothèque après le déjeuner.

— Vous êtes allée promener George au parc ce matin, Arabella ? avait questionné lord Astor, qui avait déjà quitté la table du petit déjeuner à son retour.

— Oui, et c'était merveilleux, milord ! s'était-elle exclamée. L'herbe était encore humide et le soleil brillait. J'avais l'impression d'être à la campagne. Quel dommage que vous n'ayez pas été là.

— Je le regrette aussi, Arabella. Vous avez rencontré Farraday et sir John Charlton ?

— C'est lord Farraday qui vous l'a dit ? Il s'est en effet arrêté quelques minutes pour bavarder, et sir John a demandé à m'être présenté.

— Farraday n'aurait jamais dû vous mettre dans une telle situation. Je me demande où il avait la tête !

— Sir John n'est pas une personne fréquentable ? s'était inquiétée Arabella, dont le sourire s'était figé.

— Je n'ai jamais entendu quoi que ce soit contre lui. Pourquoi n'avez-vous pas emmené une femme de chambre ?

— J'allais simplement au parc, lui avait-elle rappelé en s'empourprant.

— Simplement ? Vous vous rendez compte que toute la bonne société londonienne se retrouve à Hyde Park, Arabella ?

Debout devant la cheminée, les mains derrière le dos, il paraissait plus grand et plus impressionnant que jamais.

— Il était très tôt.

— Une dame comme il faut ne se montre pas en public sans être accompagnée, Arabella. C'est inconvenant ! Et bavarder avec des messieurs, dont l'un vous est inconnu, l'est encore plus. Vous ne le saviez pas ?

— Si, milord, je le savais, mais je n'avais pas compris qu'il s'agissait d'une règle aussi stricte. Le parc est tellement près, et il était si tôt.

— Je ne connais pas Charlton. Il faut espérer qu'il est discret. Il a demandé à vous être présenté, dites-vous ? Farraday me déçoit, en tout cas. Il aurait dû feindre de ne pas vous voir et continuer son chemin. Enfin, je pense qu'on peut lui faire confiance pour ne pas répandre de ragots. Ce n'est pas très grave, Arabella, mais j'attends à l'avenir de vous que vous observiez plus rigoureusement les convenances. Si votre sœur ou moi ne sommes pas libres pour vous accompagner, emmenez une femme de chambre.

— Je vous ai déçu, avait murmuré Arabella d'une voix étranglée.

— C'est très exagéré, avait-il répliqué, souriant pour la première fois. Si je m'inquiète, c'est pour votre réputation, Arabella. Je ne voudrais surtout pas qu'on vous fasse une réputation de femme facile, alors que rien n'est plus éloigné de la vérité.

— Je suis désolée, milord, avait-elle articulé, anéantie.

Elle était décidément incapable de se comporter en femme du monde accomplie.

— Nous n'allons pas en faire toute une histoire, avait-il dit en s'emparant de son menton. Ne prenez pas cet air de chien battu. Serez-vous prête pour une promenade à cheval dans deux heures environ, une fois que j'aurai réglé une ou deux petites affaires ?

Toute sa joie s'était évanouie cependant. Elle avait monté Emily, s'était mélangée à la foule des cavaliers et des promeneurs venus prendre l'air après une semaine de mauvais temps. Son mari était à ses côtés, il bavardait avec elle et saluait des connaissances, mais elle se sentait ennuyeuse, sans charme et peu faite pour la vie qu'elle était censée mener. Elle avait regardé autour d'elle avec appréhension, s'attendant à ce qu'on la montre du doigt, terrifiée à l'idée que son inconséquence puisse causer un scandale. Surtout, elle avait éprouvé un ressentiment irrationnel envers ce bel homme qui l'accompagnait, qui l'avait arrachée à son monde familier et lui demandait maintenant de se conduire en femme du monde expérimentée.

— Si nous allions danser, Arabella ? suggéra lord Astor, interrompant ses ruminations. Alors, quelle est votre impression sur ce premier bal ?

— Tout le monde est remarquablement aimable, et même bienveillant, répondit-elle en s'emparant du bras qu'il lui offrait.

— Vous ne pensiez quand même pas que la nouvelle lady Astor allait passer la soirée dans son coin ?

— Si, peu ou prou, avoua-t-elle après réflexion.

— Je n'ai jamais rencontré une personne aussi modeste que vous, s'amusa-t-il. Vous êtes absolument ravissante dans cette soie jaune.

— Si l'on m'a remarquée, c'est peut-être parce que Frances est restée tout le temps à côté de moi. Elle est très belle, vous ne trouvez pas ? Je crois que c'est la plus jolie femme de toute l'assemblée. Vous n'êtes pas de mon avis ? Je ne suis pas partiale, n'est-ce pas ?

— Si une autre que vous me posait la question, je penserais immédiatement qu'elle recherche un compliment, mais vous êtes sérieuse, n'est-ce pas ? Oui, Frances est très belle et je vois bien qu'elle remporte beaucoup de succès. Mais c'est une autre femme que je préfère regarder.

La musique commença avant qu'Arabella ait le temps de jeter un regard circulaire et ils furent rapidement absorbés par les pas compliqués d'une danse campagnarde.

Frances avait dansé avec cinq gentlemen lorsque son beau-frère vint la chercher pour le quadrille, et elle avait les joues toutes roses. Deux d'entre eux étaient des aristocrates. Cela faisait longtemps qu'on lui disait qu'elle était belle, et elle avait fini par le croire, bien qu'elle n'ait pas un tempérament vaniteux. Mais aucun de ses admirateurs passés – pas même Théodore – ne lui avait jamais fait de compliments aussi raffinés que ces messieurs. Elle n'était pas venue à Londres pour rien.

Le vicomte Shenley l'avait complimentée sur le maître de danse qu'elle n'avait jamais eu et M. Kershaw s'était enorgueilli d'avoir la plus jolie cavalière de tout le bal.

Mais surtout, Frances avait été absolument enchantée par son troisième cavalier, sir John Charlton, qui avait eu la bonne fortune d'être présenté à Bella dans la matinée. Il ressemblait à ce qu'aurait été Théodore si on avait pu l'améliorer jusqu'à la perfection. Grand et mince, il avait une épaisse chevelure blonde et des traits aquilins. Et il était d'une élégance irréprochable.

— Vous êtes la sœur de lady Astor ? s'était-il enquis. Quelle chance que lord Astor l'ait épousée récemment, sinon vous ne seriez peut-être pas venue en ville, et je n'aurais pas eu l'honneur de vous connaître ni de danser avec vous ce soir.

La façon qu'il avait eue de la dévisager avait fait rougir Frances jusqu'à la racine des cheveux.

— Bella a de la chance. Elle est très bien mariée, mais elle le mérite. Toute la famille l'adore.

— Et elle a de la chance d'avoir une sœur aussi belle et aussi loyale.

— Je vous remercie, avait murmuré Frances.

— Ne me remerciez pas, mademoiselle. Ce n'est pas moi qui vous rends belle.

Il ne souriait jamais, avait remarqué Frances, mais il était extrêmement distingué.

— Je ne suis arrivé en ville que très récemment, moi aussi, avait-il repris. J'ai rendu visite à mon oncle, le comte de Haig. Je suis son héritier, figurez-vous. Il m'aime beaucoup et ne voulait plus me laisser partir. Mais finalement, je suis heureux qu'il n'ait pas réussi à me retenir.

Frances s'était aperçue, à sa grande déception, que la danse touchait à sa fin. La suivante était réservée à son beau-frère, qui était certainement l'homme le plus séduisant de l'assemblée, à l'exception peut-être de sir John. Quand elle regardait lord Astor, elle ne pouvait toujours pas s'empêcher d'être un peu jalouse de Bella. Elle réprimait toutefois ce sentiment et se réjouissait sincèrement de la chance de sa sœur.

— Peut-être pourrais-je avoir l'honneur de vous rendre visite un après-midi ? avait suggéré sir John en la reconduisant.

Frances lui avait répondu d'un sourire.

Arabella, quant à elle, était ravie. La première danse à son premier bal, elle l'avait accordée au plus bel homme présent – elle en avait eu la confirmation dans les regards des autres femmes. Et cet homme était son mari. Elle avait oublié son sentiment d'infériorité. Elle portait l'une de ses nouvelles robes, sa femme de chambre l'avait très joliment coiffée et elle avait dû perdre au moins trois livres, elle en était convaincue. Et surtout, elle n'avait pas eu besoin de faire la conversation à son mari pendant qu'ils dansaient et n'avait donc pas eu à se creuser la tête pour trouver quoi lui raconter.

Elle avait ensuite eu lord Farraday pour cavalier et s'était détendue tant il était simple et amusant. Elle avait beaucoup ri lorsqu'il lui avait raconté qu'il avait de nouveau perdu sa mère et sa grand-mère le matin même dans Bond Street. Et elle avait aussi dansé avec sir John Charlton – la seule danse peut-être à laquelle elle n'avait pas pris entièrement plaisir. Elle était mal à l'aise avec lui. Était-ce parce qu'il était trop bel homme ? s'était-elle demandé. Elle ne le pensait pas. Il était loin d'être aussi séduisant que son mari.

— Vous venez de vous marier, madame et c'est donc à votre mariage que nous devons le plaisir de votre présence en ville ?

— En effet. Je vais là où mon mari décide d'aller, naturellement.

— Dans ce cas, j'ai une dette envers lord Astor pour avoir amené une femme aussi charmante pour participer aux activités de la saison.

Arabella avait remarqué non sans une certaine appréhension qu'il ne souriait pas et qu'il ne prononçait pas le nom de Frances. C'était elle qu'il regardait.

— J'ai de la chance d'être là, moi aussi, avait-il repris. J'arrive tout juste de chez un vieil oncle, le comte de Haig. Je suis son héritier, figurez-vous. Il m'aime beaucoup et ne voulait plus me laisser partir, mais finalement, je suis heureux qu'il n'ait pas réussi à me retenir.

— J'espère que vous l'avez quitté en bonne santé, avait dit Arabella poliment.

Elle avait été soulagée lorsque la danse s'était achevée.

7

Après le quadrille, lord Astor avait ramené Frances auprès de sa tante et passé quelques minutes à bavarder avec un groupe d'amis. Il observait maintenant les danseurs. Il était resté un moment dans le salon de jeu au début de la réception, sans jouer pour autant. Il était ensuite retourné dans la salle de bal, mais n'avait dansé qu'avec sa femme et sa belle-sœur.

Il s'ennuyait.

Non, ce n'était pas exactement cela. Il s'impatientait. Il ne prenait aucun plaisir particulier à son mariage, qui n'était pas du tout ce qu'il en attendait. Il avait décidé de se marier avec une grande nonchalance, et s'était imaginé que, une fois la cérémonie terminée et sa femme installée chez lui, il serait en mesure de reprendre le cours de sa vie comme si de rien n'était. La seule différence étant qu'il aurait une épouse avec qui dîner de temps en temps et coucher régulièrement, et des enfants dans la nursery.

Or, les choses ne se passaient pas du tout ainsi. L'air sombre, il regardait Arabella danser avec un grand dadais fort gauche. Elle lui souriait avec chaleur, son regard bienveillant levé vers son long visage blême, et elle parvenait à danser avec grâce malgré la maladresse de son cavalier.

Elle semblait remporter un certain succès à ce bal. Quand il lui avait demandé, à la fin de la première danse, d'inscrire son nom pour la dernière danse avant le souper, elle lui avait avoué qu'elle n'avait plus aucune danse libre, à l'exception des deux valses qu'elle ne savait pas danser, de toute façon.

Il avait donc une excuse idéale pour rejoindre le salon de jeu et y rester jusqu'à la fin de la soirée. Il aurait dû aller se distraire sans plus se préoccuper de sa femme et oublier pendant quelques heures bénies son nouveau statut d'homme marié.

Il en avait été incapable. Et si l'un de ses cavaliers lui faisait défaut ? Elle se retrouverait seule et aurait l'impression de faire tapisserie. Il ne pouvait pas laisser une chose pareille lui arriver. Et si jamais son imprudence de la matinée suscitait des commérages ? Il se devait d'être là pour les étouffer en expliquant nonchalamment qu'au cours de sa promenade matinale, lady Astor avait dû renvoyer sa femme de chambre à la maison.

C'était ridicule, bien sûr. Non seulement elle passait un très bon moment, mais elle ne manquait pas de compagnie. Quand il avait ramené Frances auprès de sa tante quelques minutes plus tôt, Arabella était là, elle aussi, et en grande conversation avec deux dames et trois messieurs, dont deux lui étaient de parfaits inconnus. Tout ce qu'il espérait, c'était qu'on les lui avait présentés dans les formes. Quoi qu'il en soit, il était agréablement surpris de la voir s'intégrer en société avec une telle aisance.

Vraiment, se disait-il en contemplant sa femme, elle était très en beauté. Si le compliment qu'il lui avait fait un peu plus tôt était destiné à la mettre à l'aise, il n'en était pas moins amplement mérité. À vrai dire, s'il l'avait vue ce soir pour la première fois, il aurait même pu la qualifier de jolie. La coupe toute simple et le jaune pâle de sa robe mettaient en valeur les courbes très féminines de son corps. Les cheveux courts lui allaient bien et les rubans assortis à sa robe, entremêlés dans ses boucles, étaient du plus bel effet. Il l'avait dissuadée d'acheter des plumes pour orner ses coiffures. Elle pensait que cela la grandirait, et même sa tante Hermione avait trouvé que cela ajouterait une touche de distinction. Il n'empêche que si la plupart des femmes en portaient, ç'aurait été ridicule sur Arabella, il en était convaincu.

Lord Astor croisa le regard d'une dame entre deux âges assise à côté d'une autre dame qu'il connaissait. Il les salua d'un signe de tête et alla leur présenter ses hommages. Quand il les quitta, quelques minutes plus tard, entre les félicitations pour son mariage et les compliments sur la grâce et le charme de sa jeune épouse, ses oreilles bourdonnaient.

Ce soir, ce n'était pas la première fois qu'il avait du mal à oublier son mariage et ses responsabilités.

Cela lui arrivait constamment. Il prenait plaisir aux moments passés dans ses clubs, à ses visites chez Tattersall's[1], à ses après-midi aux courses de temps en temps, à ses matinées chez Jackson, mais il hésitait souvent à accompagner ses amis dans les activités qui risquaient de le tenir éloigné de chez lui trop longtemps. Il y avait eu ce tournoi de boxe, par exemple, qui l'aurait tenu loin de la maison une nuit entière. Il n'avait eu aucune raison de ne pas y aller puisque Arabella avait sa sœur pour lui tenir compagnie, et que de toute façon elles étaient invitées à assister à une pièce de théâtre, pourtant, il n'avait pu se résoudre à y participer.

Cela l'agaçait. Le pire était qu'il commençait à prendre moins de plaisir qu'autrefois à ses après-midi avec Ginny. Depuis plus d'un an qu'elle était sa maîtresse, il avait toujours été pleinement satisfait de ses services, même s'il ne s'interdisait pas d'autres aventures de temps en temps. Beaucoup d'hommes lui enviaient cette liaison, du reste. Non seulement Ginny était belle et désirable, mais elle avait beaucoup plus de classe que la plupart des femmes entretenues. C'était en outre une cantatrice très demandée dans les soirées privées.

Chaque fois qu'il franchissait la porte de la somptueuse demeure qu'il lui avait procurée, il s'efforçait de bannir son épouse de son esprit. Il avait besoin de Ginny. Aucun mâle

---

1. Marché aux chevaux fondé en 1766 par Richard Tattersall, très à la mode aux XVIIIe et XIXe siècles. *(N.d.T.)*

normalement constitué ne pouvait satisfaire ses appétits virils avec les étreintes respectables qu'il partageait avec sa femme. Et Ginny, quand elle donnait libre cours à son caractère passionné, avait suffisamment de tempérament pour faire oublier jusqu'à son nom à n'importe quel homme. Or, éveiller le tempérament passionné de Ginny n'était pas difficile...

Comment se faisait-il, dans ce cas, qu'en pleine action, au moment où il perdait généralement conscience de tout ce qui n'était pas leurs ébats, il s'était demandé si Arabella tenait autant à sa vieille selle de cuir qu'à la jument qui la portait, ou si elle n'aimerait pas en avoir une nouvelle. Et après un deuxième round avec Ginny, où il avait un peu mieux réussi à chasser sa femme de ses pensées, il était resté éveillé alors qu'il aurait préféré s'assoupir. Il s'était rappelé la bouche d'Arabella et la façon dont elle relevait parfois légèrement la lèvre supérieure pour découvrir ses petites dents, et il s'était demandé s'il éprouverait du plaisir à l'embrasser sur la bouche. Il ne l'avait encore jamais fait.

La danse touchait à sa fin, mais lord Astor comme sa femme parurent surpris lorsque le grand dadais la ramena auprès de lui et non auprès de lady Berry et de Frances.

— Vous dansez très bien, Arabella. Est-ce que vous vous amusez ?

— Merci, milord. Oui, beaucoup. Je m'attendais à ce que tous les invités soient impressionnants et dansent divinement, mais finalement, ce sont des gens comme les autres. Ce pauvre M. Browning s'est confondu en excuses avant d'aller danser en m'expliquant qu'il avait deux pieds gauches. Je lui ai fait remarquer que, dans une pièce aussi bondée, personne ne risquait de remarquer sa façon de danser. Et il ne m'a pas marché sur les pieds une seule fois, comme il le craignait tant. Je lui avais d'ailleurs dit que moi non plus, je n'étais pas une danseuse aguerrie.

Lord Astor s'amusait. Le babil de son épouse le distrayait, elle qui était d'ordinaire si calme et si taciturne en sa présence. En général, elle concluait ses sorties en rougissant avant de retomber dans son silence habituel.

— La prochaine danse est une valse. Voulez-vous faire quelques pas avec moi sur le balcon, Arabella ?

— Oh, j'ai promis de passer la valse avec M. Lincoln, qui ne peut pas danser ! Il a quelque chose à la jambe, je ne sais pas bien quoi... Il boîte.

— Il a été malade dans son enfance et il est resté infirme, expliqua lord Astor.

— Le pauvre ! Il paraît très gai, pourtant. C'est curieux, mais chez certains, un handicap n'appelle pas la pitié. Ils s'élèvent au-dessus de leur infirmité. Je suis désolée de vous faire faux bond, milord. Cela ne vous ennuie pas ?

— Mais non, pas du tout. Je ne voulais surtout pas que vous restiez seule pendant la valse. Je vois que Frances est avec d'autres jeunes filles qui ne sont pas encore autorisées à la danser.

— Frances a beaucoup de succès, n'est-ce pas ? fit remarquer Arabella. Cela ne m'étonne pas, elle est tellement belle. Elle a toujours été la beauté de la famille. Je suis très fière d'elle. Vous devez regretter...

Elle s'interrompit, lui sourit, et rougit, toute confuse.

— Je regrette que vous n'ayez pas appris la valse, dit-il. Si je l'avais su, je vous l'aurais apprise, et j'aurais pu vous enlever à M. Lincoln. Vous le voyez ? Je vais vous amener auprès de lui.

Le lendemain matin, Arabella entreprit d'écrire à sa mère en attendant que Frances la rejoigne dans le salon. Coucher sur le papier l'ivresse qu'elle avait ressentie n'était pas facile. Elle y avait pris beaucoup de plaisir et n'avait pas eu le temps de s'appesantir sur le fait qu'elle était moins jolie, plus ronde et plus enfantine que les autres femmes présentes. Elle avait dansé le plus possible et avait eu de la compagnie pendant les valses. Lady Berry l'avait présentée à lady Jersey, l'une des matrones de l'Almack's[1], et celle-ci avait consenti à la saluer d'un signe de tête et à la féliciter pour son mariage avec lord Astor.

Comment décrire à sa mère et à sa sœur le luxe de la salle de bal et la magnificence des invités ? Comment leur expliquer quel sentiment de triomphe Frances et elle avaient éprouvé de se voir remarquées aussi bien par les dames que

1. Club mondain de Londres qui autorisait les jeunes filles à danser la valse et où la moindre inconvenance était sanctionnée par un comité de dames. *(N.d.T.)*

par les messieurs ? Comment évoquer la beauté de Frances ce soir-là ?

Quand l'objet de ses réflexions entra dans la pièce, Arabella posa sa plume, renonçant à aller plus loin. Si sa sœur avait bien volontiers souscrit à son idée d'écrire toutes les deux à leur mère le lendemain du bal, elle avait ce regard rêveur qu'Arabella ne connaissait que trop. Aucune n'écrirait avant un moment...

— Comment réussis-tu à te lever aussi tôt tous les matins, même après avoir veillé tard, Bella ? s'étonna Frances en étouffant un bâillement.

— Je ne veux pas gâcher le meilleur moment de la journée, et il fallait que j'aille promener George. Du reste, le vicomte m'a accompagnée ce matin, ajouta-t-elle en rougissant.

— Ma petite Bella, s'exclama Frances, le regard humide, je ne remercierai jamais assez le ciel que Sa Seigneurie ait été le fils de l'homme que nous attendions ! Il est très prévenant, n'est-ce pas ? Je suis tellement heureuse pour toi. Je ne connais personne qui mérite davantage d'être heureuse. Je n'oublierai jamais le sacrifice que tu as fait pour moi.

— Cela n'a pas été un bien grand sacrifice, finalement, se hâta de préciser Arabella en voyant sa sœur tirer un mouchoir de sa poche.

Elle se rappela la gêne qu'elle avait éprouvée au cours de cette promenade. Lord Astor l'accompagnait par souci de respectabilité, elle le savait, et il aurait certainement préféré lire son journal en prenant son petit déjeuner. Il avait déclaré que George était mal élevé et avait insisté pour tenir sa laisse sous prétexte que la pauvre bête avait tellement hâte d'atteindre le parc qu'elle risquait de démancher le bras de sa maîtresse.

— Tu as eu beaucoup de succès hier soir, observa-t-elle, histoire de distraire Frances de ses tristes pensées. Je suis sûre que s'il y avait eu deux fois plus de danses, une foule d'autres gentlemen se seraient pressés pour être tes cavaliers.

— Je trouve injuste de ne pas pouvoir danser la valse, avoua Frances en rangeant son mouchoir. J'ai vingt ans, après tout.

— Lady Berry va essayer de nous avoir des invitations pour l'Almack's, elle me l'a promis. Et elle m'a présentée à lady Jersey. Tu auras peut-être ton autorisation bientôt, rassure-toi. En attendant, se lamenter ne sert à rien. Sa Seigneurie a proposé de nous apprendre les pas à toutes les deux.

— Quelle chance tu as d'être mariée à l'un des hommes les plus séduisants de la bonne société, Bella, soupira Frances. Je pensais qu'il y en aurait beaucoup d'autres comme lui à Londres, mais en fait, les messieurs ici ne sont pas tellement plus séduisants que chez nous.

— Dieu merci ! répliqua Arabella. Je tremblerais si tout le monde était aussi séduisant que Sa Seigneurie !

— Sir John Charlton est très bel homme. Savais-tu qu'il est l'héritier du comte de Haig ? C'est son oncle et il est âgé. Sir John doit me rendre visite cet après-midi. Nous n'avions prévu aucune sortie, n'est-ce pas ?

— Non, répondit Arabella en se rembrunissant. Sir John te plaît ? J'ai dansé avec lui, moi aussi. Il est en effet très séduisant, mais tu ne trouves pas qu'il le sait et qu'il est un peu poseur ?

— Cela dit, il a de bonnes raisons de l'être. Il est tellement élégant, Bella. Il éclipse tous les autres gentlemen.

« Y compris Théodore », songea tristement Arabella. S'il n'y avait pas eu Théodore, elle ne se serait peut-être pas empressée de se dévouer pour épouser lord Astor. À l'heure qu'il était, elle aurait été à la maison avec sa mère et Jemima, et la responsabilité de donner satisfaction à Sa Seigneurie aurait été du ressort de Frances. Elle n'aurait pas eu beaucoup d'efforts à faire, c'était certain. Avec Frances comme épouse, il aurait été merveilleusement heureux.

Cette pensée était déprimante et, bizarrement, l'idée d'être libérée de la nécessité d'être l'épouse de lord Astor ne la rendait pas nostalgique ni ne lui inspirait le moindre regret, tout au plus une reconnaissance inattendue envers la providence, qui avait caché à sa famille une vérité essentielle qui aurait pu changer le cours de sa vie.

— Veux-tu écrire à maman ou à Jemima ? s'enquit Arabella sans s'appesantir sur cette découverte. Il faudrait vraiment qu'on ait terminé avant le déjeuner, car nous risquons d'avoir des visiteurs.

Ses espoirs épistolaires furent balayés par l'entrée d'un valet portant un imposant bouquet de fleurs envoyé à Frances par l'un de ses cavaliers de la veille.

Frances s'émerveilla bruyamment et Arabella nettoya sa plume.

Quand lord Astor rentra en milieu d'après-midi, il trouva son salon rempli de visiteurs. Il ne fut pas surpris d'y trouver aussi sa tante. Cette dernière avait adopté sa femme et sa belle-sœur, et il se passait rarement une journée sans qu'elle vienne les voir ou qu'elle les invite à se joindre à elle pour une sortie. Plusieurs amies de Frances avaient promis de passer à Upper Grosvenor Street, la plupart avec leurs mères. Et la jeune fille avait visiblement ébloui sir John Charlton, qui leur avait rendu visite en compagnie de Farraday.

Plus surprenant peut-être, Hubbard était venu lui aussi, ainsi que le grand dadais qui ne savait pas danser. Lord Astor n'avait pourtant pas remarqué que l'un ou l'autre éprouvait un intérêt particulier pour Frances. En fait, tous deux semblaient ravis de discuter avec Arabella et il remarqua au premier coup d'œil qu'elle bavardait avec beaucoup d'animation.

Il alla d'abord saluer les dames entourant sa tante et se résigna à converser quelques minutes avec elles. Il était venu chercher Arabella pour une promenade au parc en cabriolet. Il aurait inclus sa belle-sœur dans l'invitation et aurait pris une autre voiture si celle-ci avait été libre, mais il s'était douté que l'un de ses cavaliers de la veille l'inviterait à une promenade.

Le temps était splendide, bien trop pour rester enfermé. Il avait d'abord pensé passer quelques heures avec Ginny, mais l'idée d'être confiné dans son petit boudoir parfumé était moins tentante que d'ordinaire. Il irait la voir un autre jour, quand il pleuvrait peut-être, ou lorsque Arabella aurait d'autres engagements.

Lord Astor attendit avec une certaine impatience le départ des visiteurs. Il croisa le regard de sa femme au bout de quelques minutes et lui sourit. Elle lui rendit son sourire, rougit et perdit le fil de sa conversation. Ravalant une pointe d'agacement, il revint à ce que lui disait Mme Soames. Qu'avait-il donc de si terrible pour intimider Arabella à ce point ? Il lui avait pourtant toujours témoigné beaucoup de gentillesse. Pourquoi se montrait-elle incapable de parler avec lui, sauf lorsqu'elle oubliait qui il était ? Elle bavardait apparemment avec aisance avec tout le monde, sauf lui. Il était son mari, quand même ! Le trouvait-elle inintéressant ?

Arabella se donnait du mal pour assurer à M. Browning que même si son tailleur n'était pas Weston, sa redingote était superbe. Après tout, si tous les messieurs ne juraient que par Weston et refusaient de s'habiller ailleurs, de quoi vivraient les autres tailleurs ? avait-elle fait remarquer. Et les réputations étaient parfois usurpées. D'autres tailleurs moins renommés pouvaient se révéler tout aussi capables que le grand homme.

M. Browning parut quelque peu rassuré, et Arabella le gratifia d'un sourire d'encouragement.

— Je ne m'habille plus chez Weston depuis qu'il m'a toisé comme si j'étais un horrible vermisseau parce que j'ai fait mine de payer la facture d'un gilet à la livraison, renchérit M. Hubbard. Apparemment, un véritable homme du monde se doit d'attendre au moins six mois avant de n'en payer qu'une partie.

— Mais c'est ridicule ! s'écria Arabella. Vous avez eu raison de ne pas encourager de telles absurdités. Vous voyez, ajouta-t-elle à l'adresse de M. Browning, vous n'avez pas à craindre de ne pas être à la mode. Vous vous souviendrez que M. Hubbard a un autre tailleur, et personne n'oserait dire qu'il n'est pas élégant, n'est-ce pas ?

M. Browning parut encore plus heureux, tandis que M. Hubbard perdait un instant son expression cynique pour sourire à Arabella.

— Puis-je m'asseoir près de vous, milady ? demanda lord Farraday en désignant un siège vacant près d'Arabella. J'ai marché toute la matinée, encore une fois dans Bond Street. Je ne comprends pas pourquoi les dames de ma famille se sentent obligées de faire sans cesse des courses. Après avoir admiré un éventail dans une vitrine, elles vont en admirer une douzaine d'autres à l'autre bout de la rue avant de retourner au premier, pour s'apercevoir qu'il n'est finalement pas aussi joli qu'elles le pensaient, et ainsi de suite.

— Asseyez-vous, je vous en prie, répondit Arabella. Nous voulons à tout prix savoir si vous vous habillez chez Weston, milord. Si ce n'est pas le cas, nous aurons réussi notre démonstration, car votre redingote est à la pointe de la mode.

— Il lui faut deux valets de pied en plus de son valet de chambre pour entrer dedans, commenta nonchalamment M. Hubbard.

Tous s'esclaffèrent et, de nouveau, Arabella croisa le regard de son mari.

Les visiteurs finirent par s'en aller, lady Berry prit congé elle aussi, non sans avoir promis d'emmener ses protégées à la bibliothèque le lendemain.

— Sir John Charlton doit revenir avec son phaéton pour qu'on aille au parc, annonça Frances, extatique. Lequel de mes nouveaux chapeaux dois-je porter, selon toi, Bella ? Vous êtes sûr que l'ombrelle bleue que j'ai apportée de chez nous est suffisamment à la mode pour Hyde Park, milord ?

— Voulez-vous aller mettre l'un de vos chapeaux neufs pendant que je fais atteler mon cabriolet, Arabella ? suggéra lord Astor, une fois les inquiétudes de Frances apaisées.

— Je suis désolée, milord, je viens d'accepter une promenade avec M. Browning.

— J'espère pour votre sécurité qu'il conduit mieux qu'il ne danse.

— J'en suis certaine, répondit-elle le plus sérieusement du monde. Il n'a jamais eu de maître de danse parce qu'il a été élevé à la campagne par son grand-père, qui n'a pas voulu l'envoyer en pension ou le laisser se lier avec d'autres enfants de son âge, en revanche, je suis sûre qu'il a appris à monter à cheval et à conduire un attelage.

— Vous feriez bien d'aller vous préparer, dans ce cas.

— Cela ne vous ennuie pas ? Tante Hermione m'a assuré qu'il était courant pour une femme mariée de se montrer en public en compagnie d'un seul gentleman. Elle a même ajouté qu'une dame qui n'aurait pas d'amis masculins serait considérée comme une véritable provinciale et qu'elle ne tarderait pas à ennuyer son mari si elle s'attendait à ce qu'il l'accompagne partout. Vous n'êtes pas fâché, milord ?

— Bien sûr que non, Arabella. Je pourrais peut-être vous emmener au théâtre ce soir, votre sœur et vous.

— Une fois de plus, je suis désolée, mais Mme Harris nous a invitées, Frances et moi, à l'accompagner avec sa fille Adélaïde à une soirée littéraire chez Mme Sheldon. Adélaïde est très amie avec Frances, figurez-vous. Les conversations sont de haute tenue, nous a-t-elle déclaré, même si j'ai l'impression qu'elles risquent d'être un peu ennuyeuses. Je préférerais de beaucoup le théâtre, mais je ne peux pas revenir sur ma parole, n'est-ce pas ?

— Non, en effet, admit lord Astor avec raideur. Je suis enchanté que vous soyez aussi occupée. Puisque vous avez l'air d'avoir suffisamment de distractions pour la journée, je vais accepter un dîner que je m'apprêtais à refuser.

— Bien sûr, milord. Ne vous privez surtout pas pour moi.

Moins d'une heure plus tard, lord Astor se dirigeait vers le domicile de sa maîtresse, se félicitant d'avoir une partie de l'après-midi et toute la soirée à lui consacrer. Il n'aurait même pas à se sentir coupable et à se demander si Arabella ne s'ennuyait pas, toute seule chez eux. Il veilla cependant à ne pas traverser le parc, ce qui lui aurait évité un détour et aurait été plus agréable. Curieusement, il avait oublié que le ciel était bleu, le soleil radieux, et que le printemps explosait un peu partout.

8

Le lendemain matin, Arabella tenta de se remettre à la lettre à sa mère qu'elle avait commencée la veille. Si elle n'avait pas eu tant de choses à dire, la tâche aurait été plus facile. Elle était parvenue à décrire le bal du marquis de Ravenscourt, mais il y avait tellement à raconter. Leur pauvre mère et Jemima n'avaient pas eu la chance de connaître la vie dans la capitale, leur père n'ayant jamais voulu faire le voyage, même quand ils étaient jeunes.

À vrai dire, si Arabella avait tant de mal à se concentrer sur sa lettre, c'était parce qu'elle était en proie à une foule de sentiments contradictoires. Elle était grisée, déprimée, satisfaite et malheureuse, tout cela en même temps. Elle avait du mal à se reconnaître dans toutes ces émotions et à savoir où en était sa vie. Rétrospectivement, Parkland lui paraissait un havre de paix. Que la bonne société l'ait acceptée en son sein était un réel soulagement. Elle craignait tellement d'être rejetée à cause de sa jeunesse et de son manque d'expérience ! D'autant qu'elle était convaincue de ne pas faire une lady Astor crédible et d'apparaître comme indigne de son titre et de sa position.

Ce n'était visiblement pas le cas. Elle recevait quantité d'invitations, dont beaucoup lui étaient adressées personnellement et n'incluaient pas son époux. Il avait d'autres centres d'intérêt, elle le savait, et lady Berry lui avait expliqué que les hommes n'aimaient pas se sentir obligés de passer trop de temps avec leurs épouses. Lord Berry en était la preuve flagrante.

Arabella était donc heureuse de constater qu'elle pouvait vivre sa vie de façon autonome et délivrer ainsi lord Astor de l'obligation d'être perpétuellement à ses côtés. Après avoir dû refuser deux propositions de sa part la veille, elle avait été soulagée en comprenant qu'il cherchait juste à se montrer poli. Il avait un dîner de son côté et préférait s'y rendre.

Oui, elle avait été soulagée, et un peu triste aussi. La jeune fille naïve qu'elle était avait envisagé le mariage comme un compagnonnage. Elle avait imaginé que son mari serait toujours à ses côtés et qu'ils pourraient partager une amitié profonde. C'était certes bien avant qu'elle accepte d'épouser lord Astor, mais tout de même, découvrir que le mariage était très éloigné de cette complicité lui semblait déprimant. Les unions qu'elle avait eu l'occasion d'observer ces dernières semaines étaient aussi bien différentes de ce modèle. Lord Astor faisait preuve de beaucoup de gentillesse. Il veillait à ce qu'elle ne s'ennuie pas et lui offrait des cadeaux, mais il n'y avait aucune intimité entre eux. Comment s'en étonner, bien sûr, alors qu'elle lui était tellement inférieure ? Elle continuait à perdre du poids, mais ce n'étaient pas quelques kilos de moins qui feraient d'elle une beauté.

Ce qui n'allait pas chez elle, décida-t-elle en taillant sa plume, c'était qu'elle se refusait parfois à accepter la réalité. Elle faisait montre d'une certaine perversité. Elle se sentait toujours mal à l'aise en présence du vicomte parce que son charme lui rappelait sans cesse ses propres manques. Qu'ils puissent mener des existences pratiquement séparées tout en étant très occupés par ailleurs aurait donc dû la réconforter.

Elle n'avait eu aucun mal à engager la conversation avec ce pauvre M. Browning, qui manquait tellement de confiance en lui, et pendant tout le temps qu'elle avait passé avec lui, elle n'avait pas pensé une seconde à son propre physique si ordinaire. Il n'y avait donc aucune raison pour qu'elle regrette de ne pas être avec son mari, à se torturer pour trouver quoi lui dire. À la soirée littéraire de la veille, elle avait eu une longue et agréable conversation avec lord Farraday, ce qui lui avait évité d'écouter le languissant poète qui faisait des efforts méritoires pour avoir l'air aussi lugubre et romantique que lord Byron était censé l'être.

Pourquoi aurait-elle voulu que son mari soit à ses côtés ?

Il ne lui avait pas rendu visite la nuit précédente. Il n'était pas là lorsque Frances et elle étaient rentrées – elle avait interrogé le valet de pied. Elle avait attendu longtemps dans son lit, se demandant s'il la croyait endormie ou s'il était toujours dehors. Il lui avait manqué. Elle s'était habituée à ses visites nocturnes et les aimait bien.

Elle devait absolument terminer sa lettre avant que Frances descende. Quand celle-ci la rejoindrait, écrire serait impossible. Soit sa sœur serait trop excitée, soit elle serait trop déçue par les nouvelles qui l'attendaient. Dans un cas comme dans l'autre, elle fondrait en larmes.

Le vicomte l'avait de nouveau accompagnée ce matin quand elle était allée promener George. Lorsqu'elle lui avait proposé d'emmener une femme de chambre s'il préférait lire son journal, il lui avait assuré qu'un peu d'exercice lui ferait le plus grand bien. Elle lui avait donc abandonné la laisse. George se conduisait mieux avec Sa Seigneurie, avait-elle reconnu lorsqu'elle s'était agenouillée pour le détacher et le laisser gambader dans le parc.

Ils n'avaient pas beaucoup parlé, mais elle avait pris plaisir à leur promenade. C'était lui qui avait tenu à venir, elle n'avait donc eu aucune raison de se sentir coupable d'avoir différé son petit déjeuner.

— Avez-vous passé une bonne soirée ? lui avait-il demandé.

— Excellente ! Nous étions réunis autour d'un poète dont le dernier ouvrage a fait sensation – je n'arrive hélas pas à me souvenir de son nom ni de celui de son livre. Frances a trouvé ses poèmes très émouvants, mais je dois reconnaître que je ne les ai pas vraiment écoutés. J'ai bavardé avec lord Farraday.

— Ah bon ?

— Oui. Il m'a raconté des tas d'anecdotes et toutes les sottises que vous avez faites à l'université, M. Hubbard et vous. Je n'avais jamais autant ri de ma vie. C'est à se demander comment vous ne vous êtes pas attiré davantage d'ennuis !

— Je suis heureux que vous ayez passé un bon moment, lui avait-il assuré en lui offrant son bras.

— Et vous, vous avez passé une bonne soirée ? s'était-elle enquise.

— Je vous demande pardon ? Ah, oui, ce dîner ! Oui, c'était très bien, je vous remercie.

Leur conversation s'était plus ou moins résumée à cela. Une fois de retour à la maison, elle avait préféré reconduire elle-même George aux cuisines plutôt que de le confier à un valet et l'entendre gémir à chaque pas. De retour dans la salle à manger, son mari lui avait tendu une lettre, le sourire aux lèvres. Il savait combien elle aimait recevoir des nouvelles de sa famille.

Elle avait lu la lettre avec avidité, même si elle ne contenait rien d'extraordinaire, une nouvelle mise à part. Quand elle avait levé les yeux, elle s'était aperçue que lord Astor l'observait avec attention.

— Une bonne nouvelle ? avait-il hasardé d'un air amusé.

— Théodore vient à Londres ! Sir Théodore Perrot. C'est merveilleux !

— Je l'ai rencontré, je crois. C'est bien ce gentleman blond plutôt imposant ?

— Oui. Ce cher Théodore va montrer à Frances en moins de temps qu'il ne faut pour le dire qu'il vaut cent fois mieux que sir John Charlton ou que n'importe lequel de ses admirateurs !

— Et quand est-il censé arriver ?

— D'un jour à l'autre, je pense, avait répondu Arabella, qui imaginait déjà la joie de Frances à l'annonce de cette nouvelle. Pouvons-nous l'inviter à dîner ici le soir de son arrivée ? Et nous l'emmènerons au théâtre, nous lui présenterons nos amis et connaissances, et nous veillerons à ce qu'il soit invité partout. Oh, je vous en prie, milord !

— Nous ferons comme vous voudrez, Arabella.

Son enthousiasme n'était rien en comparaison de celui que montrerait Frances, songea Arabella, qui s'aperçut qu'elle n'avait écrit qu'une phrase depuis qu'elle s'était assise devant son écritoire.

La réaction de Frances ne fut pas exactement celle qu'attendait sa cadette.

— Théodore va venir ? Ici ? Mais pourquoi maintenant ? s'étonna-t-elle.

— Peut-être pour profiter de la saison, bécasse ! Ou pour te voir.

— Mais cela fait à peine deux semaines que nous sommes parties. Et nous ne sommes pas fiancés, Théodore et moi.

— Je croyais que tu l'aimais, s'étonna Arabella.

— Je l'aime, mais je n'ai jamais eu l'occasion de rencontrer d'autres gentlemen, Bella, répondit sa sœur d'une voix chevrotante. Je n'ai jamais eu l'occasion de rencontrer de meilleurs partis. Toi, tu as le vicomte, et Melinda Sawyer dit que toutes ses amies pensent que tu es la plus heureuse des femmes. Théodore est... Enfin, c'est Théodore ! Je l'aime beaucoup... Oui, je l'aime beaucoup, mais... Oh, je ne sais plus quoi penser !

— Tu comprendras peut-être mieux tes sentiments quand tu le reverras.

— Oui, tu as raison, reconnut Frances. Ce cher Théo. Il est tellement fidèle, Bella. Je me sens vraiment ingrate de ne pas me réjouir de sa venue.

Deux jours plus tard, un message arriva à Upper Grosvenor Street, message dans lequel sir Théodore Perrot demandait si lord Astor pouvait le recevoir avant le déjeuner. Arabella, qui prenait le petit déjeuner avec son mari, lui fit promettre de lui amener Théodore dans son boudoir avant son départ, et remonta dans ses appartements plus optimiste que jamais.

Lord Astor décida d'accueillir sir Perrot dans son bureau. En attendant, il s'attela à parcourir des documents envoyés par le régisseur de Parkland. Il comptait se familiariser avec la gestion de ses domaines, et peut-être passer là-bas une partie de l'été.

L'enthousiasme d'Arabella à la nouvelle de l'arrivée de Perrot dans la capitale l'avait surpris et quelque peu troublé. Il se rappelait cet ami de la famille de sa femme, qui lui avait semblé solide, tranquille et fiable et, bien qu'il n'ait surpris aucun signe visible d'affection, il en était arrivé à la conclusion qu'un certain attachement existait entre Frances et lui.

Cette supposition paraissait raisonnable. Frances était l'aînée et la plus jolie des trois filles. Il croyait se rappeler, même s'il n'en était pas certain, qu'Arabella lui avait confié que sa sœur devait épouser quelqu'un. Il n'y avait apparemment aucun parti plus enviable dans le voisinage, et si Perrot éprouvait des sentiments pour Frances, il était naturel qu'il la rejoigne à Londres et se présente dans la maison où elle séjournait.

La réaction d'Arabella à la lettre de sa mère n'infirmait en rien cette interprétation. Elle était enchantée pour sa sœur et visiblement ravie de revoir un visage familier.

Lord Astor ne voyait donc pas trop ce qui le chagrinait. Si Arabella avait éprouvé un attachement romantique envers Perrot, elle se serait efforcée de cacher sa joie, lui semblait-il. Ou, plus vraisemblablement, la perspective de se voir rappeler une telle perte l'aurait bouleversée. Et si leur visiteur éprouvait un penchant pour elle, il ne la poursuivrait certes pas jusqu'à Londres après son mariage et n'aurait pas le front de se présenter chez son époux.

S'inquiéter était donc ridicule, s'était répété lord Astor plus d'une fois durant ces deux derniers jours. De même qu'il était ridicule de se demander ce qu'elle avait bien pu trouver à dire à Farraday pendant toute une soirée, ou pourquoi elle était revenue aussi rayonnante de cette promenade au parc avec ce boiteux de Lincoln, ou ce qui lui avait pris d'accepter une promenade en voiture avec ce grand dadais dont il ne se rappelait jamais le nom.

Sa compagnie était la seule qu'elle paraissait ne pas apprécier.

Et au fond, quelle importance ? Arabella n'avait rien d'une beauté et il l'avait épousée par pure commodité. Il ne l'avait même pas choisie lui-même et leur mariage ne lui avait apporté ni intimité ni satisfaction sexuelle particulières. En fait, tout ce qu'il y avait gagné, c'étaient des responsabilités et des soucis. Si elle s'intéressait à d'autres hommes, il devrait en être heureux – dès lors qu'elle restait discrète et ne suscitait ni commérages ni scandale, bien sûr.

Sauf que, curieusement, il voulait se faire aimer d'Arabella. Or, il n'était pas du tout certain des sentiments de sa femme à son égard. Elle ne l'évitait jamais délibérément, bien sûr, et elle lui répondait toujours aimablement lorsqu'il initiait une conversation. Elle acceptait le bras qu'il lui offrait, l'accompagnait sans rechigner partout où il se proposait de l'emmener, à condition qu'elle n'ait pas d'autres engagements, mais c'était juste la preuve qu'elle était l'épouse obéissante qu'elle lui avait promis d'être.

Elle ne se dérobait pas à son devoir conjugal, ne feignait jamais de dormir, même lorsqu'il la rejoignait tard, comme cela lui était arrivé deux ou trois fois, et qu'il s'approchait sur la pointe des pieds, prêt à battre en retraite. Elle ouvrait les yeux et lui souriait. Lui-même s'interrogeait sur le plaisir qu'il prenait à ces brefs rapports sans passion. Si elle s'offrait à lui avec une docilité tranquille, il ignorait ce qu'elle éprouvait. Une seule fois, alors qu'il lui proposait de la laisser si elle était fatiguée, elle lui avait répondu qu'elle voulait lui donner satisfaction.

Peut-être s'était-il montré un peu injuste envers elle. Il avait pris l'habitude de prolonger ses visites pour sentir son petit corps sous le sien un peu plus longtemps que nécessaire.

Faire avec elle ce que son corps lui réclamait avec passion n'avait aucun sens puisqu'il avait Ginny, Ginny qui était belle et montrait de telles dispositions pour la volupté.

Il repoussa les documents sans les avoir lus et se leva avec impatience juste au moment où son majordome frappait pour annoncer l'arrivée de sir Théodore Perrot.

Il était exactement tel qu'il se le rappelait. Pas plus grand que lui, mais solidement bâti et se tenant très droit, le teint vermeil et un regard gris très franc. Ses cheveux blonds commençaient déjà à se clairsemer alors qu'il ne devait pas avoir plus de vingt-cinq ans. Il remercia le vicomte de le recevoir, s'enquit de la santé de lady Astor et de Mlle Wilson, et demanda la permission de leur rendre visite à leur convenance.

Lord Astor l'emmena sans attendre dans le boudoir de sa femme, où il la trouva avec Frances. Toutes deux se levèrent à leur entrée.

— Théodore ! s'écria Arabella en se précipitant vers eux, les mains tendues, le visage radieux.

Pour un peu, Geoffrey aurait cru qu'elle allait se jeter dans ses bras.

— Quelle joie de vous voir ! Cela fait si longtemps. Où êtes-vous descendu ? Êtes-vous bien installé ? Vous allez venir dîner ce soir, n'est-ce pas ? Allons, voilà que je bavarde à tort et à travers alors que Frances est là, et que je vous empêche d'aller lui parler.

— Bonjour, Minette, sourit-il en lui serrant les mains, plus détendu tout à coup. Vous êtes toujours aussi bavarde ? Bonjour, Frances.

— Bonjour, Théodore, le salua Frances, ignorant sa main tendue pour le gratifier d'une révérence. J'espère que vous avez fait bon voyage.

— Nous vous attendions avec impatience, reprit Arabella qui le fit asseoir à côté d'elle. N'est-ce pas, Frances ? La matinée nous a paru interminable. Mais vous n'avez répondu à aucune de mes questions, et j'en ai encore mille autres. Vous ne trouvez pas que Frances et moi avons fière allure dans nos nouvelles robes ? Elles sont à la pointe de la mode, je vous le garantis. C'est moi qui en profite le plus, bien sûr. Frances est toujours parfaite, quoi qu'elle porte. Savez-vous que lord Astor a fait venir George et Emily ? George vit aux cuisines et il est bien parti pour devenir énorme si la cuisinière n'arrête pas de le bourrer de restes. Je l'ai encore grondée ce matin...

C'était bien ce qu'il pensait, se dit lord Astor en observant la scène. Frances était parfaitement consciente de la présence du nouveau venu, même si elle l'avait à peine regardé et n'avait quasiment pas prononcé un mot. Et sir Théodore la regardait autant qu'il regardait Arabella, alors qu'il discutait avec elle et lui répondait avec entrain.

Quant à Arabella, si elle était tellement joyeuse, c'était parce qu'elle avait grandi auprès de cet homme et le connaissait depuis toujours. Elle n'éprouvait aucun tendre sentiment à son endroit.

Le regard de lord Astor s'arrêta sur la main de sa femme, qui tapotait la manche de sir Théodore. Il observa son visage animé et ses yeux brillants, qui ne quittaient pas leur visiteur.

Non, il n'y avait rien d'équivoque dans ses manières, mais il était évident qu'elle appréciait cet homme et qu'elle était très à l'aise avec lui.

Il ne pouvait lui demander de se comporter de la même façon avec lui alors qu'ils ne s'étaient connus qu'un mois avant leur mariage, et étaient mariés depuis à peine trois semaines. Gagner son affection et sa confiance prendrait du temps. Peut-être finirait-elle par le regarder comme elle regardait leur invité, peut-être lui parlerait-elle enfin sans rougir et sans s'interrompre abruptement.

Quelle importance, au fond ? Ce n'était que la petite Arabella. Jamais il ne lui aurait accordé un regard si l'honneur et la nécessité d'assurer sa succession ne lui avaient pas commandé de l'épouser.

— Arabella ne vous a pas laissé une seconde pour accepter notre invitation à dîner, Perrot. C'est entendu, alors ? J'espère que ces dames sont libres ce soir pour aller au théâtre. Aimeriez-vous vous joindre à nous ?

— Théodore, dites oui, je vous en prie ! s'écria Arabella. Frances, dis à Théodore qu'il doit accepter.

Arabella était très fière d'être dans la loge de son mari en compagnie de sa sœur et des deux hommes les plus séduisants de sa connaissance. Théodore et lord Astor avaient bavardé avec aisance pendant le dîner, comme s'ils étaient amis de longue date, et Frances était ravissante en vert émeraude. Si Arabella n'avait pas pris beaucoup part à la conversation, elle s'était sentie remarquablement bien.

À présent qu'elle était assise à côté de son mari, leurs épaules se touchant presque, elle vibrait de plaisir et d'impatience.

— Vous avez vu ce gandin au parterre ? murmura-t-il en se penchant vers elle.

— Lequel ? Je n'aime pas beaucoup regarder le parterre, les messieurs sont très mal élevés. Ils n'hésitent pas à vous dévisager à travers leur lorgnette.

— Il faut absolument que vous jetiez un coup d'œil à celui qui est tout en lavande, de ses cheveux à ses bas.

— Oh, mon Dieu, le pauvre ! s'écria-t-elle. Sa mère ne devait pas beaucoup l'aimer pour qu'il ait à ce point besoin d'attirer l'attention.

— Seigneur, Arabella, si vous voyiez un assassin être pendu à Tyburn, vous le plaindriez sûrement et vous lui chercheriez des excuses, s'esclaffa lord Astor.

— Et comment ! Les malheurs des gens n'ont rien de risible, vous savez.

Cette repartie ne calma pas l'hilarité de lord Astor, même s'il n'y mettait aucune méchanceté.

— La pièce va bientôt commencer, prévint-il en lui prenant la main pour la poser sur son bras.

Arabella pensa qu'il se moquait et en fut vexée. Évidemment, ses idées devaient lui sembler naïves et provinciales. Elle prit plaisir au premier acte, mais sans jamais oublier le bras vigoureux de son mari sous sa main. Qu'il se moque d'elle autant qu'il le souhaite, elle ne le laisserait pas gâcher sa soirée ! Pour une fois, elle était heureuse d'être avec lui, fière d'être vue à ses côtés.

En fait, elle commençait à s'attacher à son mari, réalisait-elle, et lui ne la détestait pas ni n'éprouvait d'aversion pour elle. Elle ne s'attendait pas à ce qu'il ait de l'admiration, bien sûr, mais au moins il ne la fuyait pas.

Son plus cher désir était qu'il l'aime bien. S'il finissait par éprouver de l'affection pour elle, elle serait heureuse. Elle n'était pas vraiment laide. Ses boucles courtes et ses vêtements neufs lui allaient bien, et maintenant qu'elle avait un peu maigri, son visage avait perdu de sa rondeur enfantine. Si seulement elle réussissait à surmonter sa timidité et à parler plus souvent avec son mari, elle devrait arriver à se faire aimer.

— La pièce est drôle, n'est-ce pas, milord ? Et les acteurs sont vraiment parfaits, chuchota-t-elle.

— Oui, oui, murmura-t-il distraitement en lui tapotant la main sans quitter la scène des yeux, avant de rire à une réplique.

— Interpréter un rôle de façon convaincante doit être très difficile, sans compter le fait de devoir se rappeler son texte...

Lord Astor, Frances et Théodore éclatèrent de rire, comme toute la salle, à l'exception d'Arabella, qui se mordit la lèvre.

À l'entracte, elle fut ravie de la visite de lord Farraday, bien qu'il soit en compagnie de sir John Charlton. Théodore, avec sa stature imposante et sa force tranquille, était à son avantage par rapport à lui, et Frances ne pourrait manquer de s'en apercevoir. Arabella fut soulagée que lord Farraday engage la conversation avec lord Astor. Ses tentatives de nouer un dialogue avec son époux s'étaient avérées trop laborieuses.

Quand M. Browning vint les saluer, elle se détendit et bavarda avec lui une dizaine de minutes.

À la fin de l'entracte, ce fut un visage joyeux qu'elle tourna vers son mari. Elle était heureuse que des gens qu'elle appréciait soient passés les voir, mais savoir qu'après leur départ, et jusqu'à la fin de la soirée, elle serait auprès de son mari était réconfortant. Il avait beau l'intimider, elle était heureuse qu'il soit son époux.

Le regard de lord Astor était rivé sur la scène, dans l'attente du deuxième acte. Cette fois, il ne se tourna pas vers elle lorsqu'elle s'assit près de lui et ne lui reprit pas la main pour la poser sur son bras.

9

Seule dans sa chambre, Arabella chantonnait. La pièce avait été très distrayante, ils avaient passé une soirée en excellente compagnie, et lorsqu'ils l'avaient raccompagné à son hôtel, Théodore avait promis de revenir le lendemain après-midi pour aller visiter avec eux les jardins botaniques de Kew.

Et la journée n'était pas terminée. Son mari allait certainement la rejoindre puisqu'il était à la maison et qu'il savait qu'elle venait à peine de se coucher. Elle l'aurait quelques instants de plus pour elle seule, dans l'intimité du mariage, qu'elle commençait à apprécier. Bientôt – mais elle ne voulait pas gâcher une si belle journée en pensant à ce désagrément –, il lui faudrait trouver le moyen de l'avertir qu'il ne pourrait pas lui rendre visite pendant cinq nuits. Cela ne devrait plus tarder, à moins qu'elle ne soit déjà enceinte, ce qui était peu probable après un mois de mariage. Elle ne s'attendait pas à l'être rapidement, ainsi, elle ne serait pas déçue.

En attendant, elle pouvait profiter de cette nuit. Elle se débarrassa de son peignoir et se mit au lit. Elle ne voulait surtout pas que Sa Seigneurie la trouve debout, car elle ne saurait pas quoi faire. Elle s'étendit donc sur le dos, les yeux fixés sur la porte qui séparait leurs appartements.

Elle lui sourit quand il entra, et elle sut aussitôt que cette journée lui réservait encore un moment de délice – quelque chose qu'elle n'avait jamais considéré comme un délice jusqu'ici. Il s'assit sur le bord du lit, comme il le faisait à de rares occasions – il enlevait généralement sa robe de chambre et soufflait les chandelles tout de suite.

— Vous avez passé une bonne soirée, Arabella ?

— Oui, milord.

Comment exprimer la joie qui lui réchauffait encore le cœur ?

— J'ai l'impression que vous vous êtes déjà fait des amis.

— Les gens sont très aimables avec moi, je l'avoue. Lord Farraday est charmant. Je suis heureuse que vous l'ayez eu comme ami à l'université. Et M. Browning m'aime bien, je pense, parce que je suis encore plus jeune que lui et pas suffisamment jolie pour l'impressionner. Je l'aime bien, moi aussi. Il n'a vraiment aucune raison d'être aussi timide.

— Et sir Théodore Perrot ? C'était un ami proche ?

— Nous avons grandi ensemble. Il a sept ans de plus que moi, et a donc toujours été une sorte de héros à mes yeux, un genre de chevalier blanc.

— Vous regrettez Parkland ? risqua-t-il d'un ton un peu guindé. Quand la saison sera terminée, aimeriez-vous y passer l'été ?

Arabella n'était pas certaine de bien comprendre. Avait-il l'intention de se débarrasser d'elle en la renvoyant à la maison avec Frances tandis qu'il resterait à Londres, ou comptait-il l'accompagner ?

— Si vous le souhaitez, milord. Je ferai ce que vous me direz.

— Avez-vous le mal du pays ?

— Maman et Jemima me manquent, mais ma place est auprès de vous, milord.

— Je vous emmènerai les voir cet été, promit-il en lui caressant la joue. Je dois aller là-bas de toute façon.

Elle sourit, soulagée. Il viendrait avec elle. Il n'avait pas l'intention de se débarrasser d'elle !

Il ôta sa robe de chambre et la rejoignit au lit sans souffler les chandelles. Arabella n'osa pas le lui faire remarquer. Elle était trop gênée. Elle ferma les yeux quand il remonta sa chemise de nuit, puis s'allongea sur elle. Elle écarta les jambes et prit une profonde inspiration en attendant qu'il la pénètre, heureuse que les draps les couvrent.

Elle aimait le sentir bouger en elle. Elle se détendit dans l'espoir que, ce soir, leur intimité dure longtemps, comme c'était arrivé parfois ces derniers temps. Elle avait encore les yeux fermés lorsqu'il ralentit le rythme et se hissa sur les coudes. Il la regardait, elle le savait. À regret, elle ouvrit les paupières.

— Arabella, chuchota-t-il, vous êtes si petite. Je ne vous écrase pas sous mon poids ?

Elle secoua négativement la tête, toute rougissante. Il continuait d'aller et venir en elle, très lentement. Son regard s'était arrêté sur sa bouche, et elle s'humecta les lèvres. Son cœur manqua un battement lorsqu'il l'embrassa très doucement, mais avec ardeur sur la bouche.

— Être arrachée à sa maison pour épouser un inconnu qui s'attend à être servi de bon cœur est un sort cruel, n'est-ce pas ? murmura-t-il en promenant les lèvres sur son visage. Je suis vraiment désolé, Arabella.

— Mais je ne me suis jamais plainte ! se récria-t-elle. Je m'efforce de faire mon devoir de mon mieux, milord.

— Milord..., répéta-t-il en la regardant droit dans les yeux. Vous faites très bien votre devoir, Arabella, et j'ai beaucoup de chance, murmura-t-il avec un sourire qui n'atteignit pas son regard.

Il posa la joue contre sa chevelure et sa danse s'accéléra, mais toute la joie d'Arabella s'était envolée. Effarée, elle se demandait ce qu'il avait voulu dire. Pour la première fois, il avait laissé les bougies allumées. Pour la première fois, il l'avait embrassée. Pour la première fois, il lui avait parlé alors qu'ils étaient au lit, mais il y avait quelque chose dans sa voix – de l'amertume ? de la colère ? du sarcasme ? – qui avait fait oublier la tendresse inattendue de son baiser.

Qu'essayait-il de lui faire comprendre ?

Il enfouit son visage dans ses cheveux et, laissant échapper un profond soupir, se détendit.

Pétrifiée, Arabella ne savait quoi penser. Il se redressa, s'assit au bord du lit et attrapa sa robe de chambre.

— Merci, Arabella, dit-il enfin après ce qui lui parut un silence interminable. Je vous ferai peut-être bientôt un enfant et vous aurez accompli votre devoir pour une année entière, voire plus. Bonne nuit, conclut-il avec un sourire qui lui parut forcé.

— Bonne nuit, milord, murmura-t-elle, au bord des larmes.

Elle était effarée, et blessée. Que se passait-il ? Qu'avait-elle fait ? Jamais encore elle n'avait vu Sa Seigneurie ainsi.

Elle mit longtemps à s'endormir. Sa belle journée était gâchée, même si elle ne savait trop comment ni pourquoi.

Lord Astor, sir Théodore et les deux sœurs se rendirent comme prévu à Kew Gardens le lendemain après-midi, malgré un vent frais et de gros nuages.

Frances admirait les fleurs et les différents bâtiments, tous plus jolis les uns que les autres, et un peu impressionnants puisqu'ils avaient été choisis et bâtis par la famille royale. Elle frissonna malgré son manteau et referma son ombrelle de crainte que le vent ne la retourne. Théodore et elle marchaient devant Arabella et lord Astor, mais elle n'avait pas pris son bras.

— Vous n'avez pas été heureuse de me voir arriver, Frances, remarqua-t-il calmement.

— Bien sûr que si, Théodore. J'ai été très heureuse.

— J'ai pensé que vous aviez peut-être le mal du pays. Vous étiez tellement bouleversée au mariage de votre sœur. Je suis soulagé de constater que ce n'est pas le cas. J'ai toujours eu envie de venir à Londres pour la saison. À présent, je vais pouvoir en profiter sans me faire de souci à votre sujet.

— Et vous n'en auriez pas profité si j'avais été malheureuse ?

— Je ne supporte pas de vous voir triste, vous le savez très bien. Nous avons toujours été amis, n'est-ce pas, Frances ? Je me serais senti obligé de rester sans cesse à vos côtés si vous aviez eu la nostalgie de votre foyer. Votre sœur ne le peut pas puisqu'elle doit s'occuper de son mari. Je suis heureux de voir que vous n'aurez pas besoin de m'avoir constamment auprès de vous.

— Vraiment ? Ma foi, je suis ravie d'apprendre que je ne vous empêcherai pas de vous amuser, Théodore. Je ne voudrais surtout pas être un fardeau pour qui que ce soit.

— Vous ne serez jamais un fardeau pour moi, Frances. Vous pouvez faire appel à moi chaque fois que vous en éprouverez le besoin. Les amis sont là pour cela.

— Je ne vous dérangerai pas, croyez-moi !

— L'important est que vous sachiez que vous le pouvez si vous le désirez, observa gaiement Théodore. Ah, ce doit être la célèbre pagode, là-bas ! Elle est très belle, vous ne trouvez pas ?

— Magnifique !

— Je n'ai rien dit qui vous ait blessée, j'espère ?

— Et pourquoi serais-je blessée ? Par quoi ?

— C'est vrai... Voulez-vous prendre mon bras ?

Frances s'exécuta, mais prit soin de rester aussi loin de lui que possible.

Arabella aussi avait été très impressionnée par la pagode haute de dix étages et agrémentée d'une profusion d'ornements, mais ce qu'elle avait aimé par-dessus tout, c'était le temple de Bellone et les autres petits temples, parce que Sa Seigneurie lui avait expliqué que certains avaient été dessinés dans sa jeunesse par le roi actuel. Elle était restée sans voix devant le premier.

— Quel talent il avait !

— Les bâtiments ne sont généralement pas très prisés, mais ils ne manquent de charme, il faut le reconnaître, avait-il admis en souriant.

Lorsqu'ils terminèrent par le palais, souvent appelé Dutch House, où le roi et la reine séjournaient parfois, elle fut littéralement aux anges.

— Est-ce que Sa Majesté y réside en ce moment ? Vous croyez qu'il est bien soigné ? On ne lui inflige pas de mauvais traitements, j'espère.

— Je suis certain qu'il dispose des meilleurs médecins, rassurez-vous. Il a une famille très dévouée, il me semble. Mais je crois savoir qu'il se trouve à Windsor en ce moment.

Ils ne cessèrent de bavarder tout le temps de leur promenade. Arabella fit des efforts notables, bien décidée à se faire un ami de son mari, mais elle n'était pas à l'aise. Ses tentatives de conversation sonnaient faux, y compris à ses propres oreilles, et les réponses de lord Astor lui paraissaient laborieuses. Quelque chose se dressait entre eux, et elle ne savait pas quoi. S'ils n'avaient certes jamais été proches, aujourd'hui, c'était différent. Il y avait bel et bien quelque chose.

Lord Astor faisait de son mieux pour rendre cet après-midi agréable à sa femme, mais il aurait préféré se trouver à cent lieues. Ce mariage était une erreur, il commençait à s'en rendre compte.

C'était une erreur pour tous les deux. À lui, il n'avait apporté qu'inquiétude et incertitudes, alors qu'il menait une existence satisfaisante avant de rencontrer Arabella. Il voyait ses amis, s'adonnait à des loisirs très masculins, et sa liaison avec Ginny le comblait. Son ancienne vie était encore possible, bien entendu, puisqu'il avait toujours ses amis et Ginny...

Mais il avait aussi Arabella. Pourquoi elle avait à ce point bouleversé le cours de sa vie, il n'arrivait pas à le comprendre. Leur union était pourtant telle qu'il s'y attendait et telle qu'il l'avait espérée. Elle s'était fait des amis et était tout à fait capable de remplir ses journées sans dépendre de lui. Elle connaissait ses devoirs et se montrait docile. Coucher avec elle n'avait rien d'une corvée.

Alors pourquoi se sentait-il obligé de passer avec elle plus de temps que nécessaire ? Pourquoi avait-il voulu l'emmener au théâtre la veille, et qu'est-ce qu'il lui avait pris d'aller à Kew avec elle ? Pourquoi s'inquiétait-il d'elle quand ils étaient séparés, même lorsqu'il la savait occupée ? Pourquoi ne parvenait-il jamais à l'oublier, même en compagnie de Ginny ? Pourquoi se sentait-il toujours coupable lorsqu'il prenait – ou ne prenait pas – du plaisir avec sa maîtresse ? Lorsqu'il rendait visite à Ginny, il était incapable de rejoindre Arabella la nuit suivante. Et il se sentait si coupable qu'il ne pouvait s'empêcher de lui offrir un cadeau le lendemain.

— Tante Hermione va venir vous chercher avec sa voiture, Frances et vous, pour vous emmener à la soirée de Mme Pottier ?

— Oui, milord. Viendrez-vous aussi ?

— Non, j'ai un dîner. Je vous verrai à votre retour.

— Bien... Milord ?

— Oui ?

Elle était écarlate soudain, et n'osait pas le regarder.

— Ce... ce ne sera pas possible, dit-elle d'une voix hachée, en jetant des regards éperdus en direction de sa sœur et de sir Théodore. Je ne pourrai pas vous voir ce soir... Je veux dire... Je pourrai vous voir, mais pas... Enfin... C'est...

— Je comprends. Vous avez vos menstrues, Arabella. C'est une chose naturelle et vous n'avez aucune raison d'être gênée, assura-t-il en lui prenant la main. Ah, nous approchons de l'orangerie ! Après la visite, nous pourrions peut-être prendre le thé avant de rentrer ? Ce n'est pas un temps pour une longue promenade, n'est-ce pas ? Et vous ne vous sentez peut-être pas très bien.

— Cette sortie a été très agréable, milord. Je suis contente d'être venue.

— Les jardins méritent en effet une visite, admit-il en lui tapotant la main avant de s'effacer pour la laisser passer.

— Cela fait du bien d'être au chaud, tu ne trouves pas, Bella ? lança Frances par-dessus son épaule.

Pour Arabella aussi, leur mariage était une erreur, songea lord Astor. Elle n'était pas heureuse. Il n'avait certes rien à lui reprocher. Il n'aurait pas pu rêver épouse plus docile et moins difficile, mais il savait qu'elle n'était pas heureuse.

Pourquoi l'aurait-elle été, du reste ? Elle avait dix-huit ans, était naïve et innocente, et ne connaissait rien du monde. À bien des égards, c'était une enfant. À ses yeux, à vingt-sept ans, il devait approcher du seuil de la vieillesse. Elle n'avait pas eu l'occasion de profiter de l'existence, de regarder autour d'elle et de voir ce que la vie avait à lui offrir avant de se préparer pour un fiancé qu'elle n'avait jamais vu.

Et c'était son père qu'elle avait attendu. Elle était prête à épouser un homme approchant la soixantaine. Il était certain qu'elle l'aurait fait de son plein gré. Il la connaissait suffisamment à présent, et il connaissait aussi suffisamment Frances pour deviner ce qu'il s'était passé. L'une des trois filles devait épouser le nouveau lord Astor pour sauver sa famille de la ruine. Frances était le choix le plus évident. Elle était l'aînée et en âge de se marier. Mais Frances avait dû verser des torrents de larmes à l'idée d'épouser un quasi-vieillard. Alors Arabella s'était portée volontaire pour le sacrifice. Cela lui ressemblait tellement.

D'autant qu'elle n'avait aucune confiance dans son physique ni dans son charme.

Elle était donc malheureuse, elle qui ne méritait rien d'autre que le bonheur. C'était peut-être cette constatation qui le tracassait et le poussait à la distraire par tous les moyens. Il se sentait obligé de la protéger, presque tendrement. Il en était venu à l'aimer bien plus qu'il ne l'aurait voulu ou qu'il s'y était attendu.

Elle, en revanche, ne l'aimait pas, et c'était peut-être ce qu'il avait le plus de mal à accepter dans ce mariage. Elle était mal à l'aise avec lui et souvent muette. Il avait d'abord pensé qu'il s'agissait là d'une manifestation de timidité bien naturelle chez une jeune mariée, mais au bout de trois semaines, rien n'avait changé. À moins de considérer la nuit passée et cet après-midi comme un changement. Elle avait fait des efforts conséquents pour converser avec lui, sauf que ses efforts étaient trop visibles et ne faisaient que souligner sa répulsion à son endroit.

Elle s'était fait des amis depuis son arrivée à Londres, dont un certain nombre d'hommes. Au début, il en avait été content. Puis cela l'avait amusé, et cela avait fini par l'ennuyer de la voir bavarder si facilement avec Farraday et Hubbard, Perrot ou le grand dadais. Et avec Lincoln. Pourquoi semblait-elle tellement à l'aise avec eux, et pas avec lui ? Avait-il manqué de bienveillance avec elle ? S'était-il montré cruel ?

Il continuait donc à faire ce qu'il pouvait pour l'apprivoiser. Était-ce ce qu'il avait tenté de faire la nuit passée ? Il n'en était pas certain. Il savait que laisser les chandelles allumées la gênerait, et que la regarder et lui parler pendant l'acte l'embarrasserait, mais il s'était senti frustré, agacé, blessé – il ne savait trop comment qualifier ce qu'il avait éprouvé.

Non, leur mariage n'était pas une réussite. Il n'apportait aucune joie ni à l'un ni à l'autre, aucune satisfaction.

Il allait passer la soirée avec Ginny, décida-t-il. Tandis qu'Arabella profiterait de sa soirée avec ses amis, il plongerait dans les plaisirs sensuels que Ginny savait prodiguer avec tant d'habileté.

Arabella admirait les orangers et les autres plantes exotiques avec Frances et Perrot, s'aperçut-il tout à coup.

— Aimeriez-vous revenir un autre jour, quand le temps sera plus clément, Arabella ? lui demanda-t-il tandis qu'elle lui prenait le bras en souriant.

— Volontiers ! Cela dit, la visite a été très plaisante malgré le temps. C'était fort aimable à vous de nous emmener ici avec notre ami. Merci, milord.

10

Frances se prépara pour la soirée chez les Pottier avec un soin tout particulier. Elle choisit une robe bleu nuit qu'elle avait gardée pour le prochain bal. Elle tenait à être en beauté devant sir John Charlton et le groupe d'admirateurs de moindre importance qui lui témoignaient de l'intérêt. Surtout, elle tenait à montrer à sir Théodore Perrot qu'elle profitait de son séjour dans la capitale et n'avait absolument pas le mal du pays.

Constater que Théodore était déjà là à leur arrivée et qu'il bavardait avec le marquis et la marquise de Ravenscourt et avec lady Harriet Meeker la chagrina. Il semblait les connaître depuis toujours, et ne paraissait pas le moins du monde déplacé, contrairement à ce qu'elle avait prévu.

Frances sourit à M. Browning, qui s'était approché pour parler à Arabella. Elle joua de l'éventail devant lui, ce qui parut surprendre le jeune homme, qui rougit jusqu'aux oreilles.

— Quel beau salon ! Quelle est cette scène mythologique au plafond, à votre avis ? s'enquit-elle en le gratifiant de son sourire le plus éblouissant.

— La n-n-naissance de Vénus, il me semble, mademoiselle.

— Avez-vous réussi à acheter la paire de chevaux qui vous faisait envie chez Tattersall's ce matin ? intervint Arabella. Il faut absolument que vous me racontiez comment se sont déroulées les enchères. Je trouve vraiment regrettable que les dames ne puissent pas y assister.

Frances avait remarqué que Théodore regardait de leur côté. Elle sourit avec encore plus de chaleur à M. Browning, qui semblait de plus en plus mal à l'aise, et s'éventa vigoureusement.

De l'autre côté de la pièce, Théodore lui sourit avant de reporter son attention sur la marquise.

Sir John Charlton vint au secours de Frances en s'inclinant devant sa sœur et elle avant de se tourner vers elle.

— Quel dommage que vous n'ayez pas pu venir vous promener en voiture avec moi cet après-midi, mademoiselle. La compagnie était des plus distinguée à Hyde Park. Lady Morton a eu la gentillesse de remarquer que mon nouveau phaéton était à la pointe de la mode.

— Je suis tellement désolée de ne pas avoir pu vous accompagner, monsieur, et j'ai hâte de voir votre phaéton !

— Votre beauté l'éclipsera à coup sûr, déclara sir John en sortant une tabatière incrustée de perles. Vous êtes allée à Kew ?

— Oui. Les jardins sont splendides. Vous avez vu la pagode ?

— Une fois, dans mon enfance. Une curieuse lubie de notre famille royale, n'est-ce pas ? Enfin, de moins mauvais goût que les autres ignobles édifices disséminés dans les jardins. Sir Théodore Perrot a dû être ébloui par leur splendeur, j'imagine. Les provinciaux sont si facilement impressionnés.

— La pagode a beaucoup plu à Théodore. C'est en effet un peu déplacé dans un paysage anglais, mais c'est une bizarrerie amusante.

Sir John posa une pincée de tabac sur le dos de sa main et l'inhala avant de sortir un mouchoir de dentelle.

— C'est amusant, à chaque saison, d'observer les personnes fraîchement débarquées de province. En général, on les remarque au premier coup d'œil. Bien sûr, dans certains cas, ajouta-t-il en dévisageant ostensiblement Frances, on jurerait que la personne en question a passé son existence en ville, conseillée par les meilleurs faiseurs. Vous, par exemple, mademoiselle, avez un sens naturel de l'élégance.

— Je déteste depuis toujours les vêtements démodés, assura Frances, toute rougissante.

— Je suis certain que vous vous êtes assuré les services des meilleures couturières. Quant à moi, je ne souffrirais aucun autre tailleur que Weston. Je serais prêt à parier que je peux désigner tous les messieurs, dans cette pièce, qui sont habillés par un autre faiseur.

— Vraiment ? s'écria Frances, éperdue d'admiration.

Arabella remarqua soudain que les invités s'étaient spontanément divisés en deux groupes, les plus jeunes d'un côté, les plus mûrs de l'autre.

Les jeunes gens semblaient préférer bavarder dans le grand salon, tandis que les plus âgés avaient gagné le salon de musique où se produisaient divers interprètes. Frances était avec un groupe d'amies, auquel s'étaient ajoutés sir John Charlton et deux de ses admirateurs habituels.

À leur retour de Kew, celle-ci avait prévenu Arabella qu'elle n'entendait pas avoir Théodore dans ses jupes toute la soirée, même si lady Berry lui avait obtenu une invitation. À l'évidence, elle avait pleinement réussi. Théodore ne faisait pas partie de son groupe. Il était assis à l'écart avec lady Harriet Meeker, constata-t-elle, et tous deux semblaient absorbés par une conversation animée.

Cela l'étonna sans qu'elle puisse dire pourquoi. Théodore était bel homme, et très agréable de surcroît. Pourquoi s'était-elle attendue à ce qu'il reste seul et morose dans son coin ?

Elle n'avait pas prêté suffisamment attention à ce qu'il se passait autour d'elle. Depuis que M. Browning s'était fait enlever par une tante imposante, elle avait été en grande conversation avec M. Lincoln et lui avait une fois de plus assuré que sa boiterie n'était certes pas suffisante pour que Mlle Pope refuse qu'il la courtise. Bien entendu, avait-elle pris soin de préciser, Mlle Pope ne l'encouragerait peut-être pas, mais cela n'aurait rien à voir avec sa jambe. Il avait tort de faire tant de cas d'un petit handicap que nul ne remarquerait chez une personne digne d'admiration.

Arabella n'avait aucun mal à sympathiser avec ceux qui manquaient de confiance en eux. Elle les comprenait si bien. Depuis le début de la saison, ce pauvre M. Lincoln se languissait pour la très ordinaire Mlle Pope, mais ne trouvait pas le courage d'aller lui parler ou de l'inviter à une promenade au parc, alors qu'il n'avait aucun mal à le faire lorsqu'il s'agissait d'Arabella. Quant à M. Browning, il était convaincu que personne ne le prendrait au sérieux à cause de son physique juvénile. Elle lui avait conseillé de s'adonner à un sport viril comme la boxe et avait même proposé de demander au vicomte de le parrainer et de lui servir de partenaire à l'occasion. M. Browning avait été horrifié.

Comment aurait-elle montré de l'impatience avec l'un ou l'autre de ses nouveaux amis ? Elle se trouvait dans le même cas qu'eux à bien des égards. Elle commençait tout juste à comprendre que sa petite taille, son physique banal et ses traits enfantins ne faisaient pas d'elle une personne sans importance. Elle ne s'était pas fait moins d'amis que Frances. Les dames ne la regardaient pas de haut et les messieurs ne la fuyaient pas. Et son mari avait dit vrai, les gens parfaits n'existaient pas et il fallait tirer le maximum de ses qualités. Bien sûr, certains approchaient de la perfection, comme son mari, justement, mais ils n'étaient pas nombreux.

Ces deux derniers jours, ses efforts pour être plus détendue et se montrer plus amicale avec le vicomte n'avaient pas été couronnés de succès. Mais ils finiraient par payer, voulait-elle se convaincre. Il s'apercevrait qu'elle n'était plus la timide et ennuyeuse petite oie blanche qu'il avait épousée, et elle finirait par lui plaire. Il ne tarderait pas non plus à comprendre qu'elle était plus mûre et plus féminine qu'au moment de leur mariage. Il ne remarquerait peut-être pas qu'elle avait perdu du poids, mais il verrait le résultat. Elle avait déjà dû demander à sa femme de chambre de reprendre ses vêtements préférés.

Son curieux changement d'humeur la tracassait cependant, mais elle préférait ne pas y penser, ni s'attarder sur le fait qu'il n'était pas venu ce soir, après lui avoir quasiment assuré, deux jours plus tôt, qu'il allait venir. Ces sautes d'humeur finiraient bien par passer. Elle ne pouvait même pas l'accuser d'être désagréable, après tout. Il s'était montré charmant cet après-midi à Kew. Et il lui avait parlé très gentiment la veille dans sa chambre. Il l'avait même embrassée ! Quel instant merveilleux ! Cela faisait des semaines qu'elle se demandait quel goût aurait sa bouche. Il était aussi délicieux qu'elle l'avait imaginé, elle le savait maintenant. Pour autant, quelque chose n'allait pas.

Arabella sourit à Théodore, que lady Harriet venait de quitter, et alla le rejoindre.

— Alors, Minette, vous passez un bon moment ?

— Mais oui ! Et vous devriez cesser de m'appeler Minette, Théo. Je suis mariée et adulte désormais. J'ai cru mourir de honte quand vous m'avez appelée ainsi devant le vicomte l'autre jour.

— Vraiment ? Je suis désolé d'avoir offensé votre dignité. Je ne me rendais pas compte que vous étiez une dame importante à présent. Comment dois-je vous appeler ? Arabella ? Bella ? Lady Astor ? Milady ? Madame ?

— Bella fera très bien l'affaire, répondit-elle en lui assénant un petit coup d'éventail sur le bras avant de prendre place dans le fauteuil laissé vacant par lady Harriet. Il n'y a que Sa Seigneurie pour m'appeler Arabella. Et lady Berry, bien sûr.

— Je suis heureux que vous ayez autant de succès, Bella, et votre mère le sera aussi. J'ai l'impression qu'elle a du mal à croire ce que vous lui racontez dans vos lettres. Elle pense que vous lui présentez le bon côté d'une situation beaucoup moins avantageuse.

— Mais c'est ridicule, voyons ! Je le lui dirai de vive voix, car Sa Seigneurie compte m'emmener passer l'été à la maison. Il a à faire là-bas.

— Frances aussi a beaucoup de succès, sourit-il. Je n'en ai jamais douté, bien sûr, et je suis content que lord Astor et vous lui en ayez donné l'occasion, Minette.

— Cela ne vous ennuie pas ? risqua Arabella, inquiète. J'avais peur que la voir aussi populaire ne vous mette en colère ou ne vous attriste.

— Eh bien, vous vous trompiez. Je veux épouser, Frances, Bella, et je veux que ce soit un mariage d'amour et un mariage heureux. Comment pourrions-nous être heureux si elle n'a jamais quitté Parkland ni jamais volé de ses propres ailes ? Et comment pourrait-elle être certaine – et moi aussi – de m'aimer si elle n'a pas la possibilité de s'attacher à un autre homme ?

— Et si elle décidait de ne pas rentrer à Parkland ? Et si elle tombait amoureuse d'un autre ?

— J'aurais alors le choix. Je pourrais soit l'assommer et la ramener en la traînant par les cheveux, soit la laisser partir. Si elle m'épouse, Bella – et je suis certain qu'elle le fera –, ce sera parce qu'elle le voudra et en toute connaissance de cause. Je préfère prendre le risque de la perdre plutôt qu'avoir à mes côtés une épouse convaincue qu'elle aurait pu trouver mieux.

— Je ne sais pas si je pourrais faire preuve d'autant de sagesse que vous. Je ne me verrais pas courir le risque de perdre Sa Seigneurie... Mais pourquoi êtes-vous venu à Londres, Théo, si vous vouliez laisser Frances libre de choisir un autre homme ?

— Je tournais en rond. Je me rongeais les sangs et j'étais inquiet, pour ne rien vous cacher. Je devais absolument trouver un prétexte pour venir. Frances devait voir à quoi je ressemblais dans ce monde nouveau pour elle. Elle devait être en mesure de faire des comparaisons. Par exemple, il fallait qu'elle puisse se rendre compte que je ne suis pas tout à fait aussi bel homme que le gandin qui est avec elle en ce moment et à qui j'adorerais faire avaler toutes ses dents.

— Oh, Théo, vous êtes mille fois plus séduisant que sir John Charlton, et il faudrait que Frances soit aveugle pour ne pas s'en apercevoir ! Et elle ferait bien de s'en apercevoir, parce que je refuse catégoriquement d'avoir sir John comme beau-frère. C'est vous que je veux.

— Ma foi, si je perds Frances, je pourrai toujours me rabattre sur Jemima, dit-il en souriant. Vous savez qu'elle est montée en haut d'un arbre la semaine dernière et qu'elle y est restée trois heures, au point que votre mère, qui la croyait perdue, était prête à appeler les autorités ? Elle avait peur de redescendre, apparemment. Elle serait peut-être toujours là-haut si le pasteur, qui remontait l'allée, ne l'avait pas entendue. Quelle petite peste ! Mieux vaut épouser Frances. Si j'épousais Jemima, je finirais sûrement par m'arracher les cheveux.

— Il serait préférable de ne pas raconter cette histoire à Frances, sinon je crains qu'elle ne trempe une dizaine de mouchoirs !

Ils pouffèrent tels des enfants turbulents.

— Accompagnez-moi donc dans le salon de musique, si vous voulez bien vous arracher à la contemplation des dents de sir John. Je suis une respectable femme mariée à présent et je devrais pouvoir dire sans mentir que j'ai apprécié la musique.

— Je vous suis, Minette, mais cela m'étonnerait que qui que ce soit vous prenne pour une matrone collet monté. Je brûle d'envie de voir la cantatrice, de toute façon. Il paraît que c'est une femme fort attirante…

— Vos goûts manquent vraiment de raffinement, Théo. C'est la voix qui est censée être intéressante chez une cantatrice. Qui est cette dame, d'ailleurs ?

— Une certaine Virginia Cox. Et je vais écouter sa voix avec beaucoup d'attention, je vous donne ma parole de gentleman.

— Vous m'aviez déjà donné votre parole de gentleman le jour où vous aviez juré de me retenir sur ces pierres branlantes et de ne pas me laisser tomber dans le ruisseau !

— Et je n'aurais pas manqué à ma parole si vous ne vous étiez pas mise à hurler que vous alliez tomber et si vous n'aviez pas lâché ma main pour agiter les bras. Allons donc voir – et écouter – Mlle Cox.

Lord Astor dîna seul au White's. Il était d'humeur mélancolique. Il regrettait de ne pas être allé à la soirée de Mme Pottier avec Arabella. Il lui avait dit qu'il irait, avant de se rétracter. Cela faisait moins de trois semaines qu'ils étaient mariés et il ne voulait pas que le bruit coure qu'il était déjà fatigué de sa femme. Ce serait injuste pour elle. Et comment voulait-il qu'elle se détende avec lui et qu'elle commence à l'aimer s'ils ne passaient pas suffisamment de temps ensemble ?

Cela étant, endurer les fadaises de sa belle-sœur et les efforts laborieux de sa femme pour bavarder avec lui était moins ennuyeux que de dîner seul au White's. D'ailleurs, où diable étaient-ils tous passés ce soir ? Il y avait donc un complot pour attirer toute la bonne société à dîner ailleurs ?

Ces considérations l'irritèrent. Pourquoi n'aurait-il pas le droit de dîner à son club ? Pourquoi n'aurait-il pas le droit de passer une soirée avec sa maîtresse, qui recevait régulièrement une jolie somme pour en faire de moins en moins ? Pourquoi serait-il obligé de vivre dans l'ombre de sa femme ? Cela ne se faisait pas. Il allait devenir la risée de tous s'il la suivait partout comme un petit chien. Les gens finiraient par s'imaginer qu'il était amoureux d'elle.

Il devait absolument se reprendre. Il traitait Arabella avec beaucoup de gentillesse. Il l'avait habillée pour la saison et avait veillé à ce qu'elle ait suffisamment de distractions. Il lui avait fait des cadeaux. Il l'avait emmenée partout où il était de bon ton d'être vu. Il lui avait témoigné beaucoup de bienveillance. Il ne l'avait réprimandée qu'une seule fois, pour être sortie seule, et l'avait fait avec mesure. Certains auraient frappé leur femme pour moins que cela. Et il s'efforçait de lui faire un enfant. Peut-être serait-elle enceinte avant la fin du mois prochain... Elle en serait sans doute ravie. Non, décidément, il n'avait absolument rien à se reprocher.

Il décida de rendre visite à Ginny sur-le-champ. Il allait oublier Arabella et profiter des services de sa maîtresse comme il l'avait fait durant toute une année avant d'entreprendre ce maudit voyage à Parkland. Il passerait toute la nuit avec elle si cela lui chantait, jusqu'à ce que tous deux soient épuisés et sombrent dans un sommeil sans rêves. Et il n'en concevrait aucun sentiment de culpabilité. De toute façon, il ne pouvait pas partager le lit Arabella ce soir, ni les quatre nuits à venir, il ne la priverait donc de rien.

Il fut très déçu de découvrir une demi-heure plus tard que Ginny n'était pas chez elle parce qu'elle se produisait à une soirée. Il n'avait pas envisagé cette possibilité. Il hésita sur la conduite à tenir tandis que son majordome attendait poliment. Elle ne reviendrait peut-être pas avant plusieurs heures.

Mais que faire d'autre ? Il pouvait rentrer dans une maison vide, retourner au White's, histoire de voir si des amis ou des connaissances n'étaient pas arrivés entre-temps, ou bien il pouvait se rendre à la soirée. S'il choisissait cette dernière solution, il trouverait sans doute Arabella entourée des messieurs avec qui elle paraissait tellement à l'aise alors que tout ce qu'elle pourrait lui accorder, ce serait un sourire contraint.

Non, il préférait attendre. Il bénéficierait au moins de toute l'attention de Ginny lorsqu'elle rentrerait. Et il pourrait se libérer de ses frustrations et assouvir ses désirs sur son corps aussi docile qu'avide de sensations. Ginny ne s'offusquerait pas d'une étreinte vigoureuse, c'était celles qu'elle préférait. Et il n'était pas disposé à faire preuve de douceur ce soir.

Lord Astor tendit au majordome son chapeau, ses gants et son manteau, et lui demanda d'apporter du cognac dans le salon.

— Mlle Cox est effectivement très belle, chuchota Arabella à Théodore comme la cantatrice terminait son tour de chant. Ce devrait être interdit d'être aussi grande et aussi élégante. Et elle a un très joli visage.

— Je croyais que vous étiez venue écouter son chant. Je dois dire qu'elle est tout ce que j'espérais depuis que j'ai entendu parler d'elle à l'hôtel ce matin. Mais elle est loin d'avoir votre distinction, Bella, si c'est ce qui vous tracasse.

— Je n'aime pas la façon dont tout le monde continue de converser et l'ignore comme s'il s'agissait d'une domestique. Elle est peut-être payée pour se produire, mais il n'empêche que sa voix est très supérieure à toutes celles que j'ai eu l'occasion d'entendre. Nous sommes très grossiers avec elle, Théo. Je vais aller la féliciter pour son interprétation.

— Je vous accompagne. Cette voix mérite d'être écoutée de plus près.

Arabella lui coula un regard désapprobateur, mais alors qu'elle se levait, lord Farraday se matérialisa devant elle.

— Bonsoir, lady Astor, la salua-t-il. Je vous ai vue tout à l'heure, mais je n'ai pas eu un instant pour venir vous parler. On sert le souper. Puis-je vous y accompagner ?

— Je vous ai aperçu moi aussi, mais j'étais en grande conversation avec M. Lincoln et quand j'ai eu terminé, vous aviez disparu. Vous avez écouté le récital ? Vous ne trouvez pas que Mlle Cox a une voix merveilleuse et qu'elle chante divinement ?

— Oui, tout à fait, mais si nous ne nous approchons pas de la salle à manger sur-le-champ, nous serons tout au bout de la file et nous attendrons des heures. Vous permettez ?

Il lui avait pris le bras et se tenait si près qu'elle faillit retomber sur le siège qu'elle venait de quitter.

— Vous connaissez mon voisin et ami, sir..., commença-t-elle avant d'être interrompue par lady Berry, qui lui murmura quelques mots qu'elle ne comprit pas dans le brouhaha des conversations. Excusez-moi un instant, je vais voir ce que veut lady Berry. Je serai ravie de souper avec vous une fois que j'aurai félicité Mlle Cox, milord.

Elle quitta les deux hommes pour rejoindre tante Hermione, qui voulait simplement la prévenir que le souper était servi et qu'elles devaient se dépêcher.

Quand elle se retourna, un groupe la séparait de ses deux amis, tout le monde se pressant vers la porte pour gagner la salle à manger. Elle se faufila entre deux gentlemen imposants pour rejoindre Théodore et lord Farraday, qui lui tournaient le dos.

— Elle a un cœur d'or, disait Théodore. Elle trouve que Mlle Virginia Cox est traitée comme une domestique et cela la choque.

— Il faut absolument l'empêcher d'aller lui parler ! Mlle Cox est la maîtresse d'Astor. Où est passée lady Astor ? Je l'ai perdue dans la cohue...

Arabella fit en sorte de rester perdue quelques secondes de plus. Quand les deux hommes la repérèrent enfin, elle leur sourit.

— L'ennui d'être petite, c'est qu'on risque toujours de se faire piétiner. Et personne ne s'en apercevrait avant demain matin, quand les domestiques viendraient balayer les restes de la soirée. Allons souper, milord, lança-t-elle en prenant le bras de lord Farraday. Et, Théodore, si vous ne voulez pas vous morfondre tout seul, prenez mon autre bras. Je vais faire des envieuses, et au moins, avec deux gardes du corps aussi impressionnants, je ne risque pas d'être écrasée.

Elle avait apparemment oublié son intention d'aller féliciter la cantatrice, et les deux hommes, soulagés, échangèrent un regard par-dessus sa tête.

— J'ai déjà fait la connaissance de lord Farraday l'autre soir au théâtre, dit Théodore. Vous l'aviez oublié, Bella ?

— Oh, c'est vrai, pardonnez-moi ! s'écria-t-elle en riant.

— Geoffrey !

Ginny traversa son salon, les bras tendus. Dans sa robe du soir au décolleté profond qui mettait en valeur sa silhouette, avec sa somptueuse chevelure relevée en chignon et ornée de plumes, elle était magnifique, songea lord Astor en se levant.

— Quelle délicieuse surprise ! s'exclama-t-elle. Depuis ton mariage, tu n'étais encore jamais venu le soir.

— Tu es resplendissante, Ginny. As-tu eu beaucoup de succès ce soir ? Tu étais en voix ?

— Je pense. J'ai reçu plus que des applaudissements polis. Et j'ai eu un petit plaisir supplémentaire.

— Ah oui ?

— Je t'en parlerai plus tard. Impatient ? enchaîna-t-elle en retirant les plumes et les épingles de sa coiffure. Je ne vais pas te faire attendre longtemps, rassure-toi. Et tu vas avoir le plaisir de me regarder me déshabiller. Je sais que tu aimes cela. À moins que tu ne préfères t'en charger toi-même ? ajouta-t-elle malicieusement en secouant sa chevelure dénouée. J'ai faim de toi, je préfère te prévenir !

Il se rassit pour la regarder se dévêtir. Elle était voluptueusement belle, avec ses seins lourds, ses hanches généreuses et ses longues jambes. Sa chevelure dorée retombait en cascade pratiquement jusqu'à sa taille. Elle était tout ce qu'il lui manquait plus que tout au monde. Il se leva et lui ouvrit les bras.

— Geoffrey, déshabille-toi ! ordonna-t-elle d'une voix rauque. Tu n'imagines pas à quel point je suis heureuse que tu sois venu ce soir.

L'étreindre ne fit qu'accroître son désir. Elle était presque aussi grande que lui, et tellement différente d'Arabella. Il n'avait jamais étreint Arabella, bien sûr, mais il s'était allongé sur elle. Avec elle, il éprouvait toujours un désir de protection. Avec elle, il voulait se montrer délicat. Avec elle, il ne pouvait jamais tout oublier pour s'abandonner à son plaisir, parce qu'il était toujours conscient de ce corps immobile et soumis sous le sien.

Oui, avec elle, il était toujours conscient de faire son devoir conjugal.

Mais il ne voulait pas penser à Arabella. Ce soir, c'était Ginny qu'il lui fallait. Il chercha sa bouche et explora avidement son corps nu. Lorsque la douceur des lèvres d'Arabella lui revint à l'esprit, il resserra son étreinte.

— Geoffrey, soupira Ginny un peu plus tard, allongée à ses côtés, la tête au creux de son épaule, quel merveilleux amant tu fais. Tous les autres me paraîtront fades à côté de toi.

— Mmm, marmonna-t-il distraitement.

— Tu vas rester toute la nuit ? Demain matin, je serai trop fatiguée pour me lever. Cela ne t'ennuiera pas, j'espère ?

— Pardon ?

— Je t'ai demandé si cela t'ennuierait que je ne puisse pas me lever demain matin. Je t'ai déjà tellement épuisé que tu ne sais plus où tu en es ?

— Je me demandais si Arab... si ma f... Peu importe, Ginny. Cela n'a aucune importance.

— Tu crois qu'elle attend patiemment tes hommages à la maison ? Cela me paraît peu probable. Elle avait l'air très heureuse tout à l'heure, un gentleman à chaque bras.

Lord Astor sursauta.

— Tu as vu Arabella ? s'exclama-t-il.

— C'était cela, le petit plaisir dont je te parlais tout à l'heure, pouffa Ginny. Oui, je l'ai vue. Quelqu'un me l'a désignée. J'ai été très surprise, je l'avoue. Elle est si petite, on dirait une enfant. Tu devrais avoir honte de l'avoir prise au berceau ! En tout cas, elle m'avait l'air ravie avec ses compagnons. Tu dois être soulagé.

— C'est à la soirée des Pottier que tu chantais ce soir ? Et tu as vu Arabella ? Bon Dicu !

— Prêt à recommencer ? murmura-t-elle. Je suis insatiable ce soir. Nous avons à peine terminé les hors-d'œuvre que je suis prête pour la suite. Veux-tu que je t'aide à retrouver l'appétit ?

Lord Astor ne répondit pas. Il imaginait Ginny telle qu'elle lui était apparue un peu plus tôt, dans toute sa flamboyante beauté, en face de sa minuscule Arabella. Sa femme avait dû la regarder, l'écouter, l'applaudir en la couvant d'un regard admiratif, ignorant que Ginny était la maîtresse de son mari. Arabella avec un gentleman à chaque bras… Farraday ? Hubbard ? Lincoln ? Le grand dadais ? Perrot ? Un nouveau ? Et elle avait l'air ravie ? Oui, il l'imaginait sans peine…

— Il faut que je rentre !

— Déjà ? Mais tu m'avais dit que tu restais cette nuit. Encore une fois, Geoffrey ! Juste une. Tu n'es pas si pressé, tout de même.

— Une autre fois, répliqua-t-il en repoussant la main de Ginny, qui descendait le long de son ventre. Je ne suis pas d'humeur ce soir, finalement. Merci pour ce moment, en tout cas. J'en avais besoin.

— Tu ne demandes vraiment pas grand-chose pour les sommes que tu me donnes, et c'est moi qui me plains ! Ta femme te demande donc tellement d'énergie ?

— La jalousie te va mal, Ginny, lâcha-t-il. Je reviendrai dans un jour ou deux pour te donner l'occasion de mériter ta pension. Je ne m'étais pas rendu compte que tu étais aussi consciencieuse.

11

Arabella n'alla pas promener George le lendemain matin. Elle ne descendit pas non plus pour le petit déjeuner. Lorsqu'elle supposa qu'il était terminé, elle envoya sa femme de chambre demander si elle pourrait avoir un entretien avec lord Astor au moment qui lui conviendrait. La réponse fut immédiate. Il était dans son bureau et serait enchanté de la voir.

Arabella n'avait pas dormi de la nuit. Elle s'était levée trois fois pour vomir. Elle avait fréquemment des nausées et se sentait souvent mal le premier jour de ses menstrues, mais jamais elle n'avait été malade à ce point. Bien qu'elle ne soit pas au mieux de sa forme, elle s'habilla et se coiffa avec soin après avoir décliné les services de sa femme de chambre.

Lord Astor s'était plongé dans les livres de comptes qu'il avait fait venir de Parkland, mais il ne demandait pas mieux que de les abandonner pour Arabella. Il s'était un peu inquiété de ne pas la voir ni pour sa promenade avec George ni pour le petit déjeuner. Peut-être ne se sentait-elle pas bien. Il savait que certaines femmes vivaient mal cette période du mois. Il avait pensé monter pour demander de ses nouvelles, mais avait eu peur de la déranger si elle dormait.

Il avait alors songé à son retour, très tard dans la nuit, et au sentiment de culpabilité qu'il avait éprouvé. Même s'il ne pouvait la posséder, il aurait au moins pu rentrer plus tôt et aller bavarder un peu avec elle, s'assurer qu'elle allait bien. Si cela n'avait pas été le cas, il lui aurait fait monter du laudanum.

Il avait repoussé ces pensées et résisté à l'envie de se glisser dans sa chambre, si tard soit-il. Qu'elle souhaite s'entretenir avec lui était réconfortant.

Il se leva, le sourire aux lèvres, lorsque le valet ouvrit la porte du bureau, mais son sourire s'effaça aussitôt. Il avait vu juste. Elle était blanche comme un linge. Il s'approcha d'elle d'un pas rapide.

— Arabella, que se passe-t-il ? Vous êtes certaine de ne pas vouloir retourner vous coucher ?

— Je vais très bien, je vous remercie !

Elle s'était redressée de toute sa petite taille, et le regardait droit dans les yeux, le menton haut, les dents serrées. Quelque chose dans son expression et dans son ton l'alerta.

— Que se passe-t-il ?

— Je veux connaître la vérité. Je ne vous condamnerai pas tant que vous n'aurez pas eu la possibilité de vous défendre. Mlle Virginia Cox est-elle votre maîtresse ?

— Qui vous a dit cela ?

— Peu importe. Je veux savoir si c'est vrai !

Il ferma brièvement les yeux avant de la regarder sans mot dire.

— C'est vrai, n'est-ce pas ?

— Je préférerais ne pas en parler.

— Voyez-vous cela ? Eh bien, moi, je tiens à en parler ! répliqua Arabella, montrant pour la première fois une certaine émotion. C'est votre maîtresse, n'est-ce pas ? Nierez-vous que vous avez été avec elle depuis notre mariage ? Pouvez-vous m'affirmer en toute sincérité que ce n'est pas le cas ?

— Non, Arabella, se résigna-t-il, je ne peux pas vous l'affirmer.

— Je ne voulais pas le croire, reprit-elle calmement. Jusqu'ici, je ne voulais pas le croire. Comment avez-vous pu faire une chose pareille ? Comment avez-vous pu aller voir une autre femme et faire… ces choses avec elle ? Vous m'avez épousée ! Vous m'avez épousée à l'église et vous avez juré devant Dieu…

— Arabella, la coupa lord Astor, livide, je vous en prie, ne vous mettez pas dans un tel état ! Cela n'a aucune importance, vraiment. Vous êtes ma femme. C'est vous qui…

— Cela n'a pas d'importance, vraiment ? Cela n'a aucune signification pour vous, milord ? Pour vous, il ne s'agit que d'un simple exercice physique ? Voulez-vous que je vous dise ce que cela a signifié pour moi ? Cela a signifié une grande souffrance le soir de nos noces, une souffrance affreuse qui a perduré plusieurs jours ! Je n'y ai pas attaché d'importance parce que j'étais votre femme et que nous ne faisions plus qu'un, que nous étions liés par un lien sacré. J'ai mis un point d'honneur à m'acquitter de mes devoirs envers vous en pensant que j'étais la seule à pouvoir le faire, et parce que je ne voulais à aucun prix vous décevoir. Et cela n'a pas d'importance pour vous ?

— Je ne parlais pas de vous. Je vous en prie, Arabella, laissez-moi vous expliquer !

— Je ne vous ai jamais fermé ma porte. Je ne me suis jamais dérobée à mes devoirs. Si cela ne vous suffisait pas, et si vous désiriez davantage de moi, pourquoi ne me l'avez-vous pas dit ? Pourquoi ne m'avez-vous pas expliqué ce que vous attendiez de moi ? Pourquoi n'êtes-vous pas venu me voir plus souvent ? Je ne vous aurais rien refusé, et je pense que vous le savez. Je vous ai dit et j'ai fait ce que je pouvais pour vous montrer depuis notre mariage que j'entendais être une épouse obéissante et que je souhaitais faire mon possible pour vous donner satisfaction. Vous m'avez fait beaucoup de tort en prenant unc maîtresse !

— Oui, c'est vrai, Arabella, admit-il en s'approchant de la fenêtre.

— Je sais que je ne suis pas jolie et que je ne connais pas grand-chose du monde. Je sais que vous auriez de beaucoup préféré épouser Frances ou une autre femme plus séduisante que moi. Je le sais parfaitement, mais c'est moi que vous avez épousée ! Personne ne vous y a obligé, vous l'avez fait de votre plein gré. Et ce faisant, vous avez contracté des devoirs. Vous me devez fidélité ! J'ai toujours été bien disposée à votre égard. Si j'avais pu faire quoi que ce soit pour vous être agréable, je l'aurais fait de bon cœur ! Mais vous ne m'avez jamais rien demandé, et vous ne vous êtes jamais proposé de m'apprendre quoi que ce soit !

— Épargnez-vous cela, Arabella, l'adjura-t-il, le front contre la vitre. Vous n'avez rien à vous reprocher, croyez-moi ! Vous avez été tout ce que j'étais en droit d'attendre d'une épouse, et plus encore. Si vous me laissiez vous expliquer, peut-être...

— Je ne veux plus vous entendre ! Et je ne veux plus vous voir ni que vous me touchiez ! Je ne veux plus vous avoir à mes côtés ni dans mon lit ! Je suis votre épouse et je sais que je n'ai d'autre choix que de le rester. Et en tant qu'épouse, je vous dois obéissance. Je ne deviendrai pas indocile pour autant, milord. Si vous décidez de me parler, je vous écouterai. Si vous décidez de me toucher, je ne me déroberai pas. Et si vous décidez de me rejoindre dans mon lit, je ne vous repousserai pas. Je ferai mon devoir. Je porterai vos enfants si besoin est, et je les chérirai parce qu'ils seront aussi les miens, et parce que ce ne sera pas leur faute s'ils seront aussi les vôtres, mais je veux que vous sachiez une chose : tout ce que je ferai pour vous désormais sera uniquement guidé par le devoir ! Rien ne sera fait par ma volonté.

— Je ne vous rendrai pas la vie impossible, Arabella, murmura-t-il.

— Je vous croyais parfait ! J'étais mal à l'aise, je n'osais rien dire et je m'en voulais parce que je ne pouvais pas me comparer à votre splendeur ! Vous n'avez pas mérité mon admiration, milord, et je ne vous respecte ni ne vous aime plus !

— Mettre une personne sur un piédestal est dangereux. Elle n'en tombera que de plus haut, rétorqua-t-il en se retournant enfin. Je suis désolé, Arabella, mais je n'ai rien à dire pour ma défense. Oui, j'ai une maîtresse. Cela fait plus d'un an. Cela ne signifie pas que je tiens moins à vous, mais je vous ai blessée, je vous ai enlevé vos illusions, et je le regrette profondément. Faites ce que vous aviez prévu de faire ce matin. Quant à moi, je vais travailler afin de vous épargner ma vue pour le reste de la journée.

— J'avais confiance en vous, murmura-t-elle avant de le quitter. J'étais fière de vous. Je voulais devenir votre amie. C'est pire – oh, dix fois pire – que la perte de papa !

Frances avait les larmes aux yeux lorsqu'elle rejoignit Arabella dans le petit salon. Celle-ci avait un ouvrage sur les genoux, mais n'avait fait que deux points en une demi-heure.

— Bella, j'ai réfléchi la moitié de la nuit. Je suis une épouvantable égoïste ! Ma garde-robe est pleine de vêtements à la dernière mode, depuis notre arrivée nous n'avons cessé de nous distraire et de répondre à une foule d'invitations, et la nuit dernière, alors que je pensais t'emmener acheter une ombrelle neuve pour remplacer la bleue, tout à coup, j'ai réalisé !

— Qu'as-tu réalisé ? s'enquit Arabella tandis que son aînée cherchait un mouchoir.

— Nous n'avons même pas fait de cadeau à maman et à Jemima ! répondit-elle avec emphase. Elles n'ont pas de vêtements neufs, pas de visites en ville et pas d'invitations à des réceptions. Rien du tout, Arabella ! Je leur ai à peine accordé une petite pensée de temps en temps, et si je leur ai écrit, c'est parce que tu as insisté. Alors que toi, tu as tellement bon cœur, ma petite Bella ! Je n'oublierai jamais le sacrifice que tu as consenti à faire pour moi.

— Tu oublies, objecta Arabella, le nez sur sa broderie, que maman et Jemima sont aux anges que tu aies eu cette occasion de venir à Londres. Ce qui fait la joie de maman, c'est de te savoir heureuse. Quant à Jemima, son tour viendra. Je suis certaine que le vicomte... Je suis certaine qu'il veillera à ce que notre sœur fasse ses débuts dans le monde le moment venu.

— Il est tellement gentil ! s'extasia Frances. Et toi aussi, Bella. Veux-tu venir avec moi pour leur acheter des cadeaux ? Maman aimerait une paire de gants en chevreau, je pense, quant à Jemima, je me demande si je ne vais pas lui offrir l'ombrelle qui me plaisait tellement.

— Je vais demander la voiture, acquiesça Arabella en repliant son ouvrage. N'oublie pas de prendre ton livre, nous passerons à la bibliothèque en chemin.

— Je ne t'oblige pas à sortir, au moins ? s'inquiéta Frances, oubliant ses larmes et son mouchoir. Tu n'as pas l'air bien.

— Je vais très bien. Je suis un peu fatiguée, c'est tout.

— Si tu n'avais pas cette ridicule habitude de te lever aux aurores, aussi ! Tu n'es pas enceinte, au moins ? risqua Frances en rougissant.

— Certainement pas !

Elles descendaient Bond Street lorsqu'elles remarquèrent lord Farraday de l'autre côté de la rue. Elles le saluèrent de la main et s'apprêtaient à continuer leur chemin quand il se hâta de traverser pour les rejoindre.

— Quelle bonne surprise ! Lady Astor. Mademoiselle Wilson. Je pensais justement vous rendre visite cet après-midi.

— Nous serons à la maison, milord, et nous serons enchantées de vous voir, assura Arabella.

— Je vous remercie. J'ai pris le petit déjeuner avec sir Théodore ce matin. Je lui ai conseillé de profiter de son séjour en ville pour aller voir Vauxhall Gardens, et cela m'a donné l'idée de réserver une loge pour un souper demain soir. Il y aura de la musique, apparemment, et des feux d'artifice.

— C'est merveilleux ! s'exclama Frances. On m'a dit que c'était un endroit extraordinairement romantique, milord.

— J'espère que vous pourrez assister à ce souper. Sir Théodore sera des nôtres, bien sûr, et il sera sûrement heureux de voir des visages familiers. Charlton et Hubbard se joindront aussi à nous. Mme Pritchard – l'une de mes sœurs – a accepté de venir, car son mari est au Portugal en ce moment. Je vais également inviter lady Harriet Meeker. Puis-je espérer que vous n'avez pas d'autres engagements demain soir ?

— Nous sommes libres, assura Arabella en échangeant un regard avec Frances, et nous serons heureuses de faire partie de vos invités, milord

— Parfait ! Lord Astor sera-t-il des nôtres, milady ?

— Je ne pense pas. Il me semble qu'il est déjà pris.

— Quel dommage ! J'aurai donc l'honneur de vous emmener dans ma voiture, si vous le voulez bien. Ma sœur sera présente.

Il souleva son chapeau pour les saluer et poursuivit son chemin après qu'Arabella l'eut remercié.

— Vauxhall Gardens, tu te rends compte, Bella ! s'enthousiasma Frances en rangeant les gants destinés à sa mère dans son réticule. J'ai hâte d'être à demain soir.

— Nous allons passer une excellente soirée, j'en suis sûre, déclara Arabella. J'ai toujours eu envie de voir un feu d'artifice. Et je suis heureuse que Théodore se fasse des amis en ville.

— Moi aussi, bien sûr. Cela dit, je n'aime pas beaucoup lady Harriet Meeker. Enfin, elle semble plaire à Théodore, et c'est tout ce qui compte, n'est-ce pas ?

— À mon avis, il ne s'agit que d'une sympathie réciproque. Je n'aurais pas peur qu'il en tombe amoureux si j'étais toi, Frances.

— Mais pourquoi aurais-je peur ? répliqua Frances. Je souhaite à Théodore d'être heureux. Nous avons toujours été bons amis, tu le sais, Bella.

— J'aurais pensé que vous étiez un peu plus que cela, soupira Arabella.

— Ma foi, tu te trompais. Chez nous, je n'ai pas eu l'occasion de voir d'autres messieurs que Théodore et ses semblables. Ici, il y a des partis bien plus intéressants. Que penses-tu de sir John Charlton ?

— Je pense qu'il est aussi vaniteux que superficiel.

— Bella, comment peux-tu être aussi féroce ? Est-ce qu'un homme est superficiel parce qu'il connaît tout ce qu'il y a à connaître de la mode et des bonnes manières ? Est-ce qu'il est vaniteux parce qu'il est séduisant et élégant ? Il a l'esprit acéré, si tu veux tout savoir. Et je crois qu'il m'apprécie. Il deviendra comte de Haig un jour, tu sais.

— Je le sais, oui. Il a dû me le répéter une demi-douzaine de fois !

— Je constate que tu es de mauvaise humeur aujourd'hui. Cela dit, je préfère que tu passes tes nerfs sur moi. Tu ne pourrais pas parler ainsi à lord Astor – il n'apprécierait pas. Je crois que nous ferions mieux d'éviter les sujets délicats jusqu'à ce que tu sois de meilleure humeur, décréta Frances. Quel est le meilleur endroit pour les ombrelles, à ton avis ?

— Pardonne-moi, Frances. Comme je te l'ai dit, je n'ai pas bien dormi cette nuit, mais ce n'est pas une raison pour m'en prendre à toi. Allons plutôt voir cette boutique où j'ai acheté mon éventail.

— Seigneur, comment pourrais-je te reprocher quoi que ce soit alors que tu t'es sacrifiée pour moi ? Je suis une ingrate ! Ma petite Bella, quelle chance que tout se soit bien terminé pour toi, finalement !

Lord Astor avait traversé Westminster Bridge et pris la direction du sud avant même de s'être rendu compte qu'il était à cheval. Il tira sur les rênes et considéra avec stupeur la robe luisante de sueur de sa monture. Quand était-il rentré faire seller son cheval ? Et qu'avait-il en tête quand il l'avait fait ? Et où allait-il avec tant de hâte ?

Il retira son gant, se tâta le nez et grimaça. Il était toujours douloureux, mais ne saignait plus, constata-t-il en regardant sa main. Qu'est-ce qu'il lui avait pris de défier Jackson en personne ? En temps normal, il aurait donné du fil à retordre au grand pugiliste, mais ce matin, il avait été incapable de se concentrer. Et Jackson lui avait fait remarquer, en lui tendant la main pour l'aider à se relever après lui avoir asséné un direct qui avait fait gicler le sang, que l'une des premières règles du noble art était de garder la tête froide. Il ne fallait jamais se battre pour passer sa colère ou évacuer une quelconque émotion.

Il le savait pourtant. Pourquoi diable avait-il défié le grand homme ? Il n'en avait aucun souvenir. Avait-il envie de réduire un visage, n'importe lequel, en bouillie ? Il aurait mieux fait de s'attaquer à un débutant dans ce cas. Il avait dû lancer ce défi dans l'espoir de voir son propre visage réduit en bouillie, plutôt. C'était un châtiment physique qu'il était allé chercher, mais Gentleman Jackson méritait bien son surnom. Jamais il n'aurait frappé un homme à terre.

Il se trouvait donc avec un nez qui devait ressembler à une citrouille, sur un cheval en nage, allant il ne savait où… Autant continuer un peu plus longtemps, décida-t-il, quoique à une allure plus clémente pour sa monture, qui n'avait rien à se reprocher. Rien ni personne ne l'attendait à la maison, après tout. Ni maintenant, ni jamais, apparemment.

Jamais il n'aurait imaginé qu'Arabella était capable de montrer autant de froide dignité. Il se remémora la scène du matin dans son bureau, et malgré lui il éperonna son cheval. De sa vie il n'avait jamais éprouvé un tel sentiment d'impuissance et de culpabilité. C'était ce sentiment qu'il fuyait, sans doute. Et c'était ce sentiment qu'il avait espéré chasser à coups de poing chez Jackson. En vain. Sa culpabilité était trop profondément ancrée en lui, rien ne pouvait l'extirper.

Pour rien au monde il n'aurait voulu blesser Arabella. Il avait appris à aimer sa fraîcheur et son innocence. Il l'avait arrachée très jeune à sa famille et à sa maison, et il lui avait offert la protection de son nom et de sa personne. Il se sentait une lourde responsabilité à son endroit, mais il l'avait profondément blessée. Elle avait l'air tellement malheureuse quand elle était entrée dans son bureau. Une brute n'avait visiblement rien trouvé de mieux à faire que lui apprendre sa relation avec Ginny, et cette révélation l'avait torturée toute la nuit.

Ce n'était pas uniquement la souffrance qu'il avait lue sur son visage. S'il n'y avait eu que cela, il aurait su quoi faire. Il aurait pu la prendre dans ses bras, la consoler, lui promettre monts et merveilles pour se faire pardonner, mais elle était restée inaccessible, calme et froide. Quelque chose en elle était mort au cours de cette nuit. Ce qui restait de son enfance, peut-être. Sa foi et sa confiance en lui. Sa foi et sa confiance en l'humanité...

Son incommensurable innocence constituait sa principale faiblesse. Si elle avait eu une meilleure connaissance du monde, elle aurait compris qu'il était courant qu'un homme ait une maîtresse et que cela n'était en rien une insulte envers son épouse. Il ne respectait pas moins Arabella et ne l'aimait pas moins parce qu'il avait Ginny pour maîtresse, mais Arabella l'ignorait. Elle s'attendait à ce que le serment du mariage soit pris au sens littéral et elle s'était sentie diminuée, rejetée. Ce qui n'était pas fait pour conforter sa très fragile confiance en elle.

Et c'était entièrement sa faute. Il s'écarta prestement pour laisser passer une malle-poste. Il était temps de rentrer à Londres, décida-t-il. C'était préférable pour sa monture comme pour lui-même.

Que faire pour résoudre ce dilemme ? Abandonner Ginny et implorer le pardon d'Arabella ? Était-il disposé à accorder à sa femme un tel pouvoir sur lui ? Était-il prêt à se laisser persuader qu'il avait commis un horrible forfait ? Qu'avait-il fait de si grave, au fond ?

Quand il arriva en vue de la capitale, il était en colère contre lui-même. Il s'en voulait d'avoir laissé son tête-à-tête avec sa femme le remuer à ce point. Tôt ou tard, elle devrait affronter les pénibles réalités de la vie. Tôt ou tard, elle devrait devenir adulte. Il aurait préféré qu'elle n'apprenne pas l'existence de sa maîtresse, mais c'était fait, même s'il n'y était pour rien. Elle devait maintenant composer avec. D'autres épouses y parvenaient et semblaient heureuses dans leurs mariages.

Il fallait qu'il ait une conversation avec Arabella, décréta-t-il, pour lui expliquer, sans dureté ni excuses, ce que serait désormais leur union. Il n'y avait aucune raison pour qu'ils ne soient pas amis et n'éprouvent pas de l'affection l'un pour l'autre. Il n'y avait aucune raison pour que leur mariage ne soit pas une réussite. Et il n'y avait aucune raison pour qu'il renonce à Ginny.

Arabella l'avait tellement admiré qu'elle était tout intimidée en sa présence.

Elle avait eu de l'affection pour lui.

Elle lui avait fait confiance.

Elle avait été fière de lui.

Elle ne voulait plus le voir ni lui parler.

Elle ne voulait plus qu'il la touche.

Pourquoi diable s'était-il encombré d'une telle femme enfant ?

Elle semblait épuisée et malade ce matin.

Comment allait-il s'y prendre pour l'affronter avec la fermeté qui s'imposait sans se laisser impressionner par sa mine pitoyable ni la regarder comme un vivant reproche ?

Comment allait-il s'y prendre pour renouer une relation normale avec elle ? Si tant est que leur relation ait jamais été normale.

Comment allait-il s'y prendre pour faire de nouveau l'amour avec elle en sachant que son contact l'offensait et lui répugnait ?

Enfer et damnation !

Lord Astor dîna encore au White's ce soir-là et accepta une invitation à aller jouer aux cartes au Brooks's. La chance voulut qu'il gagne une somme qui, un an plus tôt, lui aurait semblé une petite fortune. Il but suffisamment pour espérer perdre conscience, mais malheureusement, il garda l'esprit clair et son humeur s'assombrit encore davantage qu'à son arrivée. Il envisagea de rendre visite à Ginny, puis y renonça. Il dormit encore moins que la nuit précédente, et se demanda si Arabella était réveillée, elle aussi, et si elle était aussi malheureuse que lui.

Arabella dîna à la maison avec Frances, puis toutes deux retrouvèrent ensuite lady Berry à l'opéra, où Arabella se montra pleine de gaieté tandis qu'elle bavardait avec M. Lincoln et M. Hubbard pendant l'entracte. Au milieu du premier acte, elle retira discrètement ses perles et les glissa dans son réticule.

En rentrant, elle s'endormit à peine la tête posée sur l'oreiller, aussi épuisée physiquement que moralement.

12

Surpris, lord Astor se leva lorsque sa femme entra dans la salle à manger pour le petit déjeuner le lendemain matin. Un seul regard lui apprit que ses dispositions envers lui n'avaient pas changé depuis la veille. Elle était pâle et il nota qu'elle avait minci.

— Vous n'êtes pas allée promener George ce matin ? Le temps est plutôt menaçant.

— Il fait frais, mais l'air est plutôt vivifiant, répondit-elle. George a couru tout son content. J'ai pris une femme de chambre avec moi, milord, comme un véritable parangon de respectabilité.

Elle prit un muffin et fit signe au majordome de remplir sa tasse. Lord Astor l'observait en se demandant quoi dire et s'il devait seulement parler.

— N'abandonnez pas votre journal pour moi, ajouta-t-elle en ouvrant son muffin.

— Vous avez aimé l'opéra ? voulut-il savoir, incapable de reprendre sa lecture.

— Oui, je vous remercie, milord.

— Vous avez des projets pour la journée ?

— Frances et moi allons rendre visite à lady Berry cet après-midi, et ce soir, nous allons à Vauxhall.

— Vauxhall Gardens est encore plus beau le soir, mais l'endroit peut se révéler dangereux. Vous devrez vous montrer prudente.

— Nous serons les invitées de lord Farraday. M. Hubbard aussi sera là, ainsi que sir John Charlton, Théodore et d'autres gens. Je serai en sécurité, rassurez-vous.

Elle ne l'avait pas regardé une seule fois et ses réponses étaient froides et polies. Lord Astor baissa les yeux sur l'article qu'il lisait avant son arrivée, mais il ne lui fallut pas deux minutes pour s'apercevoir qu'il ne se souvenait même pas du sujet. Il replia le journal et le posa à côté de sa tasse.

— Si vous n'êtes pas trop occupée, Arabella, j'aimerais avoir une conversation avec vous dans la bibliothèque après le petit déjeuner.

— D'ordinaire, je réserve ce moment à la cuisinière et à la gouvernante, mais je peux remettre à plus tard, milord. Vous me donnerez dix minutes ?

— Tout le temps qu'il vous plaira, Arabella.

Arabella n'était pas disposée à laisser deviner son malaise devant le majordome. Elle n'allait pas non plus abandonner son muffin entamé. Elle le termina à petites bouchées, malgré son goût de papier mâché. Cette journée allait devenir le modèle de toutes celles qui allaient suivre désormais et elle était bien décidée à l'aborder avec dignité. Pas question de devenir une espèce d'évaporée pleurnicharde comme elle en avait déjà rencontré.

Elle avait toujours l'impression de vivre un mauvais rêve. Bientôt, elle allait se réveiller et s'apercevoir que ce n'était qu'un abominable cauchemar. Sauf qu'elle savait qu'il n'y aurait pas de réveil. Tout était réel. Elle avait épousé un homme qui n'avait aucun sens de l'honneur et de la décence.

Quand elle s'autorisait à penser à ces trois dernières semaines – et même quand elle ne s'y autorisait pas –, elle avait la nausée et une peur panique la prenait à la gorge. Elle avait toujours su que son mari ne pourrait jamais l'aimer passionnément, qu'elle n'était pas le genre de femme susceptible de plaire au séduisant lord Astor. Depuis qu'elle le connaissait, elle était submergée par le sentiment de son évidente infériorité.

Pour autant, jamais elle n'aurait imaginé qu'il lui serait infidèle. Elle était sans doute incommensurablement naïve. Elle savait que les gentlemen avaient des maîtresses. Elle savait qu'il existait des courtisanes – elle en avait vu au théâtre ou à l'opéra –, mais elle n'avait jamais imaginé qu'aucun des messieurs de sa connaissance entretenait des relations avec ce genre de créatures. De la part des turbulents jeunes gens qui remplissaient le parterre et dévisageaient les dames avec tant d'impertinence, cela ne l'aurait pas étonnée, de la part d'hommes mariés respectables, en revanche, c'était impensable. Et plus encore de la part de son mari.

Elle s'était remémoré douloureusement les nuits où il lui avait rendu visite et où elle avait mis un point d'honneur à se donner complètement à l'homme qu'elle avait épousé de son plein gré, y compris les deux premières fois, alors qu'elle avait tellement peur et qu'elle était tellement embarrassée. Sa mère lui avait dit que les messieurs tiraient du plaisir des relations conjugales, qu'il ne s'agissait pas uniquement d'avoir des enfants, et elle avait voulu que son mari ait du plaisir même avec sa si peu désirable petite personne.

Elle avait voulu être une bonne épouse.

Et malgré tout, il n'avait éprouvé aucun plaisir avec elle. Toutes ces nuits passées, alors qu'elle attendait sa venue avec une certaine impatience et qu'elle appréciait ses étreintes, lui ne venait que dans l'espoir d'avoir des enfants. S'il avait éprouvé du plaisir avec sa femme, il n'aurait pas eu besoin de Mlle Cox. Il allait voir celle-ci pour son plaisir. Il faisait avec Mlle Cox les choses qui lui étaient devenues si précieuses, à elle.

Cette souffrance indicible qui l'envahissait tout entière menaçait de tourner une fois de plus à la panique. Arabella prit sa tasse à deux mains pour s'empêcher de trembler et avala le breuvage encore brûlant. Il voulait lui parler. Son mari l'avait convoquée, elle allait lui obéir.

— Merci, vous pouvez desservir, dit-elle en se levant.

Elle traversa le hall jusqu'à la bibliothèque, fit signe au valet de pied qui se précipita pour lui ouvrir la porte et entra affronter son mari.

Lord Astor referma le gros volume relié de cuir qu'il consultait et se leva.

— Entrez, Arabella. Asseyez-vous !

Avec raideur, elle se percha au bord du fauteuil qu'il lui désignait, en face de celui qu'il venait de quitter.

Lui resta debout.

— Je constate que votre humeur n'a pas changé depuis hier.

— En effet. Mes paroles n'avaient rien d'impulsif, milord, déclara-t-elle sans le regarder.

— Il faut en finir avec cette histoire ou notre vie commune va devenir insupportable.

Elle fixa sur lui un regard sans expression.

— Arabella, quand j'ai fait votre connaissance et que je vous ai épousée, Ginny était ma maîtresse. Au cours des semaines où vous avez commencé à éprouver une certaine affection pour moi et à devenir fière de moi, comme vous me l'avez confié hier, Ginny a été ma maîtresse. Je ne suis pas devenu subitement une personne différente parce que vous avez découvert la vérité. Je ne suis pas un monstre !

— Vous êtes un menteur ! Vous m'avez menti le jour de notre mariage et, pire, vous avez menti à Dieu.

— Je suis désolé. Vous n'imaginez pas à quel point je suis désolé que vous ayez découvert la vérité. Pas parce que je prends plaisir à vous tromper, et pas parce que j'ai honte de moi, mais parce que vous avez été blessée. Vous n'avez aucune raison de l'être, Arabella. Je vous respecte. J'ai beaucoup d'affection pour vous. J'avais espéré – et j'espère encore – qu'une amitié et une affection véritables pourraient se développer entre nous.

— Puis-je vous poser une question ? Si vous deviez apprendre que j'avais été... que je suis la maîtresse de M. Hubbard, de lord Farraday ou d'un autre, vous contenteriez-vous comme explication de l'assurance que je vous respecte et que j'éprouve toujours de l'affection pour vous ?

— Ne soyez pas ridicule, Arabella ! C'est complètement différent !

— Vraiment ? Et en quoi ?

— Vous êtes une femme et vous porterez mes enfants. Et puis, notre société est faite ainsi. La plupart des dames un tant soit peu adultes acceptent la situation et considéreraient comme malvenu de paraître connaître la vérité.

— Ah, je vois, milord ! C'est moi qui suis à blâmer ! Je suis puérile, bien sûr. Qu'attendre d'autre d'une épouse de dix-huit ans ? Et je suis dénuée de savoir-vivre. Ayant grandi en province, je n'ai donc jamais eu l'occasion d'apprendre les normes morales bien plus sophistiquées de la capitale. Bien entendu, si j'étais plus mûre et mieux éduquée, je comprendrais qu'il n'y a rien de répréhensible à jurer fidélité à une épouse alors qu'on entretient par ailleurs une maîtresse.

— Si vous continuez ainsi, nous n'arriverons nulle part ! s'agaça lord Astor. Permettez-moi de vous parler sans détour, Arabella. Je ne vous laisserai pas me dicter ma façon de vivre et vous devez accepter ce fait. Si vous l'acceptez, vous trouverez en moi un mari attentif et affectueux. Si vous

vous sentez incapable d'accepter cette réalité, je vous permettrai de retourner à Parkland Manor – jusqu'à ce que vous ayez mûri, peut-être. Que préférez-vous ?

— Je suis votre épouse, votre propriété. Faites de moi ce que vous désirez, milord.

— Vous resterez ici avec moi, dans ce cas, lâcha-t-il, exaspéré. Je me tiendrai autant que possible à l'écart tant que durera votre hostilité. Ginny fera sans aucun doute une compagne plus agréable ! Et n'ayez crainte, je ne vous obligerai pas à accomplir votre devoir conjugal, quand bien même vous aimez jouer les martyres. J'ai un autre lit où aller et où je serai accueilli sans répugnance. Je vous souhaite une bonne journée, madame !

— Je vous remercie, milord, répliqua Arabella sans le regarder, avant de plonger dans une profonde révérence. Vous ne m'en voudrez pas si je ne vous retourne pas votre souhait.

Frances devait être déçue, songea Arabella tandis qu'elles franchissaient la grille principale de Vauxhall Gardens. Elles avaient eu la chance de traverser le tout nouveau Regent's Bridge, un pont métallique, et elles étaient certainement arrivées plus rapidement, mais Frances avait espéré accéder aux jardins par la rivière. Elle aurait certainement trouvé très romantique que sir John Charlton l'aide galamment à monter en bateau et l'entoure d'un bras protecteur pendant la traversée.

Mais même si le pont n'avait pas existé et si elles avaient été obligées de prendre le bateau, sir John n'aurait pas été là. Lord Farraday était venu les chercher en voiture avec sa sœur et les autres devaient les retrouver à Vauxhall.

Vauxhall Gardens n'était en rien décevant, même lorsqu'on y arrivait à pied, Arabella ne tarda pas à le découvrir. Elle franchit la grille bras dessus, bras dessous avec Frances, tandis que lord Farraday suivait, Mme Pritchard à son bras.

— Oh, Bella, c'est magique ! se pâma Frances. Regarde toutes ces lanternes !

La nuit était parfaite. Les nuages qui avaient caché le soleil la plus grande partie de la journée s'étaient évanouis, laissant la place à un splendide clair de lune dans un ciel constellé d'étoiles. On sentait à peine un souffle de vent, juste ce qu'il fallait de brise pour agiter doucement les branches des arbres qui les entouraient et les myriades de lanternes qui y étaient suspendues. L'ombre le disputait à la lumière au-dessus des sentiers qui serpentaient entre les arbres.

— On se croirait dans un conte de fées, s'extasia Arabella. Il ne manque plus que Cendrillon et sa pantoufle de vair.

— J'ai toujours plaisir à voir les réactions de ceux qui viennent ici pour la première fois, avoua Mme Pritchard. Et vous avez de la chance, ce soir, tout est parfait. Comment as-tu deviné que nous aurions une aussi belle nuit quand tu as décidé cette sortie, Clive ?

— En disant mes prières hier soir, j'ai expliqué au bon Dieu que seul le meilleur conviendrait à ma sœur et qu'il n'était pas question de discuter.

— Mais, bien sûr, comment ai-je pu ne pas y penser ? Au lieu de dire des sottises, dépêchons-nous d'emmener lady Astor et Mlle Wilson dans notre loge avant que la musique commence. Nous ne sommes pas en avance, et tes autres invités doivent nous attendre.

Bien décidée à s'amuser, Arabella s'efforça de chasser les idées noires qui l'avaient assaillie toute la journée et s'engagea avec sa sœur dans l'allée principale. Elle avait dix-huit ans, et elle était à Vauxhall avec un groupe d'amis. Ils allaient écouter de la musique et partager un excellent dîner. Il y avait de nombreux sentiers à explorer et, plus tard, ils assisteraient à un feu d'artifice. Un an plus tôt à peine, ce genre de soirée lui aurait paru inimaginable autrement qu'en rêve, elle était donc bien décidée à en profiter au maximum.

Théodore, M. Hubbard, lady Harriet, sa sœur aînée et le mari de cette dernière étaient arrivés. Ils occupaient l'une des loges du bas, près de l'orchestre. Arabella sourit à chacun. Théodore était-il venu avec lady Harriet ? Il était assis à côté d'elle, en tout cas. Si c'était à dessein, il avait eu raison. Frances, quant à elle, s'installa à l'autre bout de la loge, à côté de sir John Charlton.

— Ah, chère lady Astor, s'écria M. Hubbard en lui indiquant le siège à côté de lui, vous arrivez à temps pour la musique ! Haendel. J'espère que vous aimez. Même si vous n'aimez pas, nous n'avons guère le choix. J'aurais préféré une musique qui nous permette de danser, mais nous n'aurons apparemment pas ce plaisir ce soir. La direction vise des mélodies plus spirituelles.

— Cela me convient très bien, assura Arabella en prenant place à ses côtés. C'est un endroit enchanteur pour écouter de la musique. Quelle œuvre de M. Haendel doit-on jouer ?

— La *Water Music*. C'est idéal pour boire, pouffa-t-il en levant son verre. Du vin pour les dames, s'il vous plaît, Farraday !

Arabella considéra d'un œil critique le regard brillant de son voisin. M. Hubbard était-il ivre ? Elle n'avait encore jamais vu un homme en état d'ébriété, et elle espérait que M. Hubbard ne se ridiculiserait pas en se levant pour chanter à tue-tête. Elle se rappelait les histoires que racontait son père à propos d'un de leurs voisins qui avait une fâcheuse tendance à se mettre à chanter sur la place publique dès qu'il avait trop bu, alors qu'on n'entendait pratiquement jamais le son de sa voix quand il était sobre.

— La musique va commencer. Voulez-vous quelque chose à manger ou préférez-vous attendre ? s'enquit lord Farraday.

— Nous sortons de table, répondit la sœur de lady Harriet. Ne vous inquiétez pas pour nous, milord, je vous en prie.

Tout le monde fut apparemment du même avis, même si M. Hubbard renouvela sa suggestion de commander du vin pour les dames. Arabella, qui venait d'apprendre de la bouche de son voisin que ces morceaux avaient été écrits par M. Haendel pour être joués sur la rivière pendant que le roi descendait la Tamise, s'abandonna à la musique. Hubbard ne se souvenait plus s'il s'agissait de ce pauvre roi George ou de son père, mais Arabella préférait croire que c'était pour le roi actuel, et que la musique avait pu apaiser son esprit troublé.

Dîner trois soirs de suite au White's n'avait rien de réjouissant, constata lord Astor, bien que cela lui soit arrivé fréquemment avant son mariage. Cette époque lui paraissait si lointaine.

Il ne manqua pas de compagnie ce soir-là, ni de suggestions sur la façon d'occuper le reste de la soirée. Il n'avait aucune envie de passer une autre nuit à jouer, cependant. Le théâtre ne le tentait pas, ni le salon de Mme Bailey. Il ne pouvait pas non plus se résoudre à rendre de nouveau visite à Ginny. L'ennui, c'était qu'il avait encore moins envie de rentrer chez lui. Il hésita donc un long moment, incapable de prendre une décision.

Arabella était à Vauxhall Gardens, et il était heureux que le temps se soit amélioré après cet après-midi si maussade. Elle allait passer une excellente soirée. Avec Farraday. C'était un homme bien, il veillerait sur elle. Hubbard aussi serait là, avait-clle dit ? Hubbard était fiable avant que sa femme s'enfuie avec un riche marchand de vin un an plus tôt, ce qui avait causé un immense scandale. C'était à cette époque qu'il s'était mis à boire plus que de raison et à commettre de fréquents écarts de conduite. Il ne ferait certainement pas de mal à Arabella, mais serait-il capable de la protéger si elle se trouvait séparée de Farraday ?

Leur voisin de Parkland, sir Perrot, devait venir. Il semblait aussi solide et aussi fiable qu'un roc, mais son attention serait sans doute plus tournée vers Frances que vers Arabella. Et Frances serait probablement très occupée à faire les yeux doux à Charlton.

Il ne devait pas non plus oublier ses responsabilités envers Frances. Elle avait beau être plus âgée qu'Arabella, elle était encore très jeune, et aussi ignorante que sa femme des réalités de la vie. Il n'était pas du tout certain de pouvoir faire confiance à Charlton. Il n'avait certes jamais entendu dire du mal de lui, mais il lui paraissait égoïste et vaniteux. Farraday ne l'aimait pas beaucoup, lui non plus, mais ils étaient voisins apparemment. Comment deviner ce qui se passerait si Charlton tentait de s'isoler avec Mlle Wilson ?

Seigneur, que lui avait-il pris ? Il avait laissé sa femme et sa belle-sœur se rendre dans l'un des plus célèbres lieux de plaisir de la capitale sans avoir fait la moindre recommandation à Farraday, qui les avait invitées. Il n'aurait jamais dû les laisser partir sans sa protection.

Il n'était pas trop tard, conclut-il en se levant au beau milieu d'une conversation. Arabella ne serait pas contente, et sa seule récompense serait probablement de la regarder rire et s'amuser avec ses admirateurs, mais il se devait de les rejoindre. Il devait s'assurer que les femmes dont il avait la charge étaient en sécurité.

— Je dois retrouver lady Astor à Vauxhall, expliqua-t-il à ses compagnons.

— Cela fait combien de temps, déjà ? Un mois ? Six semaines ? Elle tient la laisse bien serrée ? se moqua l'un d'eux.

— Ça fait quel effet, la corde au cou ? renchérit un autre.

— C'est ce qu'on appelle l'amour, j'imagine, soupira un troisième, la main sur le cœur.

Lord Astor se joignit à l'hilarité générale.

En arrivant à Vauxhall Gardens, il lui fallut un moment pour trouver la bonne loge. Les principales distractions avaient pris fin avant son arrivée et il était encore trop tôt pour souper. L'assistance s'était répandue devant les loges et dans les allées. Finalement, il remarqua une loge vide, à l'exception d'une silhouette avachie.

— Hubbard ! Vous êtes seul ?

— Abandonné ! Je serais moins ivre s'il y avait eu des danses, mon vieux, mais qu'est-ce que vous voulez faire d'autre que boire pendant que toutes ces trompettes et tous ces violons s'en donnent à cœur joie ? À présent, j'ai les jambes en coton. Cela me désole, voyez-vous. Je n'ai pas pu accompagner votre femme… Elle est vraiment à croquer, Astor !

— Où est-elle allée ?

— Par là ! répondit Hubbard en désignant l'allée principale. Il n'y a pas cinq minutes. Ou peut-être dix, plutôt.

— Ils sont partis tous ensemble ?

— Grand Dieu, non ! Attendez voir… Farraday et sa sœur sont d'abord allés saluer un lointain cousin ou quelque chose comme ça. Ils sont partis par là... Ensuite, il y a eu ce grand taciturne – un ami de lady Astor – qui est allé se promener avec lady Harriet. Sa sœur et Machin – enfin, son mari – les ont suivis, pour faire respectable, je suppose. Personne n'a eu envie de se joindre à eux. Lady Astor a tenu à rester pour m'empêcher de boire davantage et de me rendre malade ou de me donner en spectacle, c'est en tout cas ce qu'elle m'a dit. Elle s'imaginait apparemment que j'allais à me mettre à beugler... Ensuite, Mlle Wilson et Charlton ont éprouvé le besoin urgent d'aller rejoindre les quatre autres.

— Et Arabella ? Elle les a accompagnés ? interrogea lord Astor.

— Oh, non, bâilla Hubbard, elle était bien trop occupée à m'étourdir de paroles pour que je ne pense pas à remplir mon verre ! Elle est vraiment gentille, Astor. Elle a bon cœur.

— Où est-elle allée ? s'inquiéta lord Astor.

— Quelqu'un est arrivé. Grand, maigre, dégingandé. Avec des taches de rousseur.

— Browning ?

— Bingo ! Browning, c'est ça ! Il lui a dit qu'il venait de croiser sa sœur. « Avec lady Harriet ? » elle lui a demandé. « Non, avec sir John Charlton », il a répondu avant de s'en aller.

— Et ensuite ?

— Ensuite, votre femme s'est inquiétée à propos de chaperons, d'allées mal éclairées et de je ne sais quoi. Elle voulait que nous allions les retrouver, mais j'étais incapable de me lever. Désolé, mon vieux, j'aurais probablement dû faire un effort. Elle ne devrait pas courir à droite et à gauche toute seule, pas vrai ? Enfin, il n'y a pas grand mal. Elle a dû retrouver sa sœur et elle doit être en train de la sermonner à l'heure qu'il est. Elle est plus jeune que Mlle Wilson, non ? Pourtant, elle se comporte comme une mère poule. Où allez-vous, mon vieux ? Restez boire un verre !

Lord Astor ne l'entendait déjà plus. C'était encore pire que ce qu'il craignait. Arabella était partie seule. Et où la chercher si elle s'était écartée de l'allée centrale ? Tout ce qu'il espérait, c'était qu'elle ne s'était pas aventurée seule dans l'un des sentiers latéraux à peine éclairés.

Qu'est-ce qui avait pris à Farraday de l'inviter et de ne pas veiller sur elle ensuite ? Et que ce maudit Hubbard aille au diable pour s'être enivré en présence de dames !

Un instant plus tard, il éprouva un vif soulagement en repérant dans l'allée principale un groupe de silhouettes familières venant dans sa direction. Frances marchait en tête, bras dessus, bras dessous avec lady Harriet.

— Milord, quelle bonne surprise ! Bella va être ravie ! Vous ne trouvez pas cet endroit absolument enchanteur ?

— Où est Arabella ?

— Elle est restée dans la loge avec M. Hubbard. Il faudra lui faire honte de sa paresse.

— Elle est censée vous avoir rejoints ! Elle n'est pas avec vous ?

— Seule ? s'inquiéta Théodore. Et Hubbard l'a laissée faire ?

— Je vais la chercher, décréta lord Astor. Elle a dû prendre l'une des allées latérales.

Il s'éloigna aussitôt d'un pas pressé sans écouter Théodore qui proposait de chercher plus près des loges.

Il commença à scruter les sentiers qui serpentaient dans une obscurité quasi complète, et comprit aussitôt la vanité de sa tâche. Elle pouvait avoir emprunté n'importe lequel d'entre eux. Et s'il quittait l'allée centrale, il perdrait pratiquement toute chance de la retrouver. Son cœur s'emballa.

Ce fut un pur miracle, comprit-il un peu plus tard, lorsque, alors qu'il scrutait un sentier obscur, elle sortit en courant d'un autre sentier derrière lui. Elle l'avait déjà appelé lorsqu'il se retourna, et elle l'enlaça avant même qu'il ait eu le temps de lui ouvrir ses bras.

13

— Oh, milord, c'est vous ! s'écria Arabella en jetant les bras autour de son cou avant de presser le visage contre sa poitrine. Mon Dieu, merci !

— Vous n'avez rien à craindre, Arabella, la rassura-t-il en l'étreignant. Je suis là.

— J'ai eu tellement peur ! gémit-elle en se serrant plus étroitement contre lui.

Lord Astor inspecta rapidement chaque côté de l'allée. Le flot des promeneurs s'était tari, mais un groupe approchait. Il attira sa femme dans le petit sentier qu'il scrutait lorsqu'elle était arrivée. Ils reculèrent dans l'ombre d'un arbre.

— Vous n'avez rien à craindre, Arabella, murmura-t-il en ouvrant sa cape de soirée pour l'en envelopper. Personne ne vous fera de mal, je suis là.

Tremblant de tous ses membres et claquant des dents, elle l'étreignit avec force tandis qu'il lui caressait doucement les cheveux.

— Je me suis comportée comme une écervelée, haleta-t-elle. Vous allez être très fâché contre moi, milord. J'étais allée à la recherche de Frances. Elle était partie avec sir John sans chaperon, et je pensais qu'ils allaient rattraper lady Harriet et Théodore rapidement, et puis j'ai compris que je m'étais trompée et qu'ils étaient seuls tous les deux. Il m'a semblé préférable d'aller les retrouver. M. Hubbard n'était pas en état de m'accompagner parce qu'il avait beaucoup bu. J'ai dépassé deux gentlemen qui n'étaient pas du tout des gentlemen et qui m'ont lancé des quolibets et des paroles qui m'ont fait rougir. J'étais tellement gênée que je ne savais plus où regarder. Et Frances et sir John s'étaient éloignés plus que je ne l'avais imaginé…

Elle fit une pause, le temps de reprendre son souffle.

— J'ai aperçu un autre groupe de messieurs, reprit-elle en levant enfin les yeux vers lui. Je ne savais pas quoi faire. J'ai cru mourir de honte. Je ne voulais pas revenir sur mes pas à cause des deux hommes, mais je n'osais pas non plus continuer vers ce nouveau groupe. J'ai donc quitté l'allée pour emprunter ce petit sentier. Je l'ai suivi un moment pour qu'ils ne me voient pas. Je me suis conduite comme une sotte, n'est-ce pas ?

— Vous étiez affolée, et c'est compréhensible, la consola-t-il. Je n'aurais jamais dû vous laisser venir ici seule.

— Quand je me suis arrêtée pour écouter s'ils étaient passés, j'ai cru entendre un bruit dans les arbres derrière moi. Un craquement. J'ai cru que c'était une bête sauvage ou un assassin, alors que ce n'était sans doute rien du tout, je m'en rends compte maintenant. Je me suis dépêchée de m'éloigner, mais au lieu de revenir en arrière, je me suis enfoncée dans le sentier. Il faisait très sombre et quand j'ai compris que ce que je faisais était idiot, je me suis arrêtée. Mais je ne savais plus quelle direction prendre. Je n'ai jamais eu aussi peur de ma vie ! conclut-elle en pressant de nouveau le visage contre le torse de son mari.

— Que s'est-il passé ensuite ? Quelqu'un vous a fait du mal ? s'alarma-t-il.

— J'ai fini par comprendre qu'il me fallait rebrousser chemin et rejoindre l'allée principale. J'y serais davantage en sécurité, et je pourrais toujours crier en cas de besoin. J'ai pris une profonde inspiration et je me suis mise à courir. J'ai cru que mon cœur allait éclater tellement il battait fort. Je ne désirais qu'une chose, vous retrouver. Et tout à coup, vous étiez là ! Je pouvais à peine y croire. J'ai pensé que vous alliez vous retourner et que j'allais me trouver devant un étranger. Je suis tellement heureuse que ce soit vous !

— Moi aussi, j'en suis heureux, renchérit-il en lui caressant la joue. Vous n'avez plus rien à craindre, Arabella.

Il se pencha et l'embrassa doucement sur les lèvres.

— Mais où est Frances ? s'inquiéta-t-elle, encore étourdie par ce baiser. Et que faites-vous là ?

— Votre sœur se trouve en respectable compagnie, rassurez-vous. Elle était avec cinq autres personnes quand je l'ai croisée il y a quelques minutes. Ils regagnaient la loge de Farraday. J'étais venu m'assurer que vous étiez en sécurité,

Arabella, et je regrette de ne pas être arrivé plus tôt.

Son visage levé vers lui était éclairé par l'une des lanternes du chemin. Il vit son expression changer, passer de la surprise à la méfiance. Il relâcha son étreinte lorsqu'elle fit un pas en arrière. Les pans de sa cape retombèrent tandis qu'elle baissait les yeux.

— Je vous remercie d'être venu à mon secours, milord. Je me suis vraiment comportée comme une sotte. Je n'avais aucune raison d'avoir peur.

— Il ne faut jamais vous promener seule dans un endroit public, Arabella, je vous l'ai déjà dit !

À peine ces paroles prononcées, il aurait voulu les ravaler.

— Ma foi, mes craintes m'ont punie de ma désobéissance. J'essaierai de m'en souvenir à l'avenir, milord.

Elle n'avait pas besoin de faire un pas pour s'éloigner de lui, et il n'avait pas envie de la laisser s'éloigner.

— J'aurais dû vous accompagner, objecta-t-il en lui caressant de nouveau la joue. Je n'aurais pas dû laisser Farraday assumer mes responsabilités. Je veillerai sur vous à l'avenir. Et vous aviez raison de vous inquiéter pour la réputation de votre sœur, Arabella.

Elle n'esquiva pas sa caresse, mais elle s'était raidie. Elle était déjà loin de lui.

— Venez, allons rejoindre les autres. Le souper va être bientôt servi.

Elle prit le bras qu'il lui offrait, mais ne dit pas un mot et ne lui accorda pas un regard tandis qu'ils cheminaient côte à côte. Il avait l'impression qu'elle s'était éloignée de plusieurs lieues en quelques secondes.

Elle ne désirait qu'une seule chose, le retrouver, lui avait-elle avoué quelques minutes plus tôt, alors qu'elle était tellement effrayée qu'elle en avait oublié ses griefs et son mépris. Elle s'était accrochée à lui, l'avait noyé sous un flot de paroles.

Et elle lui avait rendu son baiser.

Elle était froide à présent, rigide et accusatrice, mais elle était aussi blessée, et elle avait besoin de quelqu'un sur qui s'appuyer, quelqu'un qui veille sur elle. Il ne pouvait pas abdiquer ses responsabilités et lui dire qu'elle devait s'habituer au mode de vie qu'il avait choisi.

À vrai dire, il avait la très désagréable impression que sa vie était sur le point de changer, que cela lui plaise ou non.

— Ah, te voilà ! s'écria Frances à l'arrivée d'Arabella. Sa Seigneurie t'a retrouvée. Nous étions un peu inquiets. Théodore est allé inspecter les sentiers alentour. Où étais-tu ?

— Je me suis écartée une minute de l'allée principale. Vous avez dû me dépasser avant que je revienne sur mes pas.

— J'étais tellement absorbée par ma conversation avec lady Harriet, continua son aînée avec un sourire à sa voisine, que je ne t'ai pas vue. Cela dit, je ne te cherchais pas.

Des sentiments contradictoires agitaient Frances, mais le moment était mal choisi pour les analyser. En venant à Vauxhall Gardens, elle était bien décidée à ignorer Théodore et à lui montrer qu'un certain nombre de personnages importants – des messieurs en particulier – ne demandaient qu'à se lier d'amitié avec elle. Le trouver déjà installé dans la loge de lord Farraday, et en grande conversation avec lady Harriet Meeker, sa sœur et son beau-frère, avec qui il avait apparemment dîné, l'avait déconcertée. Et s'il l'avait saluée courtoisement, il n'avait pas fait mine de vouloir s'asseoir près d'elle et n'avait pas engagé la conversation.

Elle avait ravalé sa déception lorsque sir John Charlton lui avait prodigué nombre d'attentions. Son cœur avait battu plus vite quand il n'avait montré aucun empressement à se joindre au groupe de Théodore et lui avait suggéré de rejoindre les promeneurs. Elle s'était attendue à une déclaration.

— Quelle belle nuit ! avait-il lancé. Ces jardins doivent vous impressionner, j'imagine, mademoiselle Wilson.

— Certes, monsieur. Je n'ai jamais rien vu de plus enchanteur.

— C'est ce que disent d'ordinaire les gens qui ont passé leur vie en province. Quand on a voyagé, on remet bien sûr en perspective ce genre d'endroits. Vienne, Rome, Naples, Paris ont aussi leurs charmes, voyez-vous.

— Oh, j'en suis certaine ! avait-elle acquiescé, admirative.

— J'envisage de repartir, maintenant que toutes ces guerres assommantes semblent terminées pour de bon.

— Vraiment ?

Le cœur battant, Frances avait retenu son souffle.

— J'ai des amis qui me supplient de les accompagner en Italie et, après tout, je peux bien leur accorder une ou deux années de ma vie.

— Je suis certaine que cela en vaudrait la peine, avait-elle murmuré, affreusement déçue.

— À moins, bien entendu, que quelque chose ne vaille la peine que je reste en Angleterre. Ou quelqu'un, devrais-je plutôt dire.

— Oh ! avait soufflé Frances en baissant modestement les yeux.

— Peut-être accourrai-je à Parkland Manor dès mon retour pour y trouver le quelqu'un en question, avait-il suggéré en prenant la main de Frances.

— C'est vrai ? Vous le souhaiteriez ?

— Comment ne pas souhaiter revoir la plus belle femme de Londres ? Je trouve cette allée terriblement encombrée. Que diriez-vous d'emprunter un sentier plus tranquille, mademoiselle Wilson ?

— Je ne pense pas que ce soit indiqué, monsieur. Nous n'avons pas de chaperon.

— Je ne fais donc pas un chaperon suffisant ? Vous n'avez pas confiance en moi ?

— Bien sûr que si, mais lord Astor serait mécontent si j'allais me promener seule avec vous.

Il n'avait pas insisté. Ils avaient donc poursuivi leur chemin et n'avaient pas tardé à retrouver les autres. Une fois de plus, voir lady Harriet au bras de Théodore avait agacé Frances. Elle ne voyait aucun inconvénient à ce qu'il s'intéresse à d'autres femmes, mais pas à lady Harriet ! Elle n'était même pas jolie. Elle avait donc pris la jeune fille par le bras pour retourner à leur loge.

Et maintenant, elle ne savait plus quoi penser. Théodore avait quitté la loge pour parler avec lord Astor et lord Farraday tandis que sir John avait repris sa place auprès d'elle. Que serait-il arrivé si elle s'était écartée de l'allée principale avec lui ? L'aurait-il embrassée ? Lui aurait-il demandé sa main ? Avait-elle compromis ses chances en se conduisant comme une oie blanche ?

Théodore croisa son regard et lui sourit pour la première fois de la soirée. À moins que son sourire ne soit adressé à lady Harriet assise juste à côté d'elle ?

De retour dans la loge de lord Farraday, Arabella goûta à ces petits pâtés et à ces fines tranches de jambon qui faisaient la réputation de Vauxhall Gardens. Elle aurait aussi bien pu mâcher du papier, songea-t-elle en écoutant les excuses de M. Hubbard, bientôt suivies d'un récit plutôt embrouillé de ses déboires matrimoniaux.

— Je n'ai jamais été riche, mais je n'ai jamais été pauvre non plus. Et Sonia semblait satisfaite de la vie que nous menions jusqu'à ce que nous fassions la connaissance de ce maudit Bibby à Brighton. Cet homme est riche comme Crésus !

Arabella lui signifia sa sympathie d'un signe de tête.

— Elle a emmené notre fils, milady. Vous saviez que ma femme m'avait quitté ? Emmener notre fils n'est pas juste, n'est-ce pas ? C'est mon fils unique.

— Je suis vraiment désolée.

Le mot était faible, mais son regard disait de façon éloquente combien elle compatissait.

— Je ne sais pas où ils sont. Je pourrais les retrouver, engager des agents de Bow Street[1] ou quelque chose de ce genre, j'imagine. Je pourrais peut-être reprendre mon fils. Vous croyez que je devrais le reprendre ? Ou la place d'un enfant est-elle auprès de sa mère, même si c'est une traînée et l'homme avec qui elle vit un gredin ?

— Peut-être que votre femme et votre fils finiront par revenir. Peut-être que Mme Hubbard se rendra compte de tout ce qu'elle a perdu en vous abandonnant.

— Je ne la reprendrai pas, c'est hors de question, tout simplement impensable ! Aucun homme digne de ce nom ne ferait une chose pareille, déclara-t-il en prenant son verre avant de le reposer avec un soin exagéré en constatant qu'il était vide.

— Vous avez peut-être raison, concéda Arabella en lui tapotant le bras.

— De l'air frais ! lança-t-il soudain en se levant. Il faut que j'aille marcher un peu. Si seulement je pouvais sentir mes jambes !

Pendant quelques minutes, Arabella avait presque oublié ses propres soucis. Elle avait vraiment beaucoup de peine pour M. Hubbard. Pour autant qu'elle sache, avant le départ de sa femme,

1. Créés en 1742, les Coureurs de Bow Street (*Bow Street Runners*) ont été les premières forces de police professionnelles de Londres. *(N.d.T.)*

c'était un homme gentil et affable, mais cette trahison l'avait rendu amer, cynique et rancunier.

Tout près d'elle, sir John Charlton bavardait avec Mme Pritchard, le beau-frère et la sœur de lady Harriet. Théodore avait quitté la loge pour discuter avec lord Farraday et lord Astor. Frances était plongée dans une conversation animée avec lady Harriet, et semblait ne se préoccuper ni de Théodore ni de sir John. Qu'elle soit aussi indifférente aux beaux jeunes gens qui l'entouraient était pour le moins curieux.

Arabella profita de ce que son mari lui tournait à demi le dos pour l'observer. Elle était vexée de s'être jetée dans ses bras, et encore plus de s'y être sentie en sécurité et aussi heureuse. Elle s'était plaquée contre lui et lui avait confié ses peurs comme s'ils étaient les meilleurs amis du monde. Et elle s'était laissé étreindre et consoler.

Elle l'avait même laissé l'embrasser !

Se rappeler sa frayeur dans ce sentier mal éclairé, l'envie de pleurer qui l'avait saisie et ce désir soudain qu'elle avait eu de sa présence était également humiliant. Ce n'était ni la présence de Théodore ou de lord Farraday, qui devaient pourtant être à deux pas, qu'elle avait désirée, ni même celle de sa mère, auprès de qui elle avait cherché protection toute sa vie, mais celle de cet époux infidèle, qui n'éprouvait aucun désir pour elle et ne l'imaginait pas une seconde capable de satisfaire ses appétits.

Être une femme sans défense était décidément humiliant. En être arrivée en moins d'un mois à se reposer autant sur le vicomte était stupéfiant.

Cela devait cesser. Elle devait absolument armer son cœur et s'endurcir contre lui. Si elle continuait à avoir besoin de lui, elle finirait par lui pardonner avant même de s'en rendre compte et par accepter sa conception du mariage. Cela ne devait arriver à aucun prix. Ce qu'il avait fait était impardonnable, et son mode de vie inacceptable.

Elle devait tenir bon. La veille, elle avait supposé qu'il était allé se consoler de leur querelle dans les bras de sa maîtresse, et elle en avait été malade toute la journée. Elle ne s'était pas sentie mieux aujourd'hui. Il avait été extrêmement clair, il n'avait aucune intention de changer de conduite et n'en éprouvait aucune honte. Cela n'avait plus aucune importance, bien sûr. La façon dont il passait son temps – et avec qui – lui était désormais indifférente. Elle avait divorcé de lui émotionnellement, même si elle ne pouvait le faire matériellement.

Mais malgré ses efforts et sa détermination, le regarder et le trouver si séduisant et si familier après trois semaines de mariage était douloureux. L'imaginer au lit avec une autre femme, lui murmurant des mots doux, l'embrassant, faisant avec elle ce qu'elle-même avait fini par apprécier, était insupportable.

Lord Astor vint s'asseoir près d'elle avant le début du feu d'artifice. Il avait un peu reculé son siège pour que sa présence ne l'indispose pas, et sans doute afin de ne pas se sentir obligé de lui faire la conversation.

Arabella fut transportée. Elle n'avait jamais rien vu d'aussi enchanteur. Penchée en avant sur son siège, médusée, d'une immobilité de statue, elle avait oublié tout ce qui n'était pas les lumières qui jaillissaient au-dessus de leurs têtes et les détonations qui crépitaient. Si seulement sa mère et Jemima étaient là ! Frances, lady Harriet et sa sœur applaudissaient en poussant des exclamations, mais Arabella ne les entendait pas.

Elle fut déçue comme une enfant lorsque le spectacle prit fin et que la nuit redevint relativement tranquille. Elle était désorientée et, l'espace d'un instant, elle ne rappela plus où elle se trouvait. Aussitôt, la peur la saisit. Il n'y avait personne à côté d'elle. Elle se retourna à demi en étouffant un petit cri anxieux.

— Je suis là, Arabella.

Elle dut avouer que cette voix grave et calme la réconforta, de même que la main qui s'était posée sur sa nuque. Elle croisa le regard de son mari et prit la mesure du désespoir qu'elle éprouvait d'être mariée à un homme à qui elle ne pouvait – ne devait – pas pardonner.

— Je n'ai jamais rien vu de plus beau ! lança-t-elle à la cantonade. Je vous remercie de votre invitation, milord, ajouta-t-elle avec un sourire radieux à lord Farraday.

— C'est moi que vous devriez remercier, Bella, intervint Théodore. Lord Farraday a tenu à me montrer ce qu'il y a de plus remarquable à Londres.

— Alors, merci, Théodore !

Lord Astor ne savait plus quoi penser. Durant les quelques secondes où le regard d'Arabella avait croisé le sien, il y avait lu une véritable souffrance. Et il avait beau s'efforcer de se trouver des excuses, il savait qu'il était le seul responsable de cette souffrance. Et qu'elle ne cesserait pas tant qu'il garderait le même mode de vie. La susceptibilité de sa femme, et peut-être sa souffrance, s'apaiserait sans doute avec le temps, mais quelque chose mourrait en même temps.

Il avait le pouvoir de tuer la douceur et la gaieté d'Arabella aussi sûrement qu'il avait tué son innocence.

Il ne voulait pas de cette responsabilité, et il ne voulait pas non plus de ces constants examens de conscience et de cette introspection perpétuelle que lui infligeait son mariage.

Dieu qu'elle lui avait paru fragile et précieuse quelques instants plus tôt ! Il aurait aimé la protéger contre toutes ses peurs, chasser toutes ses frayeurs à force de baisers et lui jurer qu'il ne laisserait jamais rien ni personne lui faire du mal.

Mais il était son mauvais génie. Comment pouvait-il la protéger alors qu'il était son pire ennemi ?

Il regrettait amèrement de ne pas avoir découvert un mois plus tôt ce qu'il savait maintenant du mariage. Il aurait abandonné sa fortune à la famille d'Arabella et serait parti à l'autre bout de la terre plutôt que d'embrasser le respectable état d'homme marié.

Le lendemain après-midi, le majordome de Ginny prit la canne et le chapeau de lord Astor et l'introduisit au salon, avant d'aller informer sa maîtresse de l'arrivée d'un visiteur. Il devait reprendre le cours de sa vie, avait-il décidé dans la matinée. Arabella mûrirait et finirait par accepter la situation. Pour l'heure, elle était sortie faire des visites avec sa sœur et tante Hermione.

— Geoffrey, quel plaisir ! Je pensais justement à toi, et je me languissais !

Sa maîtresse avait le goût des entrées théâtrales. Elle était plus belle que jamais, et son parfum capiteux emplissait la pièce.

— C'est vrai ? questionna-t-il d'une voix rauque en cherchant sa bouche. Je veux découvrir à quel point, Ginny.

— J'aime quand tu as soif de moi, murmura-t-elle en se coulant contre lui. Tu veux passer tout de suite dans ma chambre ?

Elle était plus voluptueuse, plus désirable et plus excitante que jamais. Nue sur le lit, elle ondulait contre lui, le caressait en murmurant des mots doux, s'offrait avec un abandon qui dépassait l'envie de justifier les sommes généreuses qu'il lui allouait. Elle employait toutes les ressources de sa science de l'amour et tous les tours qui, elle le savait d'expérience, le rendaient fou de désir.

— Pas aujourd'hui, Ginny, l'arrêta lord Astor en s'asseyant sur le bord du lit. Ce n'est pas ta faute. Je ne suis pas d'humeur, tout simplement.

— Tu ne te sens pas bien ? s'inquiéta-t-elle en l'enlaçant. Que se passe-t-il, Geoffrey ? Viens, allonge-toi près de moi jusqu'à ce que tu te sentes mieux.

— Pas aujourd'hui, répéta-t-il sans douceur excessive en la repoussant tandis qu'elle lui mordillait le lobe de l'oreille.

— Je ne comprends pas, protesta-t-elle en le voyant ramasser ses vêtements. Il y a quelqu'un d'autre, c'est ça ?

— Ce n'est pas ta faute, je te l'ai dit ! C'est moi... Je crois que tu serais sans doute plus heureuse avec un autre protecteur. J'en connais plusieurs qui seraient prêts à tuer pour obtenir tes faveurs. Je vais te faire don de cette maison et d'une somme conséquente. C'est préférable, conclut-il en achevant de s'habiller.

— Quoi ? rugit-elle en se ruant à bas du lit, dans toute sa somptueuse nudité. Tu te débarrasses de moi ? Parce que je ne t'excite plus ? C'est à cause d'elle, c'est cela ? Qu'est-ce que cette femme insignifiante a donc qui vous attire tant, toi et tous ces hommes qui lui tournent autour ? J'aimerais bien connaître son secret. Elle n'est pas belle, elle n'est ni grande ni mince. C'est un petit bout de femme de rien du tout, mais c'est pour elle que tu m'abandonnes, alors que rien ne t'empêche de nous avoir toutes les deux. Elle ne sera jamais capable de te satisfaire, crois-moi !

— C'est ma femme !

— Et depuis quand le mariage a-t-il jamais contenté physiquement un homme ? Tu n'en pinces pas pour elle, au moins, Geoffrey ? Ne me dis pas que tu es amoureux d'elle !

— C'est ma femme, répéta-t-il.

— Lord Astor est amoureux de sa femme enfant ! s'écria Ginny en éclatant de rire. Quelle histoire ! La petite a découvert que les messieurs pouvaient se laisser séduire, et elle commence à y prendre goût. Et voilà que lord Astor est jaloux. C'est à mourir de rire ! Je vais faire de toi la risée de tout Londres !

— Je t'enverrai mon homme d'affaires pour discuter d'un arrangement financier, Ginny.

— Il est bel homme, Geoffrey ? Et il est amoureux de lady Astor, lui aussi ? Est-ce qu'elle l'a rendu impuissant, lui aussi ?

En réponse, lord Astor referma la porte de la chambre à coucher derrière lui.

14

Deux jours plus tard, lorsque Arabella rentra de sa promenade matinale avec George, elle trouva son mari encore attablé devant son petit déjeuner. Sa présence lui était pénible dans tous les cas et proprement insupportable lorsqu'ils étaient seuls. Si elle avait pu, elle aurait battu en retraite. Il se leva en souriant dès qu'elle entra et lui tendit un pli.

— Cela devrait vous faire plaisir, Arabella.

Elle pensa tout d'abord à une lettre de sa famille, mais lorsqu'elle ouvrit l'enveloppe et en sortit le contenu, elle s'écria :

— Des billets pour l'Almack's ! Tante Hermione est vraiment extraordinaire. Frances sera aux anges. Je vais lui annoncer la bonne nouvelle sans attendre.

— Il n'est pas un peu tôt pour réveiller la Belle au bois dormant ? Asseyez-vous donc et prenez tranquillement votre petit déjeuner, Arabella.

— Le prochain bal à l'Almack's n'est que dans deux jours, fit-elle remarquer en prenant place à table à contrecœur tandis que le majordome déposait un muffin sur son assiette.

— Je vous y accompagnerai moi-même, déclara lord Astor en faisant signe au domestique qu'il pouvait disposer. Votre première visite à l'Almack's est un événement trop important pour que vous y alliez seule ou avec ma tante pour seule escorte. Que porterez-vous, Arabella ? Votre robe de soie bleue ?

— Si vous le souhaitez, milord.

— Oui, je le souhaite. J'ai remarqué ces derniers jours que vous aviez maigri et que vous n'aviez pas l'air bien. Ce n'est pas un effet de mon imagination, n'est-ce pas ?

— Je vais très bien, je vous assure, milord. J'ai l'impression que je suis en effet plus mince que le mois dernier.

— Plus mince ? Je dirais plus maigre. En suis-je responsable ? Est-ce l'effet du chagrin et de la perte de vos illusions ?

— Vous n'avez rien à vous reprocher, milord. J'ai décidé de moi-même de perdre mes rondeurs enfantines. Je veux avoir l'air d'une femme adulte. Si je ne peux rien changer à ma taille, je peux au moins contrôler mon poids.

— C'est curieux, quand je vous ai vue pour la première fois, je vous ai effectivement crue plus jeune que vous ne l'êtes, mais ce n'est plus le cas depuis notre mariage. Vous avez une jolie silhouette, très gracieuse, très féminine. Et vous n'êtes absolument pas trop ronde. Je vous préférais avant, à vrai dire. Je suppose donc que vous aimez les glaces, le beurre et les pâtisseries ?

Arabella ne répondit pas et préféra se concentrer sur son muffin.

— Voulez-vous reprendre un peu de poids ? J'ai failli ajouter « pour me faire plaisir », mais vous n'avez sans doute pas particulièrement envie de me faire plaisir, n'est-ce pas ? Et vous seriez tentée d'interpréter cette requête comme un ordre et d'y obéir parce que vous êtes déterminée à être une épouse docile. Voulez-vous tenir compte de mon conseil comme de celui d'un homme qui apprécie les formes féminines ? Vous étiez plus jolie avant.

— Je ne suis pas jolie ! rétorqua-t-elle non sans irritation.

— C'est une notion toute relative. À mes yeux, vous êtes très jolie, Arabella, même telle que vous êtes maintenant. À présent, je vais vous laisser, car je sens que ma présence vous pèse. Et maintenant que vous avez appris à danser la valse, voulez-vous me réserver la première à l'Almack's mercredi prochain ?

— Si tel est votre souhait, milord.

— Oui, c'est mon souhait. Arabella, dit-il en lui effleurant l'épaule. Ginny est sortie de ma vie, et il n'y a pas d'autre femme. Il n'y a que vous. Vous réussirez peut-être à faire de moi un époux parfait, finalement !

Elle ne fit pas un geste, ne dit pas un mot, et il quitta la salle à manger.

Frances sauta de joie en apprenant qu'elle allait enfin pouvoir assister au bal hebdomadaire de l'Almack's. Son amie Lucinda Jennings y serait également. En revanche, Théodore ne serait pas là, et cela l'attristait. Non que sa présence lui manquerait, bien sûr, expliqua-t-elle à Arabella – il y avait suffisamment de gentlemen qui ne demandaient qu'à danser avec elle –, mais elle était triste qu'il soit venu jusqu'à Londres pour profiter de la saison et qu'il ne puisse pas assister à la réception la plus courue de la capitale.

Sir John Charlton serait là, il lui avait d'ailleurs demandé de lui réserver la première danse et une valse, confia-t-elle à Arabella alors qu'elles étaient toutes deux dans la garde-robe de Frances, une heure avant le départ pour le bal. Frances n'était toujours pas sûre d'avoir pris la bonne décision en choisissant sa robe de satin rose.

— Elle est neuve et je ne l'ai encore jamais portée, mais crois-tu que le rose m'aille vraiment, Bella ? Ce n'est pas un peu trop pâle pour moi ? Lady Berry comme Sa Seigneurie m'ont assuré qu'elle m'allait très bien, mais j'ai un doute. Qu'en penses-tu ?

— Je pense que cette robe est parfaite. S'il s'agissait d'un rose plus clair, tu aurais peut-être raison, mais là, c'est un rose soutenu. En outre, tes cheveux sont d'un blond éclatant.

— Tu as peut-être raison. Tu ne crois pas que j'ai trop de boucles ? Lady Berry dit que ce style est très à la mode, et c'est vrai, je l'ai remarqué. Qu'en penses-tu ?

— Je pense que si je ne regagne pas ma chambre sur-le-champ, je serai obligée d'aller à l'Almack's en robe de chambre. On ne peut pas arriver en retard, tu sais. Les portes sont fermées à 23 heures.

— J'espère que sir John sera à l'heure ! Ce serait vraiment affreux de ne pas avoir de cavalier pour la première danse.

Arabella était soucieuse en regagnant ses appartements. Sa sœur lui avait répété ce que lui avait dit sir John à Vauxhall, mais si elle paraissait convaincue que ce dernier s'intéressait à elle et s'apprêtait à lui demander sa main, Arabella avait plutôt l'impression qu'il cherchait juste à badiner. En outre, elle avait remarqué qu'il avait attendu, pour quitter la loge, que les autres soient loin devant, tandis que M. Hubbard était trop ivre pour les accompagner.

Elle chassa ces considérations inquiétantes et laissa sa femme de chambre boutonner sa robe de soie bleue. Elle la mettait parce que son mari le lui avait demandé, mais elle devait reconnaître qu'elle l'aimait beaucoup. C'était la plus élégante de toutes ses robes. Le bas s'ornait de volants rebrodés de fleurs bleu foncé. Celles qui ornaient les manches étaient plus petites, mais tout aussi délicates.

Elle avait dû faire reprendre les coutures. Était-elle vraiment plus jolie avant d'avoir perdu du poids ? se demanda-t-elle pendant que sa femme de chambre la coiffait. Elle avait une silhouette gracieuse, avait dit le vicomte. Il lui avait également déclaré qu'il la trouvait très jolie, mais il s'agissait de toute évidence d'une flatterie. Il tentait de l'amadouer et de faire retomber sa colère, sauf qu'il s'y prenait mal et manquait par trop de subtilité. Elle n'était certes pas prête à le croire.

Et même si elle le croyait, même s'il était sincère, qu'est-ce que cela changerait, de toute façon ? Que lui importait maintenant l'opinion de lord Astor ? Elle inclina la tête pour permettre à sa femme de chambre d'attacher son collier de perles. Si elle le portait, c'était une autre concession à son sens du devoir. Elle ne l'avait plus porté depuis qu'elle l'avait enlevé à l'opéra.

Elle se levait, enfin prête, lorsqu'on frappa discrètement à la porte qui séparait ses appartements de ceux de son mari. Arabella fut stupéfaite. Cela faisait une semaine qu'il n'était pas entré chez elle. D'un signe, elle congédia sa femme de chambre.

— Je savais que vous seriez ravissante dans cette robe, Arabella, commenta-t-il. Ce bleu pâle convient à la perfection à vos cheveux sombres.

— Merci, milord, murmura-t-elle, le regard obstinément fixé sur la cravate artistement nouée de son mari

Henry s'était surpassé ce soir.

— En revanche, les perles ne conviennent pas, déclara-t-il en s'approchant.

Il tendit la main vers la nuque de sa femme et mit ce qui parut des heures pour dégrafer son collier. Arabella sentait son eau de Cologne. La dentelle de ses manchettes et sa cravate étaient d'un blanc éblouissant, et l'épingle de diamant qui ornait celle-ci étincelait à la lumière des chandelles.

— Je n'ai rien d'autre, milord, marmonna-t-elle.

— Ah ! Je vais voir ce que je peux faire. Tournez-vous.

Elle obéit, toujours sans lui accorder un regard.

— Voilà, c'est exactement ce qu'il vous faut !

Une lueur passa comme un éclair devant les yeux d'Arabella. Quelque chose de froid et de lourd se posa sur son décolleté, et elle entendit le claquement d'un fermoir.

— Qu'en pensez-vous ? s'enquit le vicomte en la prenant par les épaules pour la faire pivoter face au miroir.

C'était un collier de saphirs montés avec une délicatesse exquise. Elle le frôla de la main, bouche bée.

— Il y a le bracelet assorti. Mettez vos gants, que je le fixe à votre poignet.

Elle s'exécuta et le laissa faire sans mot dire.

— Vous voilà prête pour faire votre entrée à l'Almack's, lady Astor.

— Pourquoi ? demanda-t-elle à sa cravate.

— Parce que cela me fait plaisir. Peut-être aussi parce que je n'aime pas l'espèce de paix armée dans laquelle nous vivons depuis une semaine. Que diriez-vous d'une trêve, Arabella ?

Elle tendit la main, effleura son gilet, puis la retira comme si elle s'était brûlée.

— Vous essayez de m'amadouer pour me faire accepter votre façon de vivre ? C'est de cette façon que les femmes mariées obtiennent leurs bijoux ? C'est ce qui a motivé vos autres cadeaux, mes perles ou ma selle neuve ? Je ne suis pas à vendre, milord, et mon intégrité non plus.

— Que puis-je faire de plus, Arabella ? s'impatienta-t-il. J'ai renoncé à ma maîtresse. J'ai décidé de vous rester fidèle, en fin de compte. J'ai essayé de vous traiter avec bienveillance. J'ai passé la plus grande partie de la journée à vous choisir un cadeau. Que voulez-vous de plus ? Mon âme ?

— Votre honte et vos regrets, peut-être. La conscience que ce que vous avez fait était mal.

— Si c'est me voir à vos genoux en robe de bure avec des cendres sur la tête que vous voulez, vous risquez d'attendre une vie entière, j'en ai peur. Je suis désolé de vous avoir fait de la peine, Arabella, sincèrement désolé. J'ai beaucoup d'affection pour vous. Je ne peux pas faire plus. Il n'y a rien d'extraordinaire ni de terrible à ce qu'un homme marié ait une maîtresse, vous savez. Vous devriez m'être reconnaissante d'avoir renoncé à la mienne pour rétablir la paix entre nous.

— Je vous remercie pour les saphirs, milord, répliqua-t-elle en le regardant enfin. Ils sont magnifiques. Nous devrions y aller, je pense que Frances nous attend.

Il s'inclina avec raideur, prit la cape de velours bleu nuit posée sur le dossier d'un fauteuil et la lui drapa sur les épaules.

— Vos saphirs vous plaisent ? demanda lord Farraday tandis qu'ils dansaient la première danse. Ils sont splendides, il faut le reconnaître.

— Oui, ils me plaisent beaucoup. Sa Seigneurie vient de me les offrir, car ce soir est une grande occasion. C'est ma première apparition à l'Almack's.

— Je vous avertis, Astor risque de trouver un de ces jours la facture de mon bottier sur son bureau. Une facture de ressemelage. J'ai couru tous les bijoutiers de la ville avec votre mari aujourd'hui, et deux fois pour certains. Rien n'était trop beau pour lady Astor, apparemment. J'admets qu'il a bien choisi.

— En effet. Les saphirs sont plus impressionnants que les perles que je comptais porter.

— Astor vous a-t-il parlé de ma partie de campagne ? En fait, j'avais prévu une garden-party, expliqua-t-il comme Arabella l'interrogeait du regard, mais ma maison de campagne est à trois heures de route et personne doté de deux sous de bon sens n'aurait envie de faire un tel trajet aller-retour pour le simple plaisir de boire mon vin en piétinant ma pelouse pendant quelques heures. Ma mère m'a donc suggéré de convertir cette garden-party en partie de campagne de deux ou trois jours. Pas plus, car la saison bat son plein et que cela ferait manquer trop de réjouissances en ville.

— Quelle charmante idée ! Je suppose que nous sommes invités, milord ?

— Évidemment. Je ne pourrais pas me passer de mes meilleurs amis. Astor, Hubbard et moi sommes restés très proches alors que cela fait pourtant six ans que nous avons quitté l'université.

— M. Hubbard sera là aussi ? J'en suis heureuse.

— C'est gentil. J'ai été très ennuyé que vous l'ayez vu dans l'un de ses moments difficiles à Vauxhall. Il n'avait pas à s'enivrer en présence de dames, comme je le lui ai fait vertement remarquer le lendemain.

— Ce n'est pas bien grave. Je comprends ses raisons, et cela me permet de lui trouver des excuses.

— Pauvre Hubbard ! C'était le plus gai et le plus enjoué de nous trois avant que ce malheur arrive. Enfin, ce n'est pas un sujet de conversation pour un bal. Votre sœur m'a l'air ravie. Vous devez être contente pour elle, elle fait des débuts étincelants. Ce sera à coup sûr l'une des reines de la saison.

— Cela ne me surprend pas, sourit Arabella en regardant son aînée danser avec sir John Charlton. Frances a toujours été la beauté de la famille.

— Peut-être, mais elle n'a pas pris toute la beauté disponible dans votre famille, répliqua galamment lord Farraday.

— Vos flatteries vont vous gagner mon indéfectible dévouement, milord. Ah, voici M. Hubbard ! Il a dû se glisser à l'intérieur juste avant qu'on ferme les portes.

Lord Astor, qui dansait avec l'une des amies de Frances, regardait avec irritation sa femme sourire à Farraday et à Hubbard. Elle avait refusé le rameau d'olivier qu'il lui avait tendu et avait pratiquement méprisé le somptueux cadeau qu'il avait choisi avec tant de soin, mais dès qu'elle se trouvait avec ses amis, elle était tout sourire et bavardait avec animation. Et elle allait certainement danser avec le grand dadais avant la fin de la soirée. Ce dernier se tenait dans un coin, les yeux rivés sur elle, les bras croisés sur sa poitrine creuse.

Il avait vu juste, elle voulait son âme. C'était le genre de femme qui ne serait pas satisfaite tant qu'elle n'aurait pas obtenu tout de lui. Et malgré sa petite taille et ses manières enfantines, elle avait un pouvoir subtil dont il commençait seulement à prendre la mesure. Sans effort apparent, elle finissait par atteindre son but. Il avait conscience de ce pouvoir et devait faire appel à ce qu'il lui restait de volonté pour résister à l'envie de lui céder.

Son mode de vie avait déjà radicalement changé dans le mois qui avait suivi son mariage. Un mois seulement ! Il en était venu à consacrer une bonne part de son temps et de son attention à Arabella. Il avait renoncé à Ginny et ne s'était même pas occupé de lui trouver une remplaçante. Pire, il savait qu'il ne le ferait sans doute pas. D'une façon ou d'une autre, sans qu'il l'ait délibérément voulu, il était devenu un mari fidèle.

Et à présent, comme si cela ne suffisait pas, sa conscience le tourmentait et il devait lutter pour ne pas l'écouter. Pour autant, il n'avait pas l'intention de ramper devant les caprices de sa conscience – et encore moins devant Arabella – et d'avouer qu'il avait eu moralement tort de garder Ginny et de continuer à partager son lit après son mariage. S'il avait rompu avec sa maîtresse, c'était parce qu'il ne prenait plus de plaisir avec elle et parce qu'il n'aimait pas faire de la peine à sa femme. C'était une décision personnelle, non un choix moral.

Il n'en ressentait pas moins une forte pression. Il la ressentait chaque fois qu'il regardait Arabella et chaque fois qu'il pensait à elle. Il devait lutter contre le sentiment qu'il lui avait fait beaucoup de tort. Il regrettait de l'avoir blessée – il l'avait reconnu et le lui avait dit d'emblée –, mais il ne regrettait pas ce qu'il avait fait. C'était impossible. Reconnaître qu'il avait été dans son tort, ce serait reconnaître le caractère sacré du mariage. Il se trouverait associé à Arabella par des liens beaucoup plus étroits qu'il ne l'avait envisagé et qu'il voulait l'envisager.

Il refusait ces liens. Cette seule idée le faisait frémir.

— On voit tout de suite que vous avez eu le meilleur des maîtres de danse. Vous exécutez les pas avec autant d'élégance que de maestria, déclara sir John Charlton après quelques minutes de valse avec Frances.

— Mais nous n'avons jamais eu de maître de danse.

— Vous plaisantez ? Je suis stupéfait, mademoiselle Wilson. Vous devez posséder naturellement le sens du rythme.

— Nous avons effectivement appris toutes sortes de danses. Ma mère nous a enseigné la plupart d'entre elles, et Théodore quelques autres. Je veux parler de sir Théodore Perrot. Il a été dans l'armée de Sa Grâce le duc de Wellington et a assisté à beaucoup de bals en Espagne et en Belgique.

— Je vois. Un autre de nos nobles héros. Et il a certainement fait état de ses exploits militaires passés pour se hausser du col auprès d'une dame aussi charmante et aussi raffinée que vous.

— Je ne pense pas, monsieur, objecta Frances, quelque peu déconcertée. Théodore est un ami d'enfance. J'ai cru mourir d'angoisse tout le temps qu'il a été en campagne, surtout lorsque nous avons reçu la nouvelle de la bataille de Waterloo. Je veux dire que toute ma famille s'est inquiétée. Nous l'aimons beaucoup. Bella aussi. Vous pouvez le lui demander.

— Je n'en doute pas, dit-il en regardant autour de lui d'un air blasé. L'Almack's est un endroit assez ennuyeux, vous ne trouvez pas ?

— Je suis effectivement surprise de sa renommée. Les salles n'ont rien de particulièrement remarquable. Cela dit, je suis sensible à l'honneur d'être ici.

— Je comprends. Viendrez-vous à la partie de campagne de Farraday la semaine prochaine ?

— C'est la première fois que j'en entends parler.

— Vous serez sûrement invitée. Astor est l'un de ses amis intimes, et lady Astor également, pourrait-on dire. Ce sera sans doute assommant. Farraday a un excellent caractère, mais ce n'est pas toujours un modèle de raffinement. Je n'ai aucune envie d'accepter son invitation si vous nc venez pas.

— Oh ! souffla Frances en rougissant.

Elle ne trouva rien d'autre à dire.

— Ce serait l'occasion de vous montrer ma maison, qui n'est qu'à quatre lieues de chez Farraday. Nous sommes voisins, c'est ainsi que nous nous sommes connus. Vous avez peut-être trouvé curieux de nous voir ensemble alors que, disons, nos… manières sont tellement différentes.

— Je serais ravie de voir votre maison, répondit Frances, éludant sa dernière remarque.

— Elle est assez élégante, comme vous pourrez le constater. Quand je deviendrai comte de Haig, j'hériterai également du château, bien sûr.

— Bien sûr, acquiesça Frances.

— Nous irons à cheval jusque chez moi lorsque nous serons chez Farraday. Seuls, si possible. Il me semble qu'il est grand temps que vous et moi apprenions à mieux nous connaître. Qu'en dites-vous, mademoiselle Wilson ?

— Certainement, acquiesça Frances en s'empourprant de plus belle. Enfin, je serai sans doute obligée d'emmener une femme de chambre ou un palefrenier.

— Certainement. Vous avez fait montre d'une certaine timidité à Vauxhall, et c'est tout à votre honneur. Des manières réservées sont une forme d'élégance chez une jeune personne, en revanche, la pruderie n'est pas de mise chez une femme du monde accomplie. Et je suis certain que vous êtes en ville depuis suffisamment longtemps pour avoir eu l'occasion de constater que les usages de la capitale ne sont pas ceux de la province.

— Euh… oui, bien sûr. Cela fait un mois que je suis en ville, monsieur. On apprend beaucoup de choses en un mois.

Il l'observa avec attention. Il ne souriait jamais, avait-elle déjà remarqué, tandis qu'un frisson la parcourait.

— J'attendrai avec impatience la partie de campagne de Farraday, dans ce cas, déclara-t-il. Je partirai pour l'étranger en juillet et j'aimerais mieux vous connaître à ce moment-là, afin d'attendre avec plus d'impatience mon retour au pays. Ou devrais-je dire mon retour à Parkland Manor ?

Émue, Frances ne sut que répondre.

Arabella dansait la deuxième valse avec M. Hubbard. Ils tourbillonnèrent pendant quelques minutes avant qu'il rompe le silence.

— Je vous dois des excuses, milady, commença-t-il, gêné.

— Mais pourquoi ?

— Il me semble que j'étais un peu… disons gris l'autre soir à Vauxhall. Enfin, je l'étais, je le sais. Pas au point de ne pas m'en souvenir. En votre présence, c'était absolument impardonnable.

— Allons donc ! Vous n'avez rien dit ni fait pour m'offenser. Je pense plutôt que vous éprouviez le besoin de vous confier à quelqu'un. J'ai été heureuse d'être cette personne et de vous écouter. Ne vous flagellez pas, je vous en prie.

— Vous êtes plus indulgente que votre mari, dit-il. Il m'a copieusement sermonné le lendemain matin pour vous avoir laissée partir seule dans les jardins. Je crois cependant qu'il s'en est voulu de vous avoir laissée sortir sans lui. Cela me réjouit de voir deux de mes amis heureux ensemble. Cela me redonne confiance dans le mariage.

Arabella se mordit les lèvres. Elle éprouvait une forte envie de se confier et de lui raconter ses déconvenues.

— Enfin, vous n'avez que faire de ces considérations hautement philosophiques sur le mariage alors que c'est votre première soirée à l'Almack's. Irez-vous à la partie de campagne de Farraday ?

— Oui, je pense. Et je viens d'avoir une idée absurde. Pensez-vous qu'il m'autoriserait à emmener George ? Il a désespérément besoin de plus d'exercice qu'il ne peut en prendre au parc. À propos, George, c'est mon chien ! pouffa-t-elle.

— Connaissant Farraday, il sera ravi, même si vous lui ameniez tout un chenil. Pourquoi ne pas le lui demander ?

— C'est ce que je vais faire.

— Je vous l'ai déjà dit ? reprit M. Hubbard, soudain tendu, après un silence. Non, bien sûr, je ne vous ai rien dit. Ma femme et mon fils sont de retour à Brighton. Quelqu'un les y a vus il y a deux jours et m'en a parlé.

— Je suis désolée, murmura Arabella, comme si elle voulait confondre leurs chagrins respectifs. Enfin, je veux dire…

— Je comprends ce que vous voulez dire. C'est moi qui suis désolé. Je ne devrais pas revenir sans cesse sur le sujet. Vous êtes trop gentille.

15

Ce printemps-là, le temps ne s'était pas montré particulièrement clément envers ceux qui aimaient les promenades et les activités extérieures pour d'autres raisons que profiter de l'air frais, faire un peu d'exercice ou le plaisir d'exhiber un nouveau chapeau. Une semaine plus tard cependant, le matin où la berline de voyage de lord Astor se mit en route pour la maison de campagne de lord Farraday, le soleil brillait dans un ciel sans nuages et la brise était suffisante pour empêcher une chaleur excessive.

Arabella consacrait toute son attention aux arbres et aux champs qui défilaient de chaque côté de la route.

— Que c'est joli ! C'est curieux comme on peut rêver de la ville la plus grande partie de sa vie pour s'apercevoir, quand on y séjourne enfin, qu'on s'y sent enfermé. C'est merveilleux d'avoir deux journées entières devant nous pour respirer l'air pur de la campagne. George va être aux anges !

— Autant que Henry, il me semble, dit lord Astor. Je ne pense pas qu'il voie d'inconvénient à voyager dans la voiture qui nous suit avec votre femme de chambre et les bagages, en revanche, il a eu l'air indigné quand je lui ai appris qu'il allait également la partager avec George.

— Oh, mon Dieu, je déteste que Henry soit fâché contre moi ! Il a une façon de vous regarder. C'est à se demander s'il n'est pas duc de sang royal.

Elle rit de bon cœur, imitée par son mari, avant de se ressaisir et de se retourner résolument vers la fenêtre.

— Pour un peu, on s'attendrait presque à découvrir Parkland au prochain tournant, remarqua rêveusement Frances. Cela ne te plairait pas, Arabella ? De revoir maman et Jemima ? Crois-tu que Jemima aura changé ? Qu'elle aura encore grandi ?

— Cela ne fait pas cinq semaines que nous sommes parties, lui rappela Arabella. Elle n'a pas dû changer tant que cela dans un si court laps de temps, voyons. Nous avons l'impression d'être parties depuis longtemps parce qu'il s'est passé tant de choses. Oh, tu ne vas pas te mettre à pleurer, quand même ? Regarde plutôt ce superbe paysage.

— Dieu que j'ai été bête de croire que je n'aurais pas vécu tant que je ne serais pas allée à Londres, que je n'aurais pas assisté à toutes les réceptions qui font la saison et rencontré les gens élégants de la haute société, alors que j'avais maman, Jemima et toi. Et Parkland. Et Théodore, gémit Frances, laissant enfin couler ses larmes.

— Ne prends pas les choses autant à cœur, murmura Arabella en venant s'asseoir près d'elle. Parkland, maman et Jemima sont toujours là, et Théodore aussi. Faire de nouvelles expériences et enrichir sa connaissance de la vie n'est jamais inutile.

— Mais Théodore va demander la main de lady Harriet, j'en suis sûre ! Et vous allez me prendre pour une ingrate, Sa Seigneurie et toi, alors que vous avez eu la gentillesse de m'emmener à Londres pour la saison, se lamenta-t-elle.

— Mais pas du tout, voyons, la rassura lord Astor. Avoir le mal du pays n'a rien d'exceptionnel, Frances. De toute façon, j'ai promis à Arabella que nous irions passer l'été à Parkland. Encore quelques semaines, et nous serons en chemin.

— Vous êtes tellement gentil, milord.

— C'est très gentil de la part de lord Farraday de nous inviter quelques jours à la campagne, n'est-ce pas ? intervint gaiement Arabella, soucieuse de changer de sujet.

Sa gaieté retomba lorsque leur hôte, après les avoir accueillis, les remit aux bons soins de la gouvernante. Elle découvrit alors que son mari et elle devaient partager la même chambre.

— Je suis désolé, Arabella, dit-il. Certes, nous aurions dû nous en douter, sachant que nous ne serions pas les seuls invités.

— En effet, murmura-t-elle en s'approchant de la fenêtre pour dissimuler son embarras.

— N'ayez crainte, je resterai sans doute très tard, pratiquement toute la nuit peut-être, à bavarder avec Farraday et Hubbard, comme chaque fois que nous nous retrouvons tous les trois.

— Ne vous sentez pas obligé de veiller à cause de moi. Je suis votre épouse.

Son ton était tellement tragique et résigné qu'il ne put retenir un sourire.

Il alla la rejoindre à la fenêtre. Celle-ci donnait sur une vaste pelouse qui s'étendait en direction du nord jusqu'à un bois apparemment très touffu.

— J'ai vécu si longtemps en ville que j'oublie parfois que la campagne nous offre tant d'espace, de beauté et de paix, dit-il. J'ai une maison dans le Norfolk, vous savez, plus petite que celle-ci, bien sûr, et que Parkland, mais la région est très agréable. Je pense qu'elle vous plairait. Je pourrai vous y emmener à la fin de l'été si vous le souhaitez.

Elle garda le silence.

— Nous pourrions donner un nouveau départ à notre mariage, reprit-il. Faire comme si le mois dernier n'avait jamais existé. Dans le Norfolk, nous serons juste tous les dcux. Nous pourrons apprendre à nous connaître. Devenir amis. Voulez-vous essayer ?

— Je ne crois pas que ce soit possible, déclara-t-elle au bout d'un moment, le regard au loin. Le mois dernier a existé et faire semblant ne nous le fera pas oublier. Il est trop tard pour recommencer. Tout a été gâché. Mais je suis votre femme, et je continuerai à faire mon devoir. Vous pouvez m'emmener où cela vous plaira, mais je ne serai jamais votre amie, milord, ni vous le mien.

Lord Astor tapota sans mot dire sur l'appui de la fenêtre, puis fit brusquement demi-tour.

— Vous avez sans doute envie de vous changer pour la garden-party. Je vous retrouverai en bas, Arabella.

— Entendu.

Quand elle descendit, Frances trouva Théodore sur la terrasse, en grande conversation avec lord Farraday et lord Astor. Elle leva bien haut l'ombrelle jaune qui complétait sa robe bleu pâle tel le soleil au milieu des cieux et les trois messieurs s'inclinèrent pour la saluer. Théodore quitta le groupe pour lui offrir son bras.

— Vous êtes ravissante, Frances, comme toujours. Que diriez-vous de faire quelques pas sur la pelouse ?

— Avec plaisir, Théodore.

Prenant le bras qu'il lui offrait, elle fit coquettement tournoyer son ombrelle.

— Tout cela soutient-il la comparaison avec les plaisirs de la ville ? s'enquit-il en désignant la pelouse impeccablement tondue et les massifs de fleurs qui la bordaient. Avez-vous jamais le mal du pays ?

— Je n'ai pas vraiment le temps de penser à la maison ! avoua-t-elle en riant. Nous devons choisir entre tellement d'invitations chaque jour que Dieu fait.

— Je le crois volontiers. Deux femmes aussi charmantes ne peuvent qu'être très demandées. Bella est devenue une petite beauté avec ses cheveux courts et ses nouvelles robes. Est-ce Astor qui a eu le bon goût de proscrire les volants et les fanfreluches qui lui donnaient l'air d'une enfant qui a grandi trop vite ?

— Ne dites pas de mal de Bella ! C'est la sœur la plus gentille, la plus attentionnée, la plus désintéressée qu'on puisse trouver.

— C'est certain. Disons juste qu'elle manquait de goût. Allons, vous n'allez pas vous mettre à pleurer, Frances ? Il n'y a vraiment pas de quoi, je vous assure. J'admire suffisamment Bella, moi aussi, pour avoir envie d'en faire ma sœur.

— Vous avez toujours été dépourvu de sensibilité, lui reprocha Frances, laissant déborder ses larmes. Sans doute parce que vous avez été soldat pendant des années.

— Et c'est heureux. Si nous nous transformions en fontaine tous les deux, cela n'irait pas du tout. Il faut bien que l'un de nous garde un peu de bon sens.

— Je ne vous demande pas de pleurer tout le temps, s'écria Frances en sortant son mouchoir pour se tamponner les yeux. Ce ne scrait pas très viril. Mais vous pourriez au moins faire preuve d'un peu de mansuétude. Vous ne cessez de vous moquer de ma trop grande sensibilité.

— Vous êtes injuste. Je me souviens de vous avoir prise dans mes bras pour vous consoler alors que vous pleuriez sur un oiseau mort que nous avions trouvé au pied d'une haie. J'ai même déposé un baiser sur vos cheveux, et j'ai reçu une gifle vigoureuse en récompense de ma mansuétude !

— Seigneur, je me demande pourquoi j'essaie toujours d'avoir des conversations sensées avec vous, Théodore ! s'emporta-t-elle.

— Vous faites effectivement preuve de raison. Dites-moi, est-ce que sir John Charlton vous témoigne davantage de mansuétude ?

— Il m'apprécie, lui !

— Oh, je n'en doute pas ! Ne l'épousez pas, Frances, vous seriez malheureuse. Vous avez besoin de quelqu'un qui soit moins amoureux de lui-même et plus digne de confiance. Moi, par exemple.

— Sir John n'est pas amoureux de lui-même, le rabroua Frances. C'est une demande en mariage, Théodore ?

— Certainement pas. Si je vous demandais votre main maintenant, je me verrais probablement renvoyé comme un malpropre. Je suis allé à la guerre, voyez-vous, et… Mais regagnons la maison, il commence à y avoir du monde sur la terrasse. Ah, j'aperçois lady Harriet Meeker ! Il faut que j'aille la saluer. Je vois que Bella aussi est descendue.

— Vous êtes pressé d'aller lui demander sa main, j'imagine, grinça Frances, jouant avec tant de hargne de son ombrelle qu'elle faillit se retourner.

— À Bella ? Elle est déjà mariée, voyons !

— Vous savez très bien que je parlais de lady Harriet !

— Lady Harriet ? Mais c'est impossible, elle est fiancée ! Vous l'ignoriez ? enchaîna-t-il, feignant la surprise. À un comte qui préfère les landes du Yorkshire à l'agitation de la capitale. Elle ne parle pratiquement que de lui – avec moi en tout cas. Même si elle avait été libre, je ne sais pas si je lui aurais demandé sa main. J'ai d'autres idées en tête.

— Oh !

Frances attendit une déclaration qui ne vint pas.

Théodore la raccompagna sans mot dire jusqu'à la terrasse, où ils se séparèrent.

— Votre chien a pris ses quartiers au chenil, annonça lord Farraday à Arabella lorsqu'elle les rejoignit, M. Hubbard et lui. Mon pauvre palefrenier a cru devenir sourd après l'accueil enthousiaste que mes chiens lui ont réservé. On lui fera prendre un peu d'exercice ce soir. Si vous voulez l'emmener faire une promenade plus longue, n'hésitez pas !

— Je vous suis vraiment très reconnaissante. J'espère que vous n'avez pas mal pris ma demande de l'emmener. Si c'est le cas, vous devez vous en prendre à M. Hubbard autant qu'à moi. Il m'a assuré que vous n'y verriez pas d'inconvénient.

— Farraday est toujours entouré de tellement de chiens, de chats et de femmes qu'un de plus ne fera pas une grande différence, s'amusa M. Hubbard.

— Ma foi, venez donc faire la connaissance de l'une de ces femmes, suggéra lord Farraday. Vous n'avez pas encore rencontré ma mère, lady Astor ?

— Je vais aller la saluer, moi aussi, décréta M. Hubbard.

Accompagnée des deux hommes, Arabella descendit sur la pelouse. Très vite, comme d'autres invités arrivaient et réclamaient l'attention de leur hôte et de sa mère, elle se retrouva seule avec M. Hubbard.

— J'aimerais vous montrer quelque chose, proposa ce dernier. Voulez-vous m'attendre pendant que je vais le chercher ?

— Volontiers. Je vais aller humer le parfum des roses.

Lorsque M. Hubbard se fut éloigné en direction de la maison, lord Astor rejoignit Arabella.

— Vous êtes seule ? s'enquit-il. Voulez-vous une limonade ou quelque chose à manger ?

— Je vous remercie. Je n'ai ni faim ni soif. En fait, j'attends M. Hubbard.

— Vraiment ? Votre ami Lincoln est là également. Vous l'avez vu ?

— Oui, sourit Arabella. Il est avec Mlle Pope. Je suis tellement heureuse !

— Mlle Pope a quelque chose de particulier ? voulut savoir son mari.

— M. Lincoln semble le penser. Il n'osait pas lui faire la cour au début de la saison. À cause de sa jambe. Je me suis efforcée de le convaincre que cela n'avait pas la moindre importance.

— Ainsi, vous avez joué les marieuses, dit-il. Vous avez bon cœur, Arabella. Avez-vous aussi trouvé quelqu'un pour votre grand dadais ?

— Je suppose que vous faites allusion à M. Browning. Il n'a montré de faible pour aucune jeune fille, milord. Il a d'abord besoin de s'affirmer en tant qu'homme, je pense. Il fait si jeune ! Cela dit, je comprends ce qu'il éprouve. Je lui ai conseillé de se mettre à la boxe, et je lui ai dit que vous seriez peut-être prêt à le parrainer et à jouer le rôle de sparring-partner de temps en temps, mais il est bien trop timide pour donner suite à ma suggestion.

— Cela me paraît pourtant une idée pleine de bon sens, acquiesça lord Astor. Il faudra que je lui dise deux mots. Je ne le mettrai pas dans l'embarras, ne vous inquiétez pas. Je laisserai entendre que l'idée vient de moi.

— Je vous remercie, milord.

Hubbard revint et tous trois bavardèrent de choses et d'autres durant quelques minutes jusqu'à ce que lord Astor s'excuse et aille rejoindre un autre groupe.

— J'aurais pu le montrer aussi à Astor, mais j'ai eu peur qu'il me trouve ridiculement sentimental. Ce sera peut-être votre avis à vous aussi, madame. Je me demande pourquoi je vous ennuie sans cesse avec tous mes tracas. Je n'éprouve jamais ce besoin avec les autres dames, vous savez.

— J'en suis flattée ! Et, bien entendu, ma curiosité n'en est que plus grande.

— Que diriez-vous d'aller dans la roseraie ? J'aperçois un banc là-bas.

Une fois assis sur le banc, il tira de sa poche un petit paquet qu'il défit soigneusement avant de le tendre à Arabella.

— Oh, c'est votre fils ? Quel bel enfant ! Le portrait est-il très ressemblant ?

— Il a été peint un mois à peine avant leur départ. Et, oui, il est très ressemblant, même s'il a l'air angélique, alors qu'il n'arrêtait pas de faire des bêtises.

— Comme il doit vous manquer, murmura Arabella, la gorge nouée.

— Je ne vous ai pas dit toute la vérité, reprit-il, changeant brusquement de sujet. Je vous ai dit que quelqu'un m'avait raconté les avoir vus à Brighton. Ce n'est pas tout à fait exact. En fait, c'est Sonia elle-même qui m'a écrit.

Il afficha un curieux sourire en coin lorsqu'il lui reprit le portrait et l'enveloppa avec soin.

— Elle est malheureuse. Elle voudrait revenir. Vous vous rendez compte ? Après ce scandale, elle s'imagine que je vais la reprendre ! Non, elle ne se l'imagine pas, elle me le demande.

— Que comptez-vous faire ?

— Je ne peux tout de même pas lui pardonner, n'est-ce pas ? Certaines choses ne peuvent pas s'oublier, et ce qu'elle a fait est impardonnable.

— C'est vrai, concéda tristement Arabella. Et votre fils ?

— Elle veut qu'il revienne vivre avec moi, quelle que soit ma décision – afin qu'il ait une existence décente –, mais je ne peux pas l'enlever à sa mère. Cela la tuerait. Elle l'aime profondément, voyez-vous.

Ils observèrent un silence pensif jusqu'à ce que Hubbard se lève soudain.

— Nous sommes à une garden-party, milady, je vous présente toutes mes excuses. Je tenais à vous montrer à quel point je suis fier de mon fils, mais je ne voulais pas vous attrister, ni devenir un compagnon morose pour nos amis. Que diriez-vous d'un rafraîchissement ? Le soleil donne soif, non ?

Il offrit son bras à Arabella et l'escorta jusqu'aux tables couvertes de boissons et de friandises de toutes sortes.

— Je vois que lady Berry est arrivée, dit Arabella en faisant signe à la tante de son mari. Il faut que j'aille la saluer. Merci de m'avoir montré cette miniature. C'est sans doute l'un de vos trésors les plus précieux.

Accoudé à la balustrade de pierre de la terrasse, lord Astor admirait le parc qui scintillait sous la lune. L'air était délicieusement frais après la chaleur du salon, où les invités venaient de terminer un jeu de charades. Son équipe, sous la houlette de lady Harriet Meeker, avait été battue à plate couture par celle de Frances, en dépit de la présence dans leurs rangs de Farraday, qui était un acteur-né. Frances avait sir Théodore Perrot, lui aussi extrêmement expressif.

Il avait remarqué sa belle-sœur, qui se promenait sur la terrasse avec sir John Charlton, ainsi que d'autres invités également venus profiter de la fraîcheur vespérale. Lord Astor s'interrogeait sur Charlton. Depuis un mois, ce dernier se montrait plein d'attentions envers Frances. Envisageait-il de lui demander sa main ? Sans trop savoir pourquoi, Astor en doutait. Cet homme semblait particulièrement imbu de lui-même et il était peu probable que, le jour où il déciderait de convoler, il choisisse une jeune fille telle que Frances. Elle était certes fort jolie, mais elle n'avait ni alliance prestigieuse ni dot importante à lui apporter.

Serait-elle déçue ? Arabella devrait-elle endurer ses larmes et ses lamentations au cours des trois jours de voyage jusqu'à Parkland ? Si elle avait deux sous de bon sens, Frances se jetterait sur Perrot et s'accrocherait à lui pour la vie. Il était visiblement fou d'elle, malgré son intérêt apparent pour lady Harriet. Lady Harriet n'était-elle pas déjà promise, de toute façon ? Il lui semblait avoir entendu dire que Ravenscourt l'avait amenée à Londres pour qu'elle y fasse ses débuts, mais qu'elle était censée retourner dans le Yorkshire pour ses fiançailles.

Lord Astor mourait d'envie d'aller se promener dans la roseraie, quoique pas seul. Il voulait Arabella à ses côtés. Elle l'accompagnerait sans doute s'il le lui demandait. Non, pas sans doute, certainement. Elle considérerait son invitation comme un ordre, et la magie du clair de lune et du parfum des roses serait irrémédiablement gâchée par la distance qu'elle mettrait entre eux.

Il l'avait laissée dans le salon en grande conversation avec Lincoln, Mlle Pope, Hubbard, sa tante, la mère de Farraday et une ou deux autres personnes. S'il s'était joint à eux, elle aurait aussitôt cessé de rire et de parler, comme cet après-midi lorsqu'il les avait rejoints, Hubbard et elle.

Il n'avait pas tardé à les laisser. Pour un peu, il aurait eu l'impression d'avoir interrompu un tête-à-tête amoureux. Et quand il s'était retourné, ils avaient disparu dans la roseraie.

Il savait très bien qu'il n'y avait rien d'équivoque entre eux. Hubbard soupirait toujours après sa Sonia, et lui-même ne doutait pas de la fidélité d'Arabella, mais il n'en pouvait plus de… De quoi ? Était-il jaloux de Hubbard, de Farraday, de Lincoln et même du grand dadais – Browning ?

Pourquoi serait-il jaloux ? Qu'attendait-il d'Arabella ? Des sourires et l'amitié dont elle était prodigue lorsqu'il s'agissait des hommes de son entourage ? Si elle le traitait de la même façon, s'en contenterait-il ?

Il médita cette idée. Il avait envie de faire l'amour à Arabella. Ou plutôt, il avait envie de faire l'amour avec Arabella. Ce qu'il voulait, c'était son amour.

Désirait-il vraiment qu'elle l'aime d'amour ? Qu'elle l'aime ou non, quelle différence cela ferait-il ? À moins qu'il ne l'aime d'amour, lui aussi…

Il ne l'aimait pas. Cette possibilité était tout simplement absurde. Elle n'était rien d'autre que la petite Arabella, la fille sans attrait particulier de son prédécesseur, une addition dans sa vie qui lui causait des soucis sans fin. Une femme qui désirait son âme.

Il ne l'aimait pas, bien sûr. S'il avait envie de faire l'amour avec elle, c'était parce que cela faisait deux semaines qu'il n'avait pas eu de femme.

C'était aussi simple que cela. Il s'agissait d'un besoin purement physiologique.

L'heure d'aller se coucher approchait et ils devaient partager la même chambre. Pour la première fois depuis leur mariage, ils partageraient le même lit. Et il ne devrait pas la toucher. Aussi longtemps qu'elle se montrerait hostile avec lui, il ne la toucherait pas. Cela ressemblerait trop à un viol, même si elle était sa femme.

Lord Astor se détacha de la balustrade pour rentrer dans la maison. Il allait voir si Hubbard ou Farraday étaient d'accord pour une partie de billard une fois que la plupart des invités se seraient retirés pour la nuit.

— L'air de la campagne et le parfum des roses me rappellent la maison, avoua Frances à sir John Charlton en s'engageant sur la pelouse en direction des écuries, à l'ouest de la maison.

— Nous pourrions nous rapprocher de la roseraie. Je glisserai une fleur dans vos cheveux, au risque de me piquer le doigt et de mécontenter ma manucure, mais je devrais y arriver.

— La roseraie est trop loin et trop peu éclairée, répliqua Frances. Nous ferions mieux de rentrer.

— Un mois en ville n'a pas suffi à vous apprendre comment va le monde ? Quelle prude, mademoiselle Wilson ! Allons, prouvez-moi que vous n'êtes pas tout à fait une petite provinciale.

Il la saisit par la taille et la plaqua contre lui. Effarée, Frances n'eut pas le temps de le repousser ni de se soustraire à son baiser. Interdite, elle resta paralysée de dégoût, sa bouche humide ouverte sur la sienne.

— Nous irons chez moi demain, déclara-t-il lorsqu'il releva enfin la tête. Je constate que vous apprenez vite, finalement.

— Je ne pense pas. J'ignore ce que j'ai pu faire pour vous donner l'impression que vous pouviez prendre des libertés avec moi, monsieur !

— Vous pleurez ? se récria sir John, abasourdi. Au fond, vous êtes une créature innocente. Je ne me doutais pas qu'un baiser pouvait faire tant d'effet à une dame à la sensibilité aussi exacerbée. Je me le rappellerai la prochaine fois. Allons, je vous ramène au salon, conclut-il en lui présentant son bras. La roseraie attendra.

— Merci, monsieur, souffla Frances.

16

Une fois en chemise de nuit et les cheveux brossés, Arabella renvoya sa femme de chambre et se mit à faire les cent pas entre le lit et la fenêtre. Viendrait-il bientôt ou veillerait-il la plus grande partie de la nuit comme il le lui avait à demi promis ?

Soudain, le lit à baldaquin, avec son ciel de lit et ses lourdes tentures de velours, lui paraissait extrêmement étroit. Son mari et elle allaient devoir le partager. Cela faisait plus de quinze jours qu'ils n'avaient pas eu de relations conjugales. Et jamais encore ils n'avaient passé toute une nuit ensemble.

Grimper dans ce lit et s'assoupir lui paraissait impossible. Elle serait incapable de fermer l'œil et aussi raide qu'un bout de bois.

Elle finit par s'installer du côté le plus éloigné de la fenêtre, puis se demanda si elle ne ferait pas mieux de choisir l'autre. Lequel préférerait-il ? Elle resta là où elle était, aussi près du bord que possible.

Elle ferma les yeux pour les rouvrir aussitôt. Les chandelles brûlaient toujours. Devait-elle les laisser se consumer ou les éteindre ? Elle sauta à bas du lit, les souffla en hâte, et courut pratiquement se remettre au lit. Se recroqueviller sous les couvertures lui semblait beaucoup plus sûr que d'être debout au milieu de la pièce.

Elle s'efforça de se détendre en pensant à des choses agréables : les conversations qu'elle avait eues dans le parc au cours de l'après-midi, les échanges avec ses voisins de table pendant le dîner, les fous rires lors de la partie de charades, où elle avait fait piètre figure, et les bons moments ensuite. Elle fit de son mieux pour ne pas penser à l'épreuve qui l'attendait.

Cet après-midi, son mari avait tenté d'aplanir leur différend. Il lui avait suggéré de laisser derrière eux leur premier mois de mariage, d'essayer de devenir amis et de prendre un nouveau départ. Il voulait l'emmener dans sa maison du Norfolk pour prendre le temps de faire connaissance.

Et elle l'avait repoussé. Elle lui avait signifié que le passé ne passerait jamais et qu'il n'y avait aucun moyen de rendre leur union agréable.

Et elle avait eu raison, n'est-ce pas ? Même s'il regrettait ce qu'il avait fait – ce qu'il ne lui avait jamais dit clairement –, comment pourrait-elle lui faire de nouveau confiance ? S'il avait eu besoin d'une maîtresse lorsqu'il l'avait épousée, pourquoi ce besoin ne se ferait-il pas sentir de nouveau ? Après tout, elle n'avait pas de qualités particulières, ni physiques ni intellectuelles, susceptibles de l'attirer durablement.

Comment pourrait-elle oublier ? Comment pourrait-elle devenir son amie ? Un ami était une personne en qui on pouvait avoir confiance.

C'était elle qui avait raison. Il était trop tard.

Elle n'avait aucune envie d'avoir raison, cependant. Elle avait envie de lui faire confiance et de l'admirer comme aux premiers temps de leur mariage. Elle avait envie de se reposer sur lui comme une épouse devait pouvoir le faire sur son mari. Elle avait envie de lui obéir par choix et pas uniquement parce que les vœux qu'elle avait prononcés le jour de leurs noces le lui commandaient.

Elle avait envie...

Elle ne savait pas ce qu'elle voulait vraiment, mais elle savait que si elle ne parvenait pas à penser à autre chose, elle allait fondre en larmes.

Or, elle ne voulait pas pleurer. Si elle se mettait à pleurer, elle aurait le nez bouché, elle serait obligée de respirer par la bouche, et elle ronflerait lorsqu'elle s'endormirait. Si tant est qu'elle parvienne à s'endormir. Quelle humiliation ce serait !

Beaucoup plus tard, incapable de trouver le sommeil, lord Astor regardait sa femme qui, le dos tourné, était recroquevillée de l'autre côté du lit, si près du bord qu'il craignait qu'elle ne tombe. Elle semblait dormir profondément. Pour résister à l'envie de la toucher, il avait croisé les mains sous la tête. La tentation était tellement forte... Dans cette position, elle avait l'air d'une enfant, mais c'était une femme, il le savait pertinemment. Et cela faisait deux semaines qu'il ne l'avait pas touchée.

Elle se retourna abruptement en se tortillant pour trouver une position plus confortable, enfouit le nez dans l'oreiller et remonta le drap jusqu'à son menton. Ses cheveux bouclés effleurèrent le bras de lord Astor, qui sourit dans l'obscurité.

Tout à coup, il sut qu'elle était réveillée. Il avait perçu une immobilité, une raideur soudaine. Elle ouvrit les yeux et le regarda sans bouger un long moment. La fenêtre était dans le dos de Geoffrey, et il comprit qu'elle ne voyait pas qu'il avait les yeux ouverts.

— Bonjour, Belle au bois dormant.

— Je dormais, dit-elle, visiblement surprise.

— Vous pensiez que vous ne pourriez pas dormir ? Parce que j'allais venir ?

— Oui.

— Arabella, je ne suis pas tout à fait un monstre, vous savez. Je suis un homme, le même homme que celui en qui vous aviez confiance il y a encore quelques semaines. La seule différence, c'est qu'à ce moment-là je vous étais infidèle, tandis qu'aujourd'hui, je vous suis fidèle, murmura-t-il en lui effleurant la joue.

À sa grande surprise, elle posa sa main sur la sienne, la plaqua contre sa joue avant de tourner la tête pour y presser les lèvres.

— Arabella, laissez-moi vous faire l'amour, implora-t-il en couvrant de baisers fébriles son front, sa joue, ses lèvres. Ne me rejetez pas. Et ne me cédez pas par devoir. Aimez-moi. Je vous en prie, aimez-moi, Arabella !

Ses lèvres parcoururent le visage de la jeune femme, jusqu'à ce qu'elle encadre sa tête de ses mains et lui offre sa bouche. Elle frissonna lorsque son baiser se fit plus insistant. Il la prit par les épaules pour attirer contre lui son petit corps si doux. De la langue, il agaça sa bouche jusqu'à ce qu'elle s'ouvre à lui. Elle se fit plus ardente entre ses bras.

Arabella était perdue. Elle était encore tout ensommeillée, elle était sans défense. Et maintenant, il était trop tard pour résister. Interrompre ce qui venait de commencer était tout bonnement impossible. Les bras de son mari l'enlaçaient, l'étreignaient, sa bouche couvrait la sienne, sa langue se mêlait à la sienne, éveillant en elle un désir impérieux qui annihilait toute pensée. Elle le désirait. Elle le désirait de tout son être. Tout de suite. Elle ne pouvait ni se retenir ni attendre.

— Oui, oh, oui ! haleta-t-elle lorsque la bouche de son mari quitta la sienne pour tracer un chemin de feu sur sa gorge. Oui, aime-moi. Je t'en prie, aime-moi !

Voilà qu'elle l'aidait à déboutonner sa chemise de nuit, qu'elle l'incitait à se presser, que ses mains devenaient plus fébriles que les siennes. Elle frissonna quand ses mains vigoureuses firent glisser la fine batiste de ses épaules avant de revenir sur ses seins pour les pétrir avec une douceur fiévreuse, pour en agacer les pointes et les faire durcir, lui arrachant un gémissement.

— Arabella, mon ange, tu es si belle..., souffla-t-il avant de déposer une pluie de baisers sur ses yeux, sa bouche, sa gorge, ses seins.

De nouveau, elle gémit lorsqu'il taquina l'un de ses seins de la langue.

Ils étaient nus tous les deux, à présent. Émerveillée, pantelante de désir, elle caressait son torse et ses épaules musclés tandis qu'il la préparait à le recevoir.

— Fais-moi l'amour, implora-t-elle contre sa bouche.

Quand il la pénétra, elle ne reconnut pas le plaisir tranquille qu'elle avait pris l'habitude d'attendre lors de leurs rapports précédents. Cette fois, elle était incapable d'analyser ce qu'il lui faisait et ce qu'elle ressentait. Elle ne connaissait plus que le besoin impérieux de le sentir plonger en elle, de plus en plus profondément, de plus en plus vigoureusement, et d'apaiser le désir ardent qui la consumait.

Elle allait jouir, il le sentait. Il avait pris appui sur ses bras pour la délester de son poids, mais il la sentait vibrer d'une passion qu'il n'aurait jamais soupçonnée chez elle.

Depuis qu'il l'avait sentie s'échauffer, il avait soigneusement calculé chacun de ses gestes. Tout ce qu'il faisait, il le faisait pour Arabella, pour qu'elle perçoive le pouvoir de son amour, pour qu'elle connaisse la volupté, pour la voir heureuse entre ses bras. Sa satisfaction à lui ne comptait pas. Seule comptait celle d'Arabella. Il *faisait* l'amour, ce qui n'avait jamais été le cas auparavant. Il lui donnait tout ce qu'il avait à donner.

Il se donnait à elle.

Et cependant – étrange récompense d'un amour seulement reconnu par le cœur, mais pas encore par l'esprit –, lorsqu'il la sentit jouir, il sut qu'il allait la rejoindre. Il sut qu'ils allaient connaître le plus rare des bonheurs de l'amour charnel. Ils allaient partager la même extase.

Quand cela arriva, lord Astor tenait les mains de sa femme, leurs doigts enlacés, et il avait le visage enfoui dans sa chevelure.

— Geoffrey ? chuchota-t-elle, surprise.

Elle s'agrippa à lui pour crier son plaisir contre son épaule avant de se détendre dans un long frisson. Avec un profond soupir, il se laissa aller sur elle et la rejoignit au-delà de la passion, au-delà de tout.

Lorsqu'elle ouvrit les yeux, Arabella devina qu'il était tard. Très tard. Elle avait prévu de se lever tôt pour emmener George en promenade avant que tout le monde se lève, mais elle ne s'était pas réveillée.

Elle tourna la tête lorsque la mémoire lui revint, mais elle était seule. Elle avait dû dormir très profondément, car elle n'avait pas entendu son mari se lever et s'habiller. Il avait beau être parti, elle rougit en s'étirant, consciente de sa nudité.

Qu'avait-elle fait ? Elle s'était laissée aller à la débauche la plus éhontée, elle avait perdu tout sens commun et toute moralité, et s'était abandonnée au désir physique. Comment allait-elle réussir à convaincre son mari – et elle-même – que seules les lois des hommes, de l'Église et du devoir la liaient à lui ? Et lorsque la nouveauté aurait perdu de son attrait et qu'il se tournerait vers une courtisane plus expérimentée, quelles défenses lui resterait-il ?

Elle ne pouvait même pas le blâmer puisque c'était elle qui avait commencé. Il lui avait parlé et l'avait touchée le premier, certes, mais c'était elle qui avait appuyé sa main sur sa joue et qui avait embrassé sa paume. Et elle l'avait accompagné avec enthousiasme dans tout ce qui avait suivi. Elle se souvenait de l'avoir supplié de lui faire l'amour !

Elle aurait pu prétendre qu'elle était mal réveillée quand il l'avait touchée et que lorsqu'elle avait retrouvé sa pleine conscience elle était déjà tellement excitée qu'il était trop tard pour résister. Sauf qu'elle ne pouvait lui opposer cette excuse lorsqu'ils s'étaient unis pour la seconde fois. Elle était parfaitement réveillée quand elle avait détaillé son beau profil dans la lumière grisâtre de l'aube, qu'elle avait caressé son torse longtemps avant qu'il ouvre les yeux et lui sourie, encore tout ensommeillé. Et c'était elle qui s'était pressée contre lui et lui avait offert ses lèvres.

Elle savait ce qu'elle faisait et avec qui. Elle s'était abandonnée à ses caresses, elle l'avait laissé la déposer à califourchon sur lui. Elle avait pris appui sur ses épaules tandis qu'il la pénétrait avec énergie et ne l'avait pas quitté jusqu'à la fin, quand elle s'était laissée aller sur sa poitrine, qu'elle avait pris tout ce qu'il avait à donner et qu'elle s'était donnée tout entière en retour.

Elle avait eu pleinement conscience qu'il s'agissait de Geoffrey, son époux infidèle, et elle s'en était éperdument moquée. Jusqu'à ce qu'il roule sur le côté pour l'embrasser avec ardeur de longues minutes plus tard. Les moments de passion étaient passés et elle avait eu envie de pleurer. Elle avait compris à quel point elle était devenue vulnérable, elle avait compris qu'elle lui avait donné l'immense pouvoir de la faire souffrir. Elle s'était abandonnée à son amour, elle s'était ouverte à lui et lui avait donné tout ce qu'elle avait à donner. Pas uniquement son corps, elle s'était donnée tout entière, de toute son âme. Et maintenant, elle ne pourrait plus jamais se draper dans la conviction qu'elle s'en moquait, qu'elle pouvait se bâtir une vie satisfaisante indépendamment de son mari.

Elle s'était tournée de l'autre côté et s'était attachée, physiquement et intellectuellement, à ne pas pleurer. Elle s'était raidie de tout son corps lorsqu'il avait gentiment repoussé les cheveux qui lui tombaient devant le visage.

— Est-ce que nous sommes amis, Arabella ? Suis-je pardonné ?

Ellc avait été incapable de répondre.

— Qu'y a-t-il ? Vous pleurez ?

Elle s'était mordu la lèvre pour étouffer les sanglots qui lui montaient à la gorge.

— Cela ne fait aucune différence, alors ? Je suis toujours le mari infidèle qui doit se traîner à vos pieds ? Et même dans ce cas, je ne serai jamais pardonné, c'est cela ? Vous ne me ferez jamais confiance ? Et vous ne me laisserez jamais oublier ?

Il s'était détourné et elle avait eu la conscience aiguë de sa présence derrière elle tandis qu'elle essayait de contenir ses larmes en se disant qu'elle ferait aussi bien de se lever et d'aller promener George même si les palefreniers dormaient sans doute encore. Elle ne pourrait pas fermer l'œil, de toute façon.

Mais elle avait dormi. Profondément même. Et maintenant, elle regrettait son relâchement moral de la nuit. Et elle se posait une foule de questions sur les merveilles de la passion charnelle. Et surtout, elle ne savait plus où elle en était.

Elle rejeta les draps, rougit de nouveau de sa nudité et de ce qu'elle lui rappelait de la nuit précédente, enfila sa chemise de nuit et sonna sa femme de chambre.

Lord Astor était parti à cheval avec lord Farraday et un groupe de gentlemen. Leur hôte voulait leur montrer une partie du domaine récemment asséchée et ensemencée pour la première fois ce printemps.

— Où est donc Hubbard ? s'enquit lord Astor.

— Il va rentrer à Londres, répondit lord Farraday. Je comprends d'autant moins pourquoi il avait l'intention de rester ici jusqu'à demain. Cet homme est étrange. Cela dit, on le comprend mieux quand on se rappelle tout ce qu'il a enduré l'année dernière.

— En effet. Arabella est devenue très amie avec lui. Elle adore les canards boiteux ! J'espère qu'elle ne lui a rien dit qui l'ait froissé.

— Cela m'étonnerait. Elle est adorable, Astor. Comment as-tu fait pour avoir autant de chance ? Elle n'a pas de sœur ? À part la beauté blonde, je veux dire ?

— Il y a bien Jemima, mais elle a quinze ans et elle est plate comme une limande. Et c'est une gredine qui ne fait que des bêtises. Elle a les cheveux rouges… Rien que d'imaginer à quoi ressembleraient vos enfants, j'en ai des frissons. Veux-tu que je t'arrange un rendez-vous ?

— Non, merci. J'avais plutôt en tête quelqu'un comme lady Astor. Elle est toujours enjouée – pas vraiment le genre à martyriser un homme ! Rentrer la retrouver doit être un plaisir. Ma mère m'amène sans cesse des partis enviables, toujours des femmes de caractère. Elles me passeraient une laisse autour du cou avant d'avoir quitté l'église.

Lord Astor s'esclaffa, mais se garda de faire le moindre commentaire.

— Tiens, voici Charlton ! s'exclama lord Farraday qui plissa les yeux et indiqua un phaéton sur la route, assez loin devant. Il doit se rendre chez lui. Qui peut bien l'accompagner ?

— Une dame, répondit lord Astor, la main en visière. Je parie que c'est la sœur d'Arabella. Et je ne vois ni femme de chambre ni valet. Quelle écervelée ! Elle n'a rien à faire seule avec lui.

— S'il l'emmène chez lui, l'un de nous ferait bien de les suivre. Charlton est un drôle de type. Il a une très haute opinion de lui-même, et séduire des jeunes personnes qu'il ne devrait pas séduire ne lui fait pas peur. C'est déjà arrivé... Mlle Wilson ne m'a pas frappé par sa force de caractère, si je puis me permettre.

— Bon sang ! J'y vais sur-le-champ, gronda lord Astor. Je vais régler ça moi-même.

Il partit au trot en s'efforçant de ne pas attirer l'attention des leurs compagnons. D'autres terrains marécageux longeaient les champs asséchés et il devait en faire le tour pour rejoindre le phaéton.

Frances était sous sa responsabilité, et il aurait dû se montrer plus attentif, se reprocha-t-il une fois de plus. La jeune fille avait remporté beaucoup de succès dans la bonne société et elle ne manquait ni d'amis ni d'admirateurs. Ses relations avec Charlton lui avaient paru convenables, et même souhaitables, mais elles duraient depuis suffisamment longtemps et il aurait dû s'enquérir de ses intentions.

Il ingnorait alors ce qu'il savait à présent, bien sûr, et il regrettait que Farraday ne l'ait pas mis en garde plus tôt. Charlton était superficiel et imbu de lui-même, cela se voyait d'emblée, et il était peu probable qu'il ait des projets sérieux s'agissant de Frances. Ce qui l'attirait chez elle, c'était de toute évidence sa beauté.

Et voilà qu'il l'emmenait chez lui, sans chaperon ! Qu'est-ce qui avait bien pu pousser la jeune fille à accepter de l'accompagner ? Elle n'avait donc pas compris qu'il l'emmenait là-bas pour la séduire, peut-être même pire ? Lord Astor n'avait pas une très haute opinion de la force de caractère de sa belle-sœur, mais il la croyait sérieuse. Elle ne se laisserait pas séduire sans résister. Son seul espoir était qu'elle noie Charlton sous les larmes…

Comment consoler Arabella si sa sœur était déshonorée ? Elle ne serait pas la victime principale, certes, mais son chagrin serait son principal souci, à lui.

Il voulait le bonheur d'Arabella.

C'était désormais son but dans la vie, il ne l'avait compris que très récemment. Elle méritait d'être heureuse, ne serait-ce que parce qu'elle faisait toujours passer le bonheur des autres avant le sien. Si elle s'était proposée de l'épouser – ou d'épouser son père, croyait-elle –, c'était pour assurer la sécurité et le bonheur de sa famille, il en était certain. Elle avait éprouvé de la compassion pour la plupart des gens avec qui elle était devenue amie et avait tenté de les aider.

Elle méritait d'être heureuse, elle aussi. Son cœur le lui avait fait comprendre la nuit passée, lorsqu'il avait réalisé qu'il lui faisait l'amour sans se soucier de son propre plaisir. Quelle ironie qu'il ait éprouvé plus de plaisir avec elle qu'avec n'importe quelle autre femme avant elle. Il avait voulu qu'Arabella connaisse l'ivresse du plaisir charnel, et il avait partagé celui-ci avec elle.

Au matin, il l'avait contemplée longuement alors qu'elle était pelotonnée contre lui, la tête posée sur sa main, les joues roses, la bouche entrouverte.

Il en était venu à la chérir sans même s'en rendre compte. Cela faisait plus d'un mois qu'elle était sa femme, mais il avait mis du temps à s'apercevoir que leur relation avait transformé sa vie. Et il avait mis plus de temps encore à admettre qu'elle était l'épouse de son cœur. Il avait combattu cette vérité de toutes ses forces parce qu'à ses yeux l'amour n'était qu'un piège, une prison destinée à empêcher un homme de profiter de la vie.

Il le savait désormais, Arabella lui était beaucoup plus précieuse que tout ce qu'il avait jamais considéré comme important dans la vie. À présent, profiter de la vie signifiait se consacrer au bonheur d'Arabella – et pas uniquement à son plaisir physique. Il voulait inonder sa vie entière de joie et d'amour. Sauf qu'il manquait d'expérience dans ce domaine. Jusqu'ici, son existence avait été centrée sur lui-même, il ne s'était jamais préoccupé de rendre qui que ce soit heureux.

Il allait présenter ses excuses à sa femme, s'agenouiller à ses pieds, ramper s'il le fallait. Pourrait-elle jamais lui pardonner ? Regrettait-il vraiment ce qu'il avait fait ? Regrettait-il autant la cause que les conséquences ?

Il rejoignit enfin la route et prit la direction qu'avait empruntée le phaéton quelques minutes plus tôt. S'il n'était pas en vue, il ne devait pas être bien loin. Charlton n'aurait pas le temps de pousser son entreprise de séduction jusqu'au point de non-retour…

Frances avait été inhabituellement matinale. La femme de chambre de Bella avait oublié de fermer la fenêtre la veille au soir, et l'air frais l'avait réveillée. Elle avait été étonnée de ne trouver ni sa sœur ni aucun de ses amis les plus proches dans la salle à manger. Peu d'invités prenaient leur petit déjeuner, en fait, car un groupe de messieurs était déjà parti en promenade.

Elle alla prendre l'air devant la maison en attendant que quelqu'un descende lui tenir compagnie. Il faisait bon et elle se dit qu'elle devrait se lever tôt plus souvent.

— Mademoiselle Wilson, vous êtes bien matinale aujourd'hui, lança sir John Charlton en la rejoignant.

— Bonjour, monsieur Charlton. Je croyais que tous les messieurs étaient partis.

— Je suis allé chez moi chercher mon phaéton, ce sera plus confortable pour vous. Je suis heureux de ne pas être obligé d'attendre jusqu'à midi que vous soyez levée.

— Je ne vais pas pouvoir vous accompagner. Ce ne serait pas convenable, objecta Frances en regardant le phaéton, dont un palefrenier tenait les chevaux.

— Vous ne pensiez tout de même pas que nous serions seuls tous les deux ? Lady Astor et M. Hubbard sont partis devant à cheval.

— Je croyais que Bella n'était pas encore réveillée. Cela dit, elle se lève toujours très tôt. Pourquoi ne nous a-t-elle pas attendus ?

— Elle voulait faire faire un peu d'exercice à son chien, me semble-t-il.

— Ah, bien sûr !

— Nous devrions nous mettre en route, reprit sir John en coulant un regard en direction de la maison. Votre sœur pourrait être ennuyée de rester trop longtemps seule avec M. Hubbard.

— C'est vrai, concéda Frances, qui prit le bras qu'il lui offrait après une hésitation.

Ils étaient en route depuis un moment déjà lorsqu'elle se tourna vers son compagnon, l'air perplexe.

— Vous avez dit que vous craigniez de devoir m'attendre jusqu'à midi, n'est-ce pas ? Ce qui signifie que Bella aurait été seule très longtemps avec M. Hubbard.

Le regard que lui lança Charlton était impénétrable.

— Profitez donc de cette belle matinée au lieu de torturer votre jolie petite tête avec des questions compliquées.

17

Étonnamment, et bien qu'elle se soit levée plus tard que d'ordinaire, Arabella découvrit que Frances avait déjà pris son petit déjeuner et était sortie. Elle gagna donc en hâte le chenil pour emmener George faire sa promenade quotidienne. En passant devant les écuries, elle faillit heurter M. Hubbard.

— Ah, bonjour, milady ! Souhaitez-moi bonne chance, je pars pour Brighton.

— Pour Brighton ?

— J'ai dit à Farraday que je rentrais chez moi pour une affaire urgente, mais je suis heureux de pouvoir me confier à quelqu'un. Je vais ramener Sonia à la maison avec mon fils, annonça-t-il. Vous me croyez fou ?

— Non, pas du tout. Je vous trouve parfaitement sain d'esprit. Vous êtes malheureux sans eux, n'est-ce pas ? Avec eux, vous aurez au moins une chance de retrouver le bonheur.

— Je savais que vous comprendriez. J'ai beaucoup réfléchi après notre conversation d'hier. Refuser de pardonner sous prétexte de m'épargner de nouvelles souffrances n'a aucun sens. À part me protéger et protéger mon chagrin, je n'aurai rien à y gagner. Je dois pardonner à Sonia, c'est le seul moyen de cesser de souffrir. J'ai raison, non ?

— Vous allez avoir une vie difficile. Ce sera un véritable scandale, et votre mariage ne sera plus jamais le même, mais, oui, vous avez raison. Je le sais, et je vous souhaite le meilleur. Du fond du cœur. Peut-être pourrais-je rendre visite à Mme Hubbard quand elle sera de retour chez vous ?

— Vous serez probablement la seule femme de la bonne société à le faire avant longtemps, assura-t-il en lui prenant la main. Non, je ne m'attends pas à une réconciliation facile. Je ne m'attends pas à des lendemains qui chantent, mais mon mariage mérite que je fasse des efforts et que je prenne des risques. Sonia et notre fils le méritent. Et moi aussi.

— Je vous souhaite un bon voyage, murmura Arabella tandis qu'il portait sa main à ses lèvres.

— Je vous remercie. Vous êtes une grande dame, milady.

Arabella le regarda se diriger vers les écuries avant de poursuivre son chemin vers le chenil. George l'accueillit avec des aboiements extatiques et des gambades effrénées dans ses jambes pour protester parce qu'elle s'était arrêtée pour parler au palefrenier.

Son chien et elle se promenèrent une heure entière. Tant qu'elle fut en vue de la maison, elle marcha d'un pas mesuré, mais une fois dans les prés, elle empoigna ses jupes et se mit à courir en riant et en s'efforçant d'éviter George, qui faisait son possible pour la faire tomber.

Elle avait le cœur léger tout à coup. Il faisait beau, la campagne était pleine de charme, il n'y avait pas de place pour le chagrin ou la tristesse. Il y avait toujours de l'espoir dans la vie. Elle était mariée, son mari et elle étaient toujours ensemble. La nuit dernière, ils avaient fait l'amour comme jamais elle ne l'aurait cru possible et il s'était montré tendre et ardent. Il avait renoncé à sa maîtresse et voulait prendre un nouveau départ avec elle. Il voulait qu'ils soient amis.

Et elle l'aimait… Elle l'aimait profondément, désespérément.

Tout cela n'avait rien de désespérant. Il pouvait se lasser d'elle et prendre de nouveau une maîtresse, c'était vrai. Il lui avait été infidèle, c'était vrai. Et il n'avait jamais exprimé de véritable regret pour ses fautes, c'était vrai également. Mais la vie était pleine d'incertitudes. Qui savait ce que l'avenir nous réservait ? On pouvait mourir demain. La fin du monde pouvait arriver dans l'année.

La vie n'était que risques.

Si M. Hubbard était capable de reprendre sa femme après ce qu'elle avait fait, s'il était prêt à affronter toutes les difficultés qu'impliquait leur réconciliation, elle pouvait bien accorder une seconde chance à son époux et à leur mariage. Si M. Hubbard pouvait pardonner à sa Sonia, elle pouvait bien pardonner à son mari.

Peut-être devrait-elle aller le trouver sans attendre et lui dire que, finalement, elle était prête à l'accompagner dans le Norfolk à l'automne et à donner une nouvelle chance à leur union. Peut-être devrait-elle prendre ce risque, même si son mari n'avait pas reconnu sa culpabilité.

Peut-être pourraient-ils commencer dès maintenant à être amis. Au fond, ils n'avaient aucune raison de remettre à plus tard. Et peut-être pourraient-ils s'aimer de nouveau la nuit prochaine et admettre qu'ils éprouvaient une certaine affection l'un pour l'autre autant qu'une attirance physique réciproque.

Elle eut du mal à marcher de nouveau posément à l'approche de la maison alors qu'elle mourait d'envie de courir à toutes jambes se jeter dans les bras de son mari. Peut-être n'était-il pas rentré, du reste. Il était parti à cheval avec Farraday et d'autres invités avant qu'elle descende prendre son petit déjeuner, lui avait-on dit.

Elle aperçut soudain un phaéton de l'autre côté du manoir, vers l'allée. Sir John Charlton aidait Frances à y monter. Du moins lui semblait-il les reconnaître.

Où sa sœur pouvait-elle bien aller à une heure aussi matinale ? Et pourquoi n'y avait-il personne avec elle en dehors de sir John ? Elle hâta le pas, abandonna George à un palefrenier sans même lui accorder son câlin habituel.

En pénétrant dans le hall, elle se heurta à Théodore.

— Où allez-vous avec tant de hâte, Minette ? s'enquit-il.

— Vous savez où est allée Frances ? Je viens de la voir monter dans un phaéton avec sir John…

— Ils étaient seuls ? l'interrompit-il.

— Oui. Elle a eu tort, c'est évident ! Il faut absolument que je trouve Sa Seigneurie afin que nous les rattrapions. Je n'ose pas partir seule, il serait mécontent.

— Je suis de votre avis. Allez vite vous changer, Bella, pendant que j'essaie de savoir où ils vont. Je vais voir s'il reste deux chevaux à seller pour nous aux écuries. Vous vous contenterez de moi pour vous escorter, Astor n'est pas encore rentré.

Dix minutes plus tard, ils se mettaient en route pour la demeure de sir John Charlton, en espérant que le palefrenier qui les avait renseignés ne s'était pas trompé.

Quand le phaéton s'arrêta devant le manoir de brique, Frances commençait à avoir vraiment peur. Ni Arabella, ni M. Hubbard, ni personne n'était en vue, à part le palefrenier qui vint prendre les chevaux par la bride pendant que sir John sautait à terre. Tandis qu'il l'aidait à descendre, elle eut soudain l'impression d'être face à un parfait inconnu, plutôt inquiétant de surcroît.

— Où est Bella ? demanda-t-elle tandis qu'il la déposait sur le sol et gardait les mains sur sa taille un peu plus longtemps que nécessaire.

— À l'intérieur peut-être, ou plus probablement encore en route. Souvenez-vous, votre sœur voulait faire faire de l'exercice à son chien. Venez, entrons, mademoiselle Wilson. Vous avez sans doute envie d'un rafraîchissement.

— Oh, non, pas tant que Bella ne sera pas là ! Montrez-moi plutôt votre jardin. Il a l'air splendide. Maman est très fière de son jardin de Parkland, vous savez.

— Une autre fois peut-être. Entrons nous mettre à l'abri de ce petit vent.

— Pourriez-vous appeler votre gouvernante ? pria nerveusement Frances comme il la prenait par le bras pour l'entraîner vers la maison. Ainsi, elle attendra avec moi l'arrivée de Bella.

— Sûrement pas. Je n'aime pas que les domestiques traînent dans les pièces que j'occupe. Venez donc dans le salon. Vous entendrez bien votre sœur arriver.

— Pouvez-vous demander du thé ? le pria Frances en allant guetter à la fenêtre. J'ai un peu soif.

— Vraiment ?

Elle sursauta, et son cœur s'emballa. Elle ne l'avait pas entendu approcher. Il avait posé les mains sur ses épaules, qu'il caressait doucement.

— Oui, vraiment ! Je crois que j'ai oublié de boire au petit déjeuner. C'est ridicule, mais il faisait tellement beau que j'avais hâte de sortir.

Tous deux virent en même temps lord Astor arriver au trot. Sir John lâcha aussitôt Frances en marmonnant un juron, tandis qu'elle laissait échapper un soupir de soulagement.

— Je vais demander du thé, dit sir John, qui alla tirer le cordon de la sonnette. Peut-être lord Astor en prendra-t-il, lui aussi, à moins qu'il ne préfère quelque chose de plus fort. Je vais l'attendre pour lui poser la question.

Quand lord Astor fut introduit au salon, ce fut pour trouver un maître de maison extrêmement aimable, même s'il ne souriait toujours pas, et une Frances qui regardait obstinément par la fenêtre. Elle pivota à son entrée.

— Astor, quelle bonne surprise ! Mlle Wilson s'est jointe à moi pour prendre une tasse de thé, comme vous le voyez. Puis-je vous en proposer, ou préférez-vous quelque chose de plus viril ?

— J'étais avec Farraday quand je vous ai vu partir, déclara lord Astor en souriant. J'ai voulu en profiter pour découvrir votre maison, moi aussi, Charlton. Bonjour, Frances.

— Bonjour, milord.

Le regard de Frances était anormalement brillant.

— Je suis heureux que vous ayez décidé de nous rejoindre, assura sir John. Après avoir pris un rafraîchissement, je pourrais peut-être vous faire visiter la maison et les jardins, à vous et à Mlle Wilson. Mes domestiques les tiennent de façon irréprochable, bien que je sois rarement là.

— Votre femme de chambre est aux cuisines, Frances ? s'enquit lord Astor.

— Euh, non, milord. Je n'ai pas emmené de femme de chambre. Bella est en chemin avec M. Hubbard. Je pensais qu'ils nous précéderaient ici, mais elle promène George, apparemment.

— Vraiment ? Quelle chance que je sois arrivé, dans ce cas.

— En effet.

— Mais justement, la voici ! Avec Perrot, si je ne m'abuse, et non pas avec Hubbard. Et je ne vois George nulle part...

Frances se tourna vers la fenêtre tandis que sir John restait à l'autre bout du salon.

— Vous avez sans doute envie de rejoindre votre sœur et sir Théodore Perrot, Frances, reprit le vicomte. Il fait trop beau pour rester enfermée, n'est-ce pas ?

— Oui, milord, acquiesça la jeune fille, qui ne se le fit pas dire deux fois.

— J'aimerais des explications, Charlton ! J'ai la nette impression que l'arrivée de ma femme est une pure coïncidence et que vous ne l'attendiez absolument pas.

— Votre belle-sœur n'est plus une enfant, Astor.

— Non, justement. C'est une jeune femme, Charlton, et elle se trouve sous ma responsabilité. Vous n'ignorez pas qu'elle aurait été compromise en se rendant seule chez vous.

— Que comptez-vous faire ? Me provoquer en duel ? Ce serait un peu vieux jeu, et tout à fait illégal, vous ne croyez pas ?

— C'est pourtant ce que j'ai en tête !

— Je n'ai d'autre possibilité que de demander sa main, dans ce cas, rétorqua négligemment Charlton. Nous sommes déjà plus ou moins d'accord, de toute façon. À qui dois-je m'adresser ? À vous ou à sa mère ?

— Vous avez l'accord de Mlle Wilson ? Elle a accepté de vous épouser ? Je vais avoir un entretien avec elle un peu plus tard. Si vous avez dit la vérité, j'attendrai votre visite la semaine prochaine, le matin. Si vous avez menti, vous pourrez attendre la mienne. Au revoir, monsieur !

Frances pleurait. Lord Astor s'en rendit compte dès qu'il mit le pied dehors. Arabella était avec elle et lui tapotait le dos en lui tendant un mouchoir tandis que Théodore faisait les cent pas, n'osant visiblement pas lui offrir un réconfort plus personnel dans un endroit aussi exposé. Les trois chevaux broutaient sur la pelouse, qui leur était sans doute interdite. Arabella et Théodore se retournèrent à son arrivée.

— Tout va bien, ne vous inquiétez pas, les rassura-t-il. Je suis arrivé quasiment en même temps qu'eux. Frances n'a eu aucun mal et elle en est quitte pour la peur, c'est tout.

— Où est-il ? demanda Théodore d'un ton sec.

— En train de calmer ses ardeurs, je suppose. J'ai eu une petite conversation avec lui. Nous réglerons cette histoire à notre retour en ville.

— Cette ordure ne s'en tirera pas comme cela. Je vais m'en occuper sur-le-champ, gronda Théodore en se dirigeant vers la maison au pas de charge.

— Nous allons nous occuper de lui, ne vous inquiétez pas ! lança lord Astor, mais ses paroles se perdirent dans les cris de Frances.

— Non, Théo, il va vous tuer ! Revenez ! Oh, Bella, va le chercher, il va se faire tuer !

Elle s'évanouit au moment où Théodore franchissait le seuil sans se donner la peine de frapper.

— Mon Dieu, elle s'est évanouie ! s'alarma Arabella en s'agenouillant à côté du corps inerte de sa sœur pour l'éventer avec son mouchoir. Cela ne lui était jamais arrivé. Pauvre Frances !

— Continuez à l'éventer, intima lord Astor en prenant sa belle-sœur par les épaules pour la redresser en position assise. Elle va revenir à elle, ne vous inquiétez pas. Je serais tenté de dire qu'elle l'a bien mérité, mais ce ne serait pas charitable. Comment fait-elle pour être aussi écervelée alors que vous êtes tellement raisonnable, Arabella ?

— Frances est la beauté de la famille, lui rappela Arabella en continuant d'agiter vigoureusement son mouchoir. Elle n'a jamais eu besoin d'être raisonnable. Pour autant, j'aimerais que de temps en temps elle fasse preuve d'un peu plus de force de caractère. Dieu qu'elle est pâle !

— Elle revient à elle. J'espère que Perrot n'est pas en train de tout casser là-dedans.

— Milord, que vouliez-vous dire en déclarant que vous alliez vous occuper de lui ? Vous n'allez pas vous battre en duel, j'espère ? s'inquiéta Arabella en cessant d'éventer sa sœur.

— Je ne pense pas que nous irons jusque-là.

— Vous allez vous battre ! s'exclama-t-elle. Vous allez vous battre au pistolet et il va vous tuer ! Je ne vous laisserai pas faire. Il ne mérite pas cet honneur. Je vais lui mettre une balle entre les deux yeux moi-même.

— Théo est mort ? demanda Frances d'une voix mourante.

— Il n'en a pas l'air, à moins que ce ne soit son fantôme qui sort de la maison.

— Je ne pense pas que sir John Charlton vous ennuiera de nouveau, Frances, lança-t-il.

Et je doute qu'il soit en état de répondre à votre requête avant une semaine ou deux, Astor, ajouta sir Théodore Perrot, l'air particulièrement satisfait, en les rejoignant.

— Oh, s'écria Frances en laissant retomber sa tête sur l'épaule de son beau-frère, vous l'avez tué et ils vont vous pendre !

— Non plus. Vous vous êtes évanouie, Frances ? Et vous avez pleuré ? Je vois des mouchoirs tout autour de vous. Allons, ma douce, levez-vous ! Il est temps de rentrer chez Farraday, sinon nous allons manquer le déjeuner.

Il s'empara de la main de Frances et la tira de façon fort peu cérémonieuse pour la mettre debout.

— Vous êtes insensible, Théodore ! Même si vous vous faisiez tuer et que vous me laissiez toute seule à me lamenter, vous vous en soucieriez comme d'une guigne.

— Pas du tout, voyons ! Je serais trop mort pour m'en soucier.

— Mon Dieu, votre joue ! Et votre lèvre !

— Rien de bien grave. Bientôt, il n'y paraîtra plus. Vous allez devoir partager mon cheval, Frances, la prévint-il. Cela blessera-t-il votre sensibilité ?

— Il serait peut-être préférable que Frances prenne le cheval d'Arabella, suggéra lord Astor. Ma femme peut monter avec moi.

— Dès que nous arriverons chez lord Farraday, il va falloir trouver une pommade pour vos ecchymoses, Théo, fit remarquer Arabella. Je suis vraiment désolée pour vous, mais je devine que le visage de sir John Charlton est encore pire. Et c'est une litote.

— Merci, Minette ! Il est en effet beaucoup plus à plaindre que moi. Venez, Frances, que je vous aide à grimper en selle.

— Allez devant tous les deux, suggéra lord Astor. Je vais prendre un raccourci à travers champs avec Arabella. Elle est plus légère qu'une plume, mais nos poids réunis seront tout de même bien lourds pour ce pauvre cheval que j'ai déjà fait galoper à perdre haleine.

Quelques minutes plus tard, Frances s'éloignait avec Théodore.

— Vous vous sentez suffisamment bien pour monter à cheval, Théo ? s'inquiéta-t-elle. Si vous tombiez, je ne saurais pas comment vous ranimer. Et lord Astor qui n'est pas avec nous !

— Ce ne sont pas une ecchymose sur la joue et une lèvre fendue qui risquent de me faire tomber de cheval. En fait, je ne me plains pas puisque cette crapule a eu ce qu'elle méritait.

— Vous avez été follement courageux d'aller l'affronter seul. J'ai cru mourir ! Qu'est-ce que j'aurais fait s'il vous avait tué ?

— Vous vous seriez évanouie une seconde fois, je suppose. J'ignore ce que vous auriez fait ensuite. Dites-le-moi donc, Frances.

— J'aurais pris le deuil ! déclara-t-elle avec passion. Et je ne l'aurais jamais quitté. Je n'aurais pas oublié combien vous avez été courageux et comment vous avez sacrifié votre vie pour sauver mon honneur. Et je n'aurais laissé personne l'oublier non plus.

— Regardez la route, Frances. Et ce n'est plus le moment de pleurer. Vous auriez vraiment pris le deuil pour moi ? Et qu'auriez-vous fait de tous vos distingués admirateurs ?

— Oh, ce sont des gandins sans importance, tous autant qu'ils sont ! répliqua-t-elle en ravalant bravement ses larmes. Je n'ai pas rencontré un seul homme digne de ce nom depuis que je suis arrivée ici ! À part mon beau-frère, mais il est déjà marié à Bella.

— Tandis que moi, je suis un homme digne de ce nom ?

— Bien sûr ! Je n'en ai jamais douté. Pas depuis que j'ai douze ans et que vous m'avez empêchée d'être piétinée par un taureau furieux.

— Qui se trouvait dans un autre pré, séparé par une clôture solide.

— Certes, mais il était bel et bien furieux ! Et papa a toujours dit qu'un taureau furieux est capable d'enfoncer une clôture.

— Je pense que le mieux à faire, c'est de vous ramener à la maison pour vous épouser le plus vite possible, Frances.

— Vraiment ? Oh, oui, s'il vous plaît !

— Cet été. J'irai parler à Astor tout à l'heure. Mais qu'est-ce que vous fabriquiez avec ce gredin, au fait ?

— Il m'a trompée ! Il m'a enlevée ! Il a prétendu que Bella était partie devant avec M. Hubbard.

— Vous avez vraiment besoin que l'on veille sur vous. Dites-moi, Frances, si je mettais pied à terre et que je vous aidais à descendre de cheval, est-ce que vous me permettriez de vous embrasser ? J'en meurs d'envie, mais je préfère vous demander la permission parce que la dernière fois que j'ai essayé de vous embrasser, vous m'avez donné une belle gifle, et ma joue n'a vraiment pas besoin de cela.

— Croyez-moi, Théo, je ne vais pas vous gifler. Comment pourrais-je vous en vouloir alors que vous avez été tellement courageux et que nous sommes fiancés ? Faites attention, je vous en prie ! Je ne suis pas si légère, vous savez, et je ne voudrais pas que vous vous fassiez encore plus mal. Oh…

Elle n'avait pas terminé sa phrase qu'il l'avait déposée à terre et l'embrassait avec une ardeur particulièrement choquante au beau milieu de la route.

— Ne pleurez pas, chuchota-t-il en cueillant les larmes de Frances de ses lèvres. Ce n'était pas si pénible, finalement ?

— Oh, Théo, s'écria-t-elle, ignorant superbement la première injonction de son tout nouveau fiancé, quand je pense au sacrifice que Bella a consenti en épousant Sa Seigneurie pour que je sois libre de me marier avec vous ! Cette chère Bella ! Je suis si contente que tout se termine bien. Je ne serais pas aussi heureuse de vous aimer si elle était malheureuse. C'est vrai. Mais je vous aime tellement, Théodore ! Dieu que j'ai été bête !

— Non, vous n'avez pas été bête. Je savais que vous m'aimiez, Frances, mais je tenais à ce que vous le sachiez, vous aussi. Et maintenant que vous en êtes certaine, dépêchez-vous de m'embrasser avant que quelqu'un surgisse et fasse une attaque.

Cette fois, Frances obéit sans hésiter.

Périlleusement perchée sur la selle de son mari, Arabella n'avait d'autre choix que de s'appuyer contre son torse, ce qui ne lui coûtait guère. Au bout d'un moment, elle appuya même sans plus de façons la tête contre son épaule. Ils chevauchèrent ainsi un moment en silence à travers champs, dépassèrent un marais et s'enfoncèrent dans un petit bois.

Le cheval ralentit, de son propre chef, aurait-on dit. Et Arabella leva la tête spontanément. Lord Astor l'embrassa doucement, laissant sa monture adopter un pas tranquille.

Quand il releva la tête pour interroger Arabella du regard, le cheval s'était immobilisé.

— Arabella, je ne trouve pas les mots qui conviennent. Je vous ai fait beaucoup de mal. Et le pire, c'est que je ne voulais pas le reconnaître jusque très récemment. Je considérais que j'avais le droit de conserver ma liberté même après vous avoir juré devant Dieu de me garder pour vous seule. J'estimais que j'étais dans mon droit en vous trompant et que j'avais raison de vous en vouloir de vous sentir blessée. Je vous ai traitée comme l'un de mes biens et non comme une personne. Si je mets pied à terre pour vous demander pardon à genoux, croyez-vous que vous pourrez me pardonner ?

— Oui, souffla-t-elle. Vous êtes déjà pardonné. Et vous n'avez pas besoin de mettre pied à terre.

— Mais je vous ai blessée, Arabella. Vous ne pourrez plus jamais me faire confiance. Le souvenir de ces débuts entachera à jamais notre mariage. Vous ne pourrez pas oublier...

— Je n'en ai pas envie. J'ai compris que tout ce qui nous arrivait avait un but, et c'est peut-être ce qui nous fait mûrir. Nous ne pouvons pas tirer notre expérience uniquement des événements heureux. Ce que j'ai enduré ces dernières semaines m'a permis de vous connaître et de me connaître mieux, et ce n'est pas une mauvaise chose, me semble-t-il.

— Mais notre mariage a-t-il une chance de succès ? Pouvons-nous prendre un nouveau départ comme je vous le suggérais hier, Arabella ? Pouvons-nous vraiment devenir amis ?

— Je le crois, oui. Je pense que notre mariage a aujourd'hui de meilleures chances de succès qu'il y a un mois. À ce moment-là, vous me terrorisiez. Aimer quelqu'un qui n'est pas tout à fait humain n'est pas facile, il faut l'admettre. Je sais maintenant que vous êtes humain, et je ne me sens plus déplacée. Je me sens libre de vous aimer et de devenir votre amie.

— Je n'osais imaginer que vous puissiez me pardonner, murmura-t-il en appuyant la joue sur la tête d'Arabella. Je ne le mérite pas. Pourrez-vous me faire de nouveau confiance un jour ?

— Bien sûr. La confiance, ce n'est pas avoir une foi aveugle en l'autre. C'est connaître et aimer cet autre, et attendre de lui qu'il vous donne ce qu'il a de mieux. Oui, j'ai confiance en vous, milord. Vous m'avez avoué la vérité lorsque je vous l'ai demandée. Vous ne m'avez pas menti. Je veux faire ce que vous m'avez proposé. Je veux aller dans le Norfolk avec vous. Juste vous et moi, pour mieux nous connaître et pour devenir amis. S'il vous plaît.

— Arabella, qu'ai-je donc fait pour vous mériter ? Je vous aime tellement, murmura-t-il d'une voix tremblante en l'étreignant.

— Je crois que je ne vais pas tarder à hurler, déclara la jeune femme posément. Le pommeau de votre selle entre dans ma hanche si violemment que je ne vais pas le supporter très longtemps.

Le vicomte mit aussitôt pied à terre et la saisit par la taille pour l'aider à descendre. Elle était tout contre lui, à présent, et elle noua les bras autour de son cou.

— Vous m'aimez vraiment ? Je ne vous en voudrai pas si vous ne m'aimez pas, vous savez ! Je ne suis ni jolie ni élégante et je vais vraisemblablement grossir puisque vous m'avez ordonné de manger normalement. Je sais aussi que vous m'avez épousée par bonté pour ma famille. Si nous pouvons devenir amis, si je peux vous rendre la vie agréable, cela suffira à mon bonheur. Ne vous sentez pas obligé de m'aimer.

— Arabella, vous rappelez-vous la nuit dernière ? Est-ce que je me suis conduit comme un ami ou comme un homme qui entend que sa femme et lui prennent du plaisir ? Regardez-moi.

Est-ce que je vous contemple avec les yeux d'un ami ?

En réponse, Arabella secoua lentement la tête.

— J'ai agi comme un amant, la nuit dernière. Et je peux vous assurer que je n'ai jamais aimé aucune femme comme je vous ai aimée hier soir. Et c'est avec les yeux d'un amant que je vous regarde ! Je vous aime, même si je ne suis pas digne de vous.

— Je crois que je vais me mettre à pleurer, milord !

— Mon Dieu, non, j'ai donné mon mouchoir à Frances ! Embrassez-moi plutôt. Mais d'abord, appelez-moi comme vous m'avez appelé la nuit dernière. Vous voulez bien ?

— Geoffrey ? souffla-t-elle après une hésitation.

— Oui. Redites-le, s'il vous plaît, mon ange.

— Geoffrey, répéta-t-elle, toute rougissante, mais d'une voix plus assurée.

— À partir de maintenant, vous m'appellerez toujours Geoffrey ? demanda-t-il avant de déposer un baiser sur ses lèvres.

— Oui, Geoffrey.

— Nous avons maintenant un choix crucial à faire. Nous pouvons soit remonter à cheval et rentrer chez Farraday pour le déjeuner, soit ne pas remonter à cheval et ne pas rentrer chez Farraday pour le déjeuner et pour ce qu'il a prévu cet après-midi. Qu'allons-nous décider, Arabella ?

Les arbres formaient un dôme au-dessus de leurs têtes, l'herbe était douce sous leurs pieds et leur cheval broutait paisiblement à quelques pas de là.

— Je n'ai pas très faim, milord, murmura-t-elle en rougissant.

— Arabella, ce n'est pas une chose à dire à votre mari alors que nous sommes censés prendre du plaisir ensemble, objecta-t-il en resserrant son étreinte. Il va falloir que je me charge de vous ouvrir l'appétit.

— Et moi qui pensais qu'il s'agissait de nourriture… Quelle sotte ! Je viens justement de me rendre compte que je meurs de faim, mil… Geoffrey !

6 septembre

Susanna Craig

Les espions qui aimaient – 1 – Mystères en Écosse

Inédit

Thomas Sutherland, espion écossais, est rappelé en Angleterre où il apprend qu'il a hérité du titre de Magnus et du domaine de Dunnock. Réticent à endosser cette responsabilité, il décide tout de même de se rendre au château, où réside M. Ratliff, un auteur populaire. Quelle n'est pas sa surprise d'y retrouver Jane Quayle, son amour de jeunesse ! Thomas remarque une lettre de menaces à l'intention de l'écrivain sur le bureau de Jane, secrétaire de Ratliff. Plutôt que d'avouer la vraie raison de sa présence à celle-ci, il lui affirme avoir été embauché par l'auteur pour enquêter. Ce qu'il ignore, c'est que c'est Jane, l'écrivain, et qu'elle a inventé de toutes pièces le personnage de Ratliff…

✦

Katharine Ashe

Le Falcon Club – 3 – Le dilemme de Diantha

Inédit

Diantha Lucas a décidé de partir en France pour retrouver sa mère qui l'a abandonnée quand elle était enfant. Elle se donne deux semaines et voyagera sans chaperon jusqu'à Calais. Cependant, pour éviter les importuns, il lui faut un protecteur. Ce voyageur qui somnole dans la voiture ferait bien l'affaire. Il paraît solide, possède charme et distinction. Or, l'homme en question, Wyn Yale, n'est pas tout à fait recommandable. Son lourd passé et son goût immodéré pour les alcools forts ne font pas de cet agent du Falcon Club quelqu'un de fiable. De plus, il se méfie des femmes comme de la peste. Pourtant, chemin faisant, il doit reconnaître que le joli minois de la jeune voyageuse et, surtout, ses petites fossettes sont en train d'allumer dans son cœur un feu qu'il croyait à jamais éteint.

Ella Quinn

Les Worthington – 4 – La vie mouvementée de lady Carpenter

Inédit

Lady Charlotte Carpenter fait les frais de la croisade de son beau-frère contre les maisons closes. Après la fermeture de l'une d'entre elles, elle est enlevée en représailles. Sa chance de s'évader lui apparaît sous les traits d'un beau gentleman. Hélas, elle comprend trop tard qu'il s'agit de Clifford, marquis de Kenilworth… et débauché notoire. Et à présent, la rumeur court qu'ils ont passé une nuit ensemble sans chaperon ! Tout le monde s'accorde à dire que le mariage résoudrait ce problème, y compris le marquis. Si Charlotte n'est guère enthousiaste, Clifford y voit une parfaite occasion de veiller sur cette demoiselle qui a ravi son cœur et dont les ennuis ne font que commencer…

✦

Emily Larkin

Les cousins Garland – 1 – Le stratagème de Primrose

Inédit

Oliver Dasenby est l'homme le plus exaspérant que Primrose Garland ait jamais connu. Son sens de l'humour est épouvantable et ses années dans la cavalerie comme son nouveau titre de duc n'ont pas amélioré les choses. Or, depuis qu'il a hérité de son duché, Oliver a fait l'objet de plusieurs tentatives d'assassinats ! Qui souhaite sa disparition ? Dotée d'un pouvoir de téléportation, Primrose entend le mettre au service d'Oliver, afin de confondre son agresseur. Au fil de l'enquête, leurs conciliabules secrets deviennent de plus en plus fréquents, de plus en plus longs, et de plus en plus… enflammés.

Eloisa James

Les débutantes — 2 — La mauvaise réputation de lady Régnier

Inédit

Giles Renwick, comte de Lilford, est un homme respectable qui abhorre les ragots, les tenues scandaleuses et les gloussements frivoles. Autrement dit, il déteste tout ce qui constitue Mlle Yasmin Régnier. Cette dernière se moque des convenances, elle n'est ni polie ni tout à fait anglaise, puisque son père était français, et elle n'a aucun mal à reconnaître que sa mère était la maîtresse de Napoléon. Pourquoi diable l'a-t-il demandée en mariage alors ? Et surtout : comment faire si elle dit oui ?

✦

Laura Lee Guhrke

Abandonnées au pied de l'autel — 3 — L'esclandre

Même si ses finances sont au plus bas, Christian Du Quesne refuse de se marier à une héritière. Mais où trouver l'argent pour entretenir ses domaines ? Un Américain, M. Ransom, lui fait une proposition : s'il empêche l'union de sa nièce avec le comte de Rumsford, il lui donnera un demi-million de dollars. Quelle aubaine ! D'autant qu'il ne s'agit nullement de séduire Annabel Wheaton, seulement de lui ouvrir les yeux sur la vraie nature de son fiancé. Ainsi, Christian embarque à bord du transatlantique où doit avoir lieu la cérémonie, provoquant un terrible esclandre et une déflagration dans son cœur !

Monica McCarty

Les chevaliers des Highlands – 8 – Le brigand

De tous les chevaliers de Robert de Bruce, Robert Boyd est le plus compétent. Tueur à gages sans scrupule de la Garde, sa haine pour les Anglais est profonde. Aussi, lorsque la sœur de son ennemi, lady Rosalind Clifford, tombe entre ses mains, il comprend qu'il tient enfin l'instrument de sa vengeance. Maintenant qu'il est devenu l'homme le plus redouté d'Écosse, quel sort va-t-il réserver à sa captive ? La réponse serait simple si la jeune femme n'avait pas allumé le feu dans le cœur de Robert…

13879

Composition
FACOMPO

Achevé d'imprimer en Slovaquie
par NOVOPRINT SLK
le 16 juillet 2023

Dépôt légal : août 2023
EAN 9782290386064
OTP L21EPLN003459-555381

ÉDITIONS J'AI LU
82, rue Saint-Lazare, 75009 Paris

Diffusion France et étranger : Flammarion